Le Miroir du Cœur

Autre texte traduit
par Philippe Cornu

La Liberté naturelle de l'esprit
Longchenpa
Éditions du Seuil, 1994
coll. « Points Sagesses », n° 66

Le Miroir du Cœur de Vajrasattva
Tantra du Dzogchen

SUIVI DE

La libération spontanée des tendances karmiques par la pratique quotidienne des Déités paisibles et courroucées du bardo

TRADUIT DU TIBÉTAIN ET COMMENTÉ
PAR PHILIPPE CORNU

Éditions du Seuil

Collection dirigée par
Vincent Bardet et Jean-Louis Schlegel

ISBN 2-02-022848-3

© ÉDITIONS DU SEUIL, JANVIER 1995

Remerciements

Ce livre est dédié à une meilleure compréhension entre les êtres humains

Tous mes remerciements vont à mes maîtres et à Virginie Rouanet, pour leur aide et leurs encouragements.

Avertissement

A l'heure où le bouddhisme, et en particulier le bouddhisme tibétain, connaît une vogue certaine en Occident, mon propos est d'offrir à un public maintenant sensibilisé des outils d'étude approfondie.

Partageant le souci de beaucoup de mes maîtres, il me paraît important de présenter le plus exactement et le plus sérieusement possible la voie du Dzogchen dans ses textes et ses principes, afin qu'aucun malentendu ne s'élève et que, surtout, aucune récupération malencontreuse n'en soit faite. Nous vivons en effet une époque extraordinaire de diffusion et de divulgation de nombreux trésors spirituels. Mais, parallèlement, nous assistons également à la prolifération de livres de techniques dites « spirituelles », à la multiplication de groupes qui se réclament faussement du New Age et qui n'ont retenu de l'attrait actuel du public pour la spiritualité que la possibilité de revenus faciles et substantiels.

Un grand danger menace les voies authentiques telles que le tantrisme ou le Dzogchen : celui de les voir découpées, fragmentées, « reformatées », pour être acheminées, morceau par morceau, sur le grand marché du matérialisme spirituel ou des thérapies.

Loin de moi l'idée de critiquer les méthodes de psychothérapies dont beaucoup apprécient l'utilité et l'efficacité à notre époque difficile ou de dévaloriser les autres voies spirituelles ; loin de moi également la pensée qu'aucun rapprochement n'est possible entre les spiritualités et les philosophies de l'Orient et de l'Occident, bien au contraire ; j'ai plutôt le souci d'éviter les confusions parfois voulues, la mauvaise pente du syncrétisme qui obscurcit plutôt qu'elle n'éclaire, la superstition et la mau-

vaise conscience modernes qui se cherchent un débouché dans
le pseudo-religieux.

En présentant *Le Tantra du Miroir du Cœur de Vajrasattva*,
je poursuis l'objectif que je m'étais fixé avec la parution de *La
Liberté naturelle de l'esprit* dans la même collection : favoriser
la connaissance et l'appréciation de la voie du Dzogchen, en
faciliter l'approche aux Occidentaux, montrer la richesse d'une
littérature spirituelle jusqu'alors peu connue et menacée de
destruction.

Je ne cherche pas par là à révéler quelque secret qui doive
être jalousement gardé. Mon propos n'est pas non plus d'exposer des méthodes d'enseignement pratique à appliquer comme
des recettes de cuisine. Il est beaucoup plus simple : l'étude
de l'esprit humain est quelque chose d'universel. Tous les
êtres humains ont ce privilège qui est de pouvoir tenter de
comprendre leur esprit et de se libérer ainsi des entraves intérieures qui les privent de la liberté. Cette recherche renvoie à la
philosophie, à la psychologie, à l'éthique humaine, aux sciences
cognitives et aux religions. Le Dzogchen, qui ne peut être
limité à aucune de ces disciplines, traite précisément de l'esprit
et de ses mécanismes les plus intimes. Il s'appuie pour cela sur
une connaissance expérimentale. Il n'a, en effet, aucun dessein
spéculatif, et son but clairement défini est d'œuvrer à la libération des êtres.

C'est pour toutes ces raisons que l'étude du Dzogchen se
développe, tant au niveau philosophique que spirituel.

Toutefois, rien dans ce dernier domaine ne peut être développé au niveau personnel sans l'assistance d'un maître qualifié. Le Dzogchen véritable dépend en effet de la transmission
vivante d'enseignements anciens. Cette soigneuse transmission
de personne à personne de l'expérience des maîtres du passé est
la force vive qui confère l'efficacité d'un tel enseignement.

Poursuivant ma réflexion sur ce qu'il est bon de dire ou de
ne pas dire dans le commentaire d'un ouvrage tel que ce tantra,
j'en suis venu à comparer les modes de transmission du bouddhisme tibétain avec ceux de l'hermétisme en Occident. Dans
les deux cas, il y a profusion d'ouvrages concernant la théorie
et la pratique, mais aucun d'entre eux ne suffit à la mise en
pratique. L'étude et la réflexion ne sont pas suffisantes en soi.
Il est nécessaire de rencontrer un maître pour recevoir cer-

taines clefs de pratique qui n'ont jamais été révélées par écrit.

Dans le bouddhisme, la notion de compassion pour autrui est déterminante, et, s'il existe des méthodes d'éveil dignes de ce nom, il n'est pas pensable d'en cacher l'existence à ceux qui sont aptes à les comprendre et à les accomplir. Il n'est pas non plus utile d'en rendre le sens difficile à pénétrer, car le parcours d'une voie clairement exposée est suffisamment difficile par lui-même. Il n'est par contre aucunement souhaitable d'en révéler les détails pratiques qui relèvent de la transmission orale directe et non des livres. Il en est ainsi des détails concernant *thögal*, la pratique de la luminosité. S'il s'agit de ses principes, il est utile d'en exposer clairement le sens, d'autant plus qu'il existe d'autres voies semblables de par le monde, notamment dans le shivaïsme kashmiri et peut-être dans le taoïsme et l'hésychasme chrétien. Cependant, dès qu'il s'agit de la pratique, il est de rigueur de se taire pour laisser le relais à la transmission authentique. Aucun maître, du reste, n'accepte de donner ces enseignements à une personne non qualifiée, c'est-à-dire sans préparation.

Il ne s'agit pas, en matière de Dzogchen, de demeurer sibyllin ou d'égarer les bonnes volontés, mais de favoriser la juste compréhension du lecteur. Si celui-ci désire un jour mettre en pratique l'enseignement, il devra nécessairement s'en remettre à la tradition orale de maître à disciple, et c'est pourquoi je tiens à l'avertir qu'il ne se trouve aucune recette pratique applicable dans cet ouvrage.

Enfin, il convient de rappeler que la motivation de la compassion pour autrui est à la base de toute pratique dans le bouddhisme tibétain. Le Dzogchen n'y fait pas exception, bien au contraire. L'éveil de la compassion est indispensable à une bonne compréhension de l'enseignement et à une motivation juste. Sans l'éveil du cœur, l'enseignement risque de chuter dans la sécheresse intellectuelle et de susciter de l'orgueil. A force de répéter qu'un enseignement tel que le Dzogchen est à la cime de tous les enseignements, il est facile de se croire soi-même plus élevé qu'autrui. Le souci du bien-être d'autrui et la dédicace de toute pratique à l'ensemble des êtres sont le fondement d'une pratique authentique.

PREMIÈRE PARTIE

Le Miroir du Cœur de Vajrasattva

Tantra du Dzogchen

Introduction

Les origines du Dzogchen

Le texte présenté ici, *Le Tantra du Miroir du Cœur de Vajra-sattva*, appartient à la tradition écrite de l'école Nyingmapa, la plus ancienne des quatre écoles du bouddhisme tibétain, qui partage avec la religion bön la particularité d'enseigner le Dzogchen, ou « Grande Perfection ».

Ces écoles considèrent toutes deux le Dzogchen comme la cime de tous les enseignements et le désignent comme le neuvième et ultime véhicule, bien que leurs classifications divergent quant aux huit premiers véhicules.

Dzogchen désigne en fait deux choses.

Avant tout, il s'agit de la grande perfection de la nature de bouddha[1] qui demeure en chacun des êtres, c'est-à-dire l'état naturel véritable, tel qu'on le découvre quand se dissipe l'ignorance. Cette perfection à laquelle on ne peut rien ajouter ni retrancher est la simplicité fondamentale de l'éveil, libre et sans complications. Cet état, appelé *rigpa* en tibétain, est à la fois primordialement pur et spontanément accompli. Sa pureté primordiale signifie qu'il n'a jamais été souillé ou affecté par quoi que ce soit, qu'il est au-delà de tout concept et jouit de la liberté naturelle depuis toujours. Son accomplissement spon-

---

1. En tibétain, le terme sanscrit est traduit par *sangs-rgyas* : *sangs* signifie qu'un éveillé a complètement purifié ses affects négatifs ; *rgyas* signife qu'il a pleinement épanoui ses qualités. Ce terme tibétain, qui n'est pas la traduction littérale de *buddha*, « éveillé », est utilisé aussi bien dans le bön que dans le bouddhisme pour désigner un être pleinement éveillé.

tané ou « présence spontanée » montre qu'il n'est pas un
simple état de quiétude vide, mais, au contraire, la source
d'une énergie créatrice infinie qui se déploie en qualités de
bouddha. En un mot, *rigpa* est vacuité-luminosité ; sa vacuité
est l'absence totale de contraintes conceptuelles, et sa luminosité consiste en une infinie variété de manifestations.

Toutefois, cet état naturel parfait qui gît en chacun de nous est
ordinairement occulté par les nuées des pensées et les tempêtes
émotionnelles qui nous agitent. Ces obscurcissements sont
le produit de l'esprit ordinaire et le fruit de conditionnements
immémoriaux. A leur racine est tapie l'ignorance, une sorte de
tyran qui nie la possibilité d'un esprit naturel libre et détendu.

Pour détrôner ce tyran qui est à l'origine de toutes les illusions
et de tous les maux, il existe de nombreux moyens qui constituent l'ensemble des pratiques qui mènent à l'éveil.

Dzogchen désigne alors l'enseignement sur la véritable nature
de notre esprit et les pratiques spécifiques mises en œuvre pour
la réaliser. En ce sens, on peut parler de corpus de littérature
Dzogchen.

Qu'il soit intégré dans le bouddhisme, comme c'est le cas
chez les Nyingmapas, ou qu'il apparaisse dans le contexte de
la religion bön, le Dzogchen est unique, et sa présentation est
globalement identique dans les deux traditions, tant sur le plan
théorique que pratique. On le comprendra aisément puisqu'on
y décrit un seul et même état naturel. Ce n'est qu'au niveau
des lignées, de la classification interne de certains enseignements et de quelques-unes des techniques qu'il existe des différences.

La recherche sur les origines historiques de l'enseignement
Dzogchen se heurte à un premier obstacle de taille. Historique-
ment, le courant bouddhiste et le courant bön se sont trouvés
en concurrence et en lutte dès le départ. Or le Tibet est un pays
où la religion domine tous les aspects culturels et sociaux. A la
cour du roi Trisongdetsen, au VIIIe siècle, de nombreuses luttes
d'influence ont été menées de part et d'autre, opposant notamment des ministres d'obédience bön à d'autres plus favorables
au bouddhisme. Le débat ne s'est donc pas déroulé sur un
terrain purement spirituel, mais dans un contexte où pouvoir et
politique ont joué un rôle important.

L'étude des sources littéraires et historiques de part et d'autre doit donc être menée dans un état d'esprit neutre et bienveillant, à l'abri des passions, si l'on espère clarifier cette question. La recherche des origines revient à envisager deux possibilités.

Si les deux systèmes ont une origine commune, cela peut signifier que le Dzogchen est un enseignement original ancien qui s'est ensuite diffusé dans les régions situées au nord-ouest de l'Inde, en s'intégrant aux contextes du bön et du bouddhisme. En effet, les maîtres bönpos proclament que l'enseignement Dzogchen prend son origine dans le pays de Takzik, l'ancienne Perse, et dans l'ancien royaume du Shang Shoung, à l'ouest du Tibet, tandis que les bouddhistes le font naître en Oddiyâna, dans l'actuel Pakistan. Il apparaît à l'évidence qu'il s'agit de régions toutes proches les unes des autres. On ne peut donc exclure l'existence d'un tronc originel commun aux deux traditions Dzogchen, bien qu'aucune preuve définitive n'ait été apportée à ce sujet.

Pour sa part, le bön fait remonter cet enseignement à un premier maître humain, Tönpa Shenrab Miwo, qui aurait vécu, selon les sources bön, bien avant le bouddha Shâkyamuni lui-même, c'est-à-dire très antérieurement au Ve siècle avant Jésus-Christ. Toujours selon ces sources, ce maître aurait enseigné une voie de la libération, le *Young droung bön*, « le bön de la Svastika » ou « bön éternel », dont l'enseignement culmine dans le Dzogchen, et qui diffère dès les origines de ce que l'on désigne habituellement sous le vocable de bön, très imprégné de chamanisme.

La tradition bouddhiste nyingmapa, elle, enseigne que le premier maître humain de la lignée Dzogchen fut Garab Dordjé, né en Oddiyâna, au nord-ouest de l'Inde, cent soixante-six ans après le parinirvâna du bouddha Shâkyamuni, soit aux environs du IVe siècle avant Jésus-Christ.

Dans les deux cas, l'on peut soit faire confiance à la tradition à laquelle on appartient, et c'est ce que font les Tibétains en général, soit remettre en question l'historicité de telles affirmations contradictoires. Par exemple, aucune preuve historique n'étaie la haute antiquité du bön et de son fondateur.

Il n'en demeure pas moins que les deux traditions sont d'accord sur un point doctrinal capital : toutes deux font remonter l'origine de la transmission à Samantabhadra, « l'Éveillé primordial », qui représente le Corps absolu de tous les éveillés, dharmakâya ou *tchökou* pour les bouddhistes, *bönkou* pour les bönpos.

C'est dire que, du point de vue doctrinal ultime, les deux lignées ont une même origine. Par là même, le Dzogchen est reconnu au-delà de toutes les distinctions conceptuelles et temporelles consécutives à sa diffusion ultérieure dans le monde humain.

La seconde possibilité, qui n'est d'ailleurs aucunement contradictoire avec la première hypothèse, suppose que les deux systèmes se sont influencés mutuellement.

En effet, quelles que soient les explications traditionnelles divergentes, il n'en demeure pas moins que les textes doctrinaux du Dzogchen apparaissent par écrit au VIIIe siècle et ce dans les deux traditions.

Ainsi, le *Shang Shoung Nyen Gyü*, le texte le plus ancien et le plus original du Dzogchen bönpo, fut mis par écrit à la même époque que les premiers tantras du Dzogchen bouddhiste.

D'autre part, deux autres cycles d'enseignements Dzogchen de la tradition bön, *Dzogchen Yangtsé Longchen* et *A-Tri*, apparus plus tardivement, au XIe siècle, sont fort proches du Dzogchen de tradition bouddhiste, et l'on peut supposer qu'ils ont été influencés par celui-ci. Notons également que nombre de tertöns ou « découvreurs de trésors » de cette époque jouissent d'une même renommée dans les deux courants, sous des noms différents. Les bouddhistes soutiennent une opinion traditionnelle qui n'est malheureusement pas dénuée de partialité. Beaucoup d'entre eux assurent que, s'il existe une telle similitude entre Dzogchen bön et Dzogchen bouddhiste, celle-ci ne peut être attribuée qu'à la bienveillance de maîtres bouddhistes qui se sont manifestés sous l'apparence de maîtres bönpos pour le bienfait des êtres.

Cela revient à suggérer que les enseignements ultimes du bön ne sont autres que des enseignements bouddhistes. Pourquoi, dans ces conditions, le bön n'est-il pas accepté comme une branche officielle du bouddhisme tibétain ? De leur côté, les maîtres bönpos reconnaissent que leurs enseignements sont très proches de ceux du bouddhisme, mais leur attribuent une origine plus ancienne, et certains vont jusqu'à faire du bouddha Shâkyamuni un disciple de Tönpa Shenrab Miwo.

Ces arguments, on le voit bien, sont quelque peu spécieux. Il semble évident que des échanges d'influence ont eu lieu, et cela dans les deux sens, comme le montre une exégèse sérieuse des textes des deux traditions, si l'on prend soin de vérifier la chronologie d'apparition des textes[2].

Enfin, comme le suggère D. L. Snellgrove, il est vrai que le bön tel qu'il a pu se développer dans le Shang Shoung, à l'ouest du Tibet, s'est trouvé dès les premiers siècles de notre ère en contact avec de nombreux courants bouddhistes des pays avoisinants, Khotan, Kashmir, etc.

Dans ce creuset spirituel du nord-ouest de l'Inde se serait formé un courant crypto-bouddhiste ayant pris le nom de *Young droung bön* par la suite, qui aurait trouvé une bonne part de ses sources dans le bouddhisme indo-himalayen tout en se développant ensuite indépendamment de lui. Cette thèse expliquerait pourquoi le canon bönpo possède un corpus de prajñâpâramitâs d'inspiration manifestement bouddhiste, mais comprenant quelques volumes de plus que le canon bouddhiste tibétain ultérieur. Paradoxalement, le bön serait donc dépositaire de la transmission de textes bouddhistes qui ont été par la suite perdus et ne figurent donc plus dans les grandes collections bouddhistes. Il ne faut pas oublier non plus qu'à cette époque de formation du bön, dans les premiers siècles de notre ère, le bouddhisme était presque inconnu au Tibet. Quand il pénétra officiellement au Tibet aux VIIe et VIIIe siècles, il trouva en place le bön, qui était un mélange de religion royale rituelle, de rites astro-divinatoires et de Young droung bön. Le conflit entre les deux religions concernait l'influence politique et un désaccord du bouddhisme avec certains rituels bön d'inspiration chamanique ou magique. Il n'aurait jamais concerné le Young droung bön, en plein accord avec les thèses bouddhistes, comme le confirment d'ailleurs les récits de coopération du maître dzogchen bön Drenpa Namkha avec Padmasambhava et quelques autres grands maîtres bouddhistes à la fin du VIIIe siècle.

2. Cf. Jean-Luc Achard, qui montre la réalité de ces emprunts en comparant un passage du Tantra Longdrouk bouddhiste avec le Dzogchen Yétri Shégyü de tradition bönpo («Mémoire sur le franchissement du pic», Paris, 1992, p. 183-185).

Qu'en conclure ? Que le problème de l'origine historique du Dzogchen est loin d'être résolu et qu'il est plus prudent pour le moment de renvoyer dos à dos les deux points de vue traditionnels, qui reposent peut-être sur un malentendu historico-géographique. D'autre part, la concurrence toujours actuelle entre le bön et le bouddhisme ne facilite en rien la clarification de ce problème.

Il n'en demeure pas moins que le Dzogchen en tant que tel est un enseignement de portée universelle, qui franchit allègrement les opinions et les querelles de clocher. Qu'on l'étudie selon la tradition nyingmapa, comme ce sera le cas ici, ou selon la tradition bönpo, le Dzogchen mène à un seul et même but, l'émancipation spirituelle de l'homme. C'est là que réside son principal intérêt pour nous.

La littérature dzogchen dans le bouddhisme

Le Dzogchen occupe une place considérable dans les écrits de l'école Nyingmapa. Rappelons que cette école, la première du bouddhisme tibétain, naît lors de la première diffusion du bouddhisme au Tibet, aux VIIe et VIIIe siècles. Sous la royale tutelle du roi Trisongdetsen (755-797), elle prend la prépondérance sur la religion bön, qui doit se cacher ou prendre une forme bouddhisée pour survivre. Sous l'inspiration des grands maîtres Padmasambhava, Vimalamitra, Vairocana le traducteur et de leurs disciples, l'enseignement se propage au cours du IXe siècle avant de subir un coup d'arrêt brutal lorsque le roi Langdarma procède à une persécution générale du bouddhisme.

Malgré cet épisode tragique, la tradition survit dans quelques foyers dispersés à l'est du Tibet et dans la clandestinité. La redécouverte, au XIe siècle, de textes cachés sous l'égide de Padmasambhava, les « trésors » ou *termas*, contribue largement à redonner vie à cette école. C'est d'ailleurs à cette époque qu'elle prendra le nom d'école Nyingmapa, ou « des anciens », pour la différencier des « nouvelles écoles » Sarmapa nées de la seconde diffusion du bouddhisme au Tibet au XIe siècle.

Les écoles Sarmapa, fondées par des traducteurs ayant ramené de l'Inde de nouveaux textes tantriques, n'enseignent pas le Dzogchen et n'ont pas la même classification des enseignements tantriques que les Nyingmapas. Mais cela n'a pas empêché certains de leurs maîtres de pratiquer le Dzogchen. Tel fut le cas du Ve, du VIe, du XIIIe Dalaï-lama, ainsi que du IIIe Karmapa. Celui-ci est d'ailleurs responsable de l'introduction de nombreux éléments Dzogchen dans le Mahâmudrâ de fruition de l'école Kagyüpa.

L'enseignement Nyingmapa est divisé en deux grands modes de transmission.

La transmission canonique *kama*, ou lignée orale longue, est la transmission ininterrompue des textes fondamentaux et des instructions pratiques, perpétuée jusqu'à nos jours de maître à disciple.

La transmission *terma*, ou « lignée abrégée », débute au VIIIe siècle avec Padmasambhava. C'est la transmission des « textes-trésors » dissimulés dans divers supports par Padmasambhava, Yéshé Tsogyal et quelques-uns de leurs disciples, que des *tertöns*, « découvreurs de trésors », exhument à une époque choisie. Ces découvreurs sont nécessairement des incarnations du maître Padmasambhava ou de ses vingt-cinq disciples, dont la mémoire est « réveillée » par la découverte. Il en résulte donc une transmission abrégée, puisque, entre Padmasambhava et un *tertön* du XXe siècle, par exemple, il n'existe aucun intermédiaire. La transmission *terma* est aussi dite fraîche, puissante et réparatrice des outrages que le temps a pu faire subir à la transmission *kama*.

Bien sûr, les maîtres du Dzogchen sont détenteurs à la fois de la transmission *kama* issue d'une longue lignée de maîtres anciens et de transmissions *terma* revivifiantes.

Les deux transmissions comportent des textes tantriques aussi bien que des textes Dzogchen, mais ces différentes sortes d'écrits et d'enseignement s'y répartissent inégalement :

1) dans la transmission *kama* ;
2) dans la transmission *terma*.

La transmission *kama* est divisée en trois sections (*do gyü sem soum*) : la section *do*, « sûtra », se réfère non pas aux sûtras du Petit ou du Grand Véhicule, mais aux tantras de l'Anuyoga-tantra ; la section *gyü*, « illusion », se réfère au Mayâjala tantra, le « tantra du Filet d'Illusion », et désigne non seulement ce tantra-racine du Mahâyoga, mais tous les tantras et sâdhanas du Mahâyoga ; la section *sem*, « esprit », fait allusion au *Dzogchen semdé* et englobe en fait l'ensemble des enseignements des trois séries du Dzogchen[3].

Cette dernière section *kama* est très importante : elle comprend la quasi-totalité des enseignements de la série de l'esprit, *semdé*, et de la série de l'espace, *longdé*, qui, en revanche, n'apparaissent que très rarement dans la littérature *terma*. C'est ce qui explique sans doute le danger d'extinction qui pèse à notre époque sur le *semdé* et le *longdé*, le risque de déperdition et d'affaiblissement de la transmission étant inhérent à la longue lignée *kama*. Sont compris également dans la transmission canonique *kama* ce qu'on appelle « les dix-sept tantras » du *Dzogchen men ngak dé*, dont notre texte fait partie, et les âgamas, courts textes explicatifs de tantras.

Dans la tradition *terma*, les enseignements Dzogchen comprennent essentiellement des textes de la troisième catégorie, *men ngak dé*, les *nyingthik*, ou « essences ou sphères du cœur ». Ces textes, souvent teintés de tantrisme, comprennent aussi bien des textes fondamentaux, ou « *tantras* », que des préceptes de pratique appelés *upadesha* ou *men ngak*. Ces *nyingthik*, extrêmement nombreux, sont apparus à différentes époques, depuis le VIIIe siècle jusqu'à nos jours. Ils ont la faveur des maîtres actuels du Dzogchen.

Tantras, âgamas et upadeshas

Que ce soit dans l'une ou l'autre des trois séries de l'enseignement Dzogchen, *semdé*, *longdé* et *men ngak dé*, on peut

---

3. L'enseignement Dzogchen est divisé en trois séries : la série de l'esprit *semdé*, la série de l'espace *longdé* et la série des préceptes *men ngak dé*.

toujours diviser les écrits en trois genres : *tantras*, *âgamas* et *upadeshas*.

Les *tantras* sont les textes fondamentaux. La plupart du temps, ils ont été révélés à Garab Dordjé depuis les dimensions du Corps de jouissance ou du Corps absolu, représentés par Vajrasattva et Samantabhadra. Textes inspirés, complets en eux-mêmes, ils doivent cependant être interprétés à la lueur de commentaires et de textes d'instructions pratiques. Bien qu'on appelle ces textes *tantras*, ils n'ont rien à voir avec le tantrisme, le véhicule de la transformation. Les textes fondamentaux du tantrisme étant appelés tantras, on a appelé « tantras », par analogie, les textes fondamentaux du Dzogchen.

Les plus brefs des traités clarificateurs de ces tantras sont appelés *âgamas*. Enseignés par les premiers maîtres de la tradition Dzogchen tels que Garab Dordjé, Mañjushrîmitra, Jñânasûtra et Shrî Simha, ils décrivent brièvement les applications pratiques des tantras sous forme de points essentiels.

Enfin, les préceptes pratiques ou instructions secrètes, appelées *upadeshas*, guident pas à pas le pratiquant dans les techniques méditatives.

Ainsi, les *tantras* exposent les principes, les *âgamas* sont des aide-mémoire essentiels et les *upadeshas* sont le mode d'emploi complet des enseignements.

Les dix-sept tantras
du Dzogchen

La transmission des dix-sept tantras

Notre texte, le « Miroir du Cœur de Vajrasattva », est l'un de ces dix-sept tantras fondamentaux du *Dzogchen men.ngak dé*. Il appartient donc à cette troisième catégorie des enseignements Dzogchen, « la série des préceptes », qui est elle-même subdivisée en quatre cycles, extérieur, intérieur, secret et secret insurpassable. Les dix-sept tantras sont tous inclus dans le dernier cycle, le plus important de tous, le cycle secret insurpassable, *Yang sang lana mépai kor*. Ce cycle traite en effet des deux pratiques principales du Men ngak dé, *trekchö* et *thögal*.

Deux maîtres se partagent initialement la diffusion de ces pratiques : Vimalamitra et Padmasambhava.

Né à l'ouest de l'Inde, Vimalamitra était déjà fort érudit avant de rencontrer son maître Shrî Simha, de qui il reçut les premiers enseignements *men ngak dé* des *nyingthik*, « les sphères du cœur ». Plus tard, un autre disciple, Jñânasûtra, vint se joindre à lui. Ce dernier demeura plus longtemps que Vimalamitra auprès de Shrî Simha, et transmit à Vimalamitra les derniers préceptes du maître. Après avoir été le maître du roi Indrabodhi le second en Oddiyâna, Vimalamitra se rendit au Tibet au VIIIᵉ siècle, sur l'invitation du roi Trisongdetsen, et collabora étroitement avec Padmasambhava et Vairocana.

Selon la tradition, Vimalamitra est responsable de la transmission des dix-sept tantras au Tibet, où il résida treize ans.

Juste avant son départ pour le Wou T'ai Shan, en Chine, il transmit à son tour les préceptes du Nyingthik à son principal disciple, Nyang Ting Ngé Dzin Zangpo.

A partir de cette époque, la transmission des enseignements de Vimalamitra devint en partie *kama*, en partie *terma*. Nyang Ting Ngé Dzin Zangpo transmit une partie des enseignements, qui devint alors la lignée orale *kama*, à son disciple Drom Rinchen Bar. Cette transmission comprend entre autres les dix-sept tantras. Il cacha le reste des préceptes du *nyingthik* dans un pilier du temple de Sho Lhakhang, qu'il venait de faire bâtir. Ce n'est qu'après la redécouverte de ces textes par Dangma Lhungyal, au XIᵉ siècle, que les deux lignées purent se rejoindre et se compléter. C'est ainsi qu'elles sont parvenues jusqu'à Mélong Dordjé, Kumaradza et enfin Longchenpa, au XIVᵉ siècle. Les préceptes et traités issus de Vimalamitra sont appelés *Bima Nyingthik*, et, si l'on y ajoute les dix-sept tantras, l'ensemble constitue le *Sangwa Nyingthik*, « la Secrète Essence du cœur ».

Padmasambhava, pour sa part, transmit son propre Nyingthik à Péma Sel, l'une des filles du roi Trisongdetsen, puis le texte fut caché, pour n'être redécouvert qu'au XIIIᵉ siècle par Péma Ledrel Tsel. Cet enseignement est connu sous le nom de *Khandro Nyingthik*, parce qu'il avait été confié à une Dâkinî. Si l'on y ajoute le tantra-source *Longsel barwa*, le « dix-huitième » tantra du Men Ngak dé, l'ensemble se nomme *Dzogchen Pema Nyingthik*.

La Secrète Essence du cœur

La *Secrète Essence du cœur*, ou *Sangwa Nyingthik*, est donc un vaste ensemble de textes constitué par les enseignements de Vimalamitra, comprenant les préceptes qu'il reçut de Shrî Simha et les dix-sept tantras.

Les préceptes y sont au nombre de cent dix-neuf. Beaucoup sont inspirés par les dix-sept tantras et cinq d'entre eux constituent les « Cinq Précieux Écrits », *Rinpochéi yigé nga*. Ce dernier sous-ensemble constitue le *Bima Nyingthik* proprement dit.

On peut donc dire, pour nous résumer, que le *Bima Nying-thik* tire sa substance des dix-sept tantras, en dévoile le sens et expose comment les mettre en pratique.

Le contenu des dix-sept tantras

Ces dix-sept tantras, qui constituent les fondations de la pratique du Dzogchen Men ngak dé, s'articulent entre eux selon plusieurs modes de classification, plus ou moins pratiques ou scolastiques selon les cas. On remarque dans ces listes la présence d'un dix-huitième tantra, le *tantra de la Noire Courroucée (nagmo tröma)*, qui est le tantra des divinités protectrices de l'enseignement Dzogchen. Longchenpa nous livre deux listes, dont voici l'essentiel, dans le *Thekchok Dzö* et le *Drouptha Dzö*.

La première, celle du *Thekchok Dzö*, est la plus poétique :

> Le *tantra du Lever naturel (rang shar)*, le *tantra de l'Autoli-bération (rang dröl)* et le *Tantra intranscriptible (yigé mépa)* sont les « trois essences des tantras ». Semblable à l'assemblée du roi, des ministres et des sujets, leur réunion est comme « gouverner un royaume ». Ces tantras permettent de maîtriser le sens général de l'enseignement et gouvernent donc toutes choses.

> Le *tantra du Miroir de l'Esprit de Samantabhadra (kuntou-zangpo thouk ki mélong)*, le *tantra du Miroir du Cœur de Vajrasattva (dordjé sempa nying gi mélong)* et le *tantra de l'Incrustation de joyaux (norbou trakö)* sont les « trois quintessences des tantras ». Ils sont semblables à l'atteinte de la cime de la reine des montagnes, d'où l'on contemple toutes les vallées en contrebas. Ces tantras permettent de voir le sens profond de tous les tantras.

> Le *tantra du Collier de perles (moutik trengwa)*, le *tantra de la Parfaite Énergie du lion (sengé tsel dzok)* et le *Tantra paré d'une grâce de bon augure (tashi dzéden)* sont les « trois fleurs des tantras ». Semblables au lever de trois soleils dans le ciel qui dissipent les ténèbres du monde, ces tantras permettent de clarifier le sens intentionnel profond de tous les tantras et leur énoncé.

Le *tantra de la Perfection spontanée (dzokpa rangdjoung)* est
« l'épitomé de tous les tantras ». Il est semblable aux solides
fondations d'un château qui rendent possible l'édification de
nombreux étages supérieurs. Sa fonction est de révéler la base
de libération à ceux qui en ont la faculté.

Le *tantra de la Présentation (ngotrö trepa)* est la « perfection
au plus profond des apparences ». Il est semblable à un phare
au sommet du château ou au fait d'être au sommet du château,
hors d'atteinte des armes. Il a pour fonction de clarifier le sens
ultime par l'exemple et de rendre intrépide dans les domaines
du samsâra.

Le *tantra de l'Union du soleil et de la lune (nyida khadjor)*
est le « tantra de la sagesse qui écarte le tumulte des com-
bats ». Il est semblable à l'ouverture de fenêtres dans les
quatre directions. Sa fonction consiste à dissiper les illusions
des bardos et à nous y libérer.

Le *tantra Amas de précieux joyaux (rinpoché poungpa)* et le
tantra des Reliques flamboyantes (koudoung barwa) sont les
« deux tantras-branches ». Ils sont comme mettre un toit au
château. Ils ont pour fonction de tout magnifier en nous faisant réaliser que la sagesse réside dans nos propres perceptions.

Le *tantra de la Lampe flamboyante (drönma barwa)* est le
« tantra qui libère les yogis ». Il est semblable au roi qui se
tient au sommet de son palais et exauce tous les souhaits. Il a
pour fonction de faire accomplir tous les buts en clarifiant la
pratique.

Le *tantra des Six Abîmes (long droukpa)* est le « tantra semblable au cœur ». Il est semblable à une porte gardée, de telle
manière que les ennemis et les voleurs – les armées de l'attachement aux caractéristiques – n'ont aucune possibilité d'entrer. Il révèle directement l'Intention des bouddhas et dissipe
les erreurs, les obscurcissements et les obstacles par la réalisation de la Vue.

Le *tantra du Son qui transperce tout (dra thelgyour)* est le
« tantra du centre naturel secret ». Il est semblable à une
enceinte extérieure en fer. Il a pour fonction de trancher toutes
les craintes et de révéler clairement la philosophie naturelle,
de telle sorte que l'on n'est plus exposé aux attaques adverses.

Enfin, le *tantra de la Noire Courroucée (nagmo tröma)* est le « tantra semblable à une arme ». Il est semblable à un gardien du seuil en armure, qui empêche tous les « nuisibles » de pénétrer à l'intérieur. Sa fonction est de faire continuellement chuter les adversaires et de protéger de tous les obstacles.

La seconde liste, tirée du *Drouptha Dzö*, est une véritable classification ordonnée, accompagnée d'une brève description du contenu des tantras. Nous y rajouterons quelques caractéristiques supplémentaires des tantras pour en compléter le tableau.

1. Les deux tantras-racines forment « l'essence unique de tous les dharmas ». Ce sont :
– le *tantra de la Perfection spontanée* ou *Dzokpa rangdjoung tchenpö gyü (rdzogs-pa rang-byung chen-po'i rgyud)*. Il a pour but de faire mûrir ceux des êtres qui aiment les élaborations, au moyen de la transmission de pouvoir élaborée qui comprend les quatre initiations. Il enseigne comment se préparer à devenir un récipient approprié à l'enseignement. Ce tantra « semblable à un fleuve » est composé de vingt-cinq chapitres ;
– le *tantra intranscriptible* ou *Yigé mépai gyü tchenpo (yi-ge med-pa'i rgyud chen-po)*. Il a pour fonction de dévoiler complètement les points cruciaux des préceptes qui libèrent ceux qui sont mûrs. Il expose les méthodes de pratique, comment abandonner les activités et vivre en des lieux sans défauts, les quatre « laisser être » ou *tchoshak*, comment maintenir l'état naturel et l'indéfectible méthode de la pratique principale de *thögal*. Ce tantra « pareil à la reine des montagnes » est composé de six chapitres.

2. Les deux tantras explicatifs, la mère et le fils, sont « comme la pousse des feuilles ». Ce sont :
– le *tantra du Grand Lever naturel de rigpa* ou *rigpa rangshar tchenpö gyü (rig-pa rang-shar chen-po'i rgyud)*. Il a pour fonction de clarifier spécifiquement la base de la vue, de la méditation, de l'action et du fruit. On le dit « semblable à l'océan ». Il est composé de cent huit chapitres ;
– le *tantra de la Liberté naturelle de rigpa* ou *rigpa rangdröl tchenpo thamtché drölwai gyü (rig-pa rang-grol chen-po thams-cad grol-ba'i rgyud)*. Il a pour fonction de dissiper les conceptions erronées. Il enseigne comment rigpa est non né et spontanément libre en lui-même. Il montre comment maî-

triser les apparences et comment s'habituer aux chaînes adamantines, afin de libérer toutes choses du samsâra et du nirvâna. « Pareil au serpent qui se dénoue », il comporte dix
chapitres.

3. Les deux tantras-branches, tels « le lever des planètes et des
étoiles au-dessus de l'océan », sont :
– le *tantra de l'Amas de précieux joyaux* ou *Rinpoché poung-
pai gyü (rin-po-che dpung-pa'i rgyud),* qui dévoile complètement les qualités qui gisent en nous et montre comment ces
qualités manifestes sont l'essence de l'union rigpa-espace.
« Semblable à un trésor », il se compose de cinq chapitres ;
– le *tantra des Reliques flamboyantes* ou *Koudoung barwa'i
gyü (sku-gdung 'bar-ba'i rgyud),* qui dévoile les signes extérieurs et intérieurs du corps, de la parole et de l'esprit qui
accompagnent la maturation de rigpa avant et après le parinirvâna. Son but est d'inspirer la foi et la confiance chez les
êtres. « Semblable à un roi », il se compose de trois chapitres.

4. Les deux tantras qui clarifient les autorités scripturaires,
« pareils à l'épanouissement d'une fleur », sont :
– le *tantra du Son qui traverse tout* ou *Dra Thelgyour tchenpö
gyü (sgra thal-'gyur chen-po'i rgyud),* qui révèle la racine de
tous les contenants. Il expose comment parvenir au niveau du
Corps d'apparition et comment œuvrer au bien d'autrui par
des pratiques liées aux éléments et aux sons. « Semblable à
une clef », il est composé de cinq volumineux chapitres ;
– le *tantra paré d'une grâce de bon augure* ou *Tashi dzéden
tchenpö gyü (bkras-shis mdzes-ldan chen-po'i rgyud),* qui
aide à opérer la reconnaissance même au temps de l'illusion.
Il expose comment établir la nature de rigpa et comment
reconnaître la base de l'illusion et la sagesse sans méprise.
« Semblable à une roue », il est composé de cinq chapitres.

5. Les quatre sortes de tantras des préceptes, tel « le mûrissement d'un fruit », sont :
– le *tantra du Miroir du Cœur de Vajrasattva* ou *Dordjé
sempa nying gi mélong gi gyü (rdo-rje sems-dpa' snying gi
me-long gi rgyud),* qui expose comment les lampes sont le
déploiement naturel de rigpa, les neuf véhicules, la base de
l'éveil et de l'illusion, les vingt et une présentations, les transmissions de pouvoir, le lien sacré, les qualités des sagesses,
etc. « Semblable au soleil », il est composé de huit chapitres ;
– le *tantra du Miroir de l'Esprit de Samantabhadra* ou *Kuntouzangpo thouk kyi mélong gi gyü (kun-tu bzang-po thugs-*

kyi me-long gi rgyud), qui révèle comment opérer la distinction des déviations et des obscurcissements, comment couper
à travers les erreurs et comment établir l'état naturel. « Semblable à l'épée », il est composé de quatre chapitres ;
– le *tantra de la Présentation* ou *Ngotrö trepa'i gyü (ngo-
sprod spras-pa'i rgyud),* qui révèle les exemples, la signification et les signes de rigpa, et comment l'appliquer à notre pratique par diverses indications. « Semblable au miroir », il est
composé de trois chapitres ;
– le *tantra du Collier de perles* ou *Moutik trengwa rinpochei
gyü (mu-tig phreng-ba rin-po-che'i rgyud),* qui révèle l'or-
donnance des préceptes afin d'accomplir la bouddhéité. Il prévient rigpa de l'égarement et donne les moyens de le mener
à maturité par la pratique, expliquant comment le maîtriser et
se libérer. « Semblable à l'enfilage des perles », il se compose
de huit chapitres.

6. Les trois tantras de l'Intention qui réside en soi, tel « l'œil
qui fait voir », sont :
– le *tantra des Six Espaces de Samantabhadra* ou *Kuntouzangpo long droukpai gyü (kun-tu bzang-po klong drug-pa'i
rgyud),* qui enseigne comment purifier les lieux de naissance
des six classes d'êtres, comment prévenir les mauvaises
renaissances, et révèle comment ébranler les trois domaines
de l'existence. Il rend manifeste les purs champs du déploiement naturel. « Semblable au grand Garuda », il est composé
de six chapitres ;
– le *tantra des Lampes flamboyantes* ou *Drönma barwai gyü
(sgron-ma 'bar-ba'i rgyud),* qui enseigne concrètement ce
que sont les quatre lampes du thögal, leur signification, leur
terminologie, donne des exemples de la manière dont la
sagesse s'élève, explique comment dissiper les erreurs conceptuelles sur la connaissance spontanée et la manière de pratiquer. « Semblable à une torche », il est composé de quatre
chapitres ;
– le *tantra de l'Union du soleil et de la lune* ou *Nyida khadjor
(nyi-zla kha-sbyor),* qui expose quelles sont les expériences
traversées lors des bardos après la mort. Il enseigne comment
utiliser les instructions orales des maîtres au cours du bardo
naturel de la vie, comment stabiliser rigpa au moment de la
mort, comment reconnaître rigpa lors du bardo de la réalité
absolue et comment, si nécessaire, renaître dans les champs
purs. Bref, il révèle comment emmener les bardos sur la voie
de l'éveil. « Semblable aux retrouvailles de la mère et de son
fils », il se compose de quatre chapitres.

7. Les deux tantras de l'entrée naturellement libre, tel « le cœur, base de l'attention », sont :
– le *tantra de la Parfaite Énergie créatrice du lion* ou *Sengué tsel dzok kyi gyü (seng-ge rtsal-rdzogs kyi rgyud)*, qui explique les étapes du progrès spirituel et les signes qui l'accompagnent. Il révèle comment stabiliser rigpa et donne les moyens d'accroître les expériences. Il montre comment la vue se manifeste concrètement. « Semblable à un lion », il est composé de treize chapitres ;
– le *tantra de l'Incrustation de joyaux* ou *Norbou trakö (norbu phra-bkod)*, qui expose comment dissiper les défauts et les déviations de la vue, de la méditation, de l'action et du fruit. Il révèle comment faire son entrée dans la voie coutumière aux yogis. « Semblable à l'or raffiné », il est composé de quatorze chapitres ;

8. Le tantra du rituel éclairé, tel « un chien de garde », est le *tantra de la Glorieuse Noire Courroucée* ou *Pel nakmo trömai gyü (dpal nag-mo khro-ma'i rgyud)*, qui a pour fonction de parfaitement protéger l'enseignement et les pratiquants. C'est le tantra d'Ekadzati, la protectrice courroucée des dix-sept tantras du Dzogchen Men ngak dé, qui est une émanation de Samantabhadrî.

Dans le *Thekchok Dzö*, il est également expliqué combien les dix-sept tantras sont solidaires :

L'absence des deux tantras-racines est pareille à un tronc d'arbre dont les racines sont pourries : il est impossible qu'en surgissent des branches.
L'absence des deux tantras explicatifs, la mère et le fils, est pareille à l'absence de feuilles sur un arbre : les fleurs ne pousseront pas.
L'absence des deux tantras-branches est comme une main coupée qui, même si elle s'accroche au rocher, finira par tomber.
L'absence des deux tantras de l'entrée naturellement libre est à l'image d'un cadavre privé d'esprit, incapable d'œuvrer au bien d'autrui.
L'absence des deux tantras clarificateurs des écritures est pareille à l'absence de fleurs : jamais ne viendra le temps où mûrissent les fruits.
Sans les quatre tantras des préceptes, on fait une récolte absurde, parce qu'il n'y a pas de fruits.
En l'absence des trois tantras de l'Intention qui réside en soi,

on est pareil à un homme privé d'yeux qui ne connaît pas le
chemin et se trouve incapable d'entrer dans la cité.

En l'absence du tantra du rituel éclairé, voleurs et ennemis
volent les richesses comme en l'absence du chien de garde.

Nous avons donc dix-sept tantras issus de la tradition de
Vimalamitra, le dix-huitième ayant pour fonction de protéger
l'enseignement. Si l'on rajoute à cette liste le tantra-source du
Khandro Nyingthik de Padmasambhava, le *tantra de la Flamboyante Clarté spatiale* ou *Longsel barwa tchenpö gyü (klong-
gsal 'bar-ba chen-po'i rgyud)*, cela fait un total de dix-neuf
tantras pour le cycle secret insurpassable du Dzogchen Men
ngak dé.

*

Le tantra du Miroir du Cœur de Vajrasattva

J'ai choisi de vous présenter le *tantra du Miroir du Cœur de
Vajrasattva* pour sa relative brièveté et parce que ses propos
englobent nombre de sujets importants pour la compréhension
du Dzogchen. De plus, son style épique et dramatique ainsi
que le cadre des enseignements sont très représentatifs du
genre littéraire des tantras du Dzogchen.

Ce tantra est divisé en trois parties. La première se confond
avec le premier chapitre, appelé *Lengshi* ou prologue. On y
situe les circonstances et le cadre où vont se dérouler les enseignements, qui enseigne et quels sont ses interlocuteurs. On y
présente ensuite un bref et dense enseignement qui essentialise
le cœur de l'enseignement Dzogchen. La deuxième partie, ou
partie principale, comprend les chapitres II à VII inclus, où
sont exposés les différents sujets de l'enseignement proprement dit. La troisième et dernière partie, le huitième et dernier
chapitre, expose la finalité du tantra et comment l'enseigner.
Au corps de ce tantra se rajoute une brève conclusion où le
tantra est placé sous la protection des dâkinîs courroucées et
où l'assemblée se réjouit. Suit un bref colophon indiquant que
Vimalamitra a enseigné ce tantra.

Pour l'établissement de la traduction, j'ai utilisé deux versions du tantra, issues de collections de textes différentes. Celle que j'ai suivie provient de la collection *« Collected Nyingmapas Tantras of the Man ngag sde class of Atiyoga »*, *rNyingma'i rgyud bcu-bdun*, New Delhi, 1989, volume I, p. 315-388. L'autre texte consulté provient de la *« collection des Cent Mille Tantras »*, le *rNying-ma rgyud-'bum,* éditée par Dilgo Khyentsé Rinpoché à Thimbu, Bhutan, en 1973, volume THA, p. 530-581. Mis à part les fautes d'orthographe fréquentes, inductrices de contresens, que l'on peut lever assez facilement par confrontation des deux éditions, il demeure un certain nombre de divergences entre les deux textes qui donnent à penser que l'on est en présence de deux versions différentes. Quand les deux éditions diffèrent sensiblement, j'ai signalé en note la version divergente du *Nyingma gyü boum*.

Chaque chapitre est accompagné d'un commentaire destiné à en éclairer brièvement le sens quand cela est nécessaire.

Le tantra
du Miroir du Cœur
de Vajrasattva

en sanscrit :

VAJRASATTVA CITTA ÂDARSHA
TANTRA NÂMA

Chapitre I

Hommage au Vainqueur, l'Invincible au Visage Ridé de Cour-
    roux !

Voici ce qu'une fois j'ai enseigné :
« Écoutez bien, disciples assemblés,
Écoutez-moi, je vais vous exposer
Le sens de la Grande Méthode spontanée. »

C'est ainsi que je les exhortais.

Voici ce qu'une fois j'ai entendu ;
Dans le grand charnier du Volcan flamboyant,
Où le vent hurle le jour et le feu fait rage la nuit,
Le Vainqueur se manifesta dans le Corps d'apparition appelé
    « le Jeune Héros Athlétique »
Et enseigna cet épitomé très secret du grand tantra à l'assemblée
    des Courroucés qui accompagnent le Seigneur des Mystères :

« Sens libérateur, mis en lumière, enseigné in extenso ! »
Par trois fois, il énonça ces mots.

Alors, le Seigneur des Mystères lui adressa sa requête :
« O Merveille ! Protecteur d'Amour, Vainqueur Compatissant !
Je te prie d'exposer l'essence de l'enseignement ! »

Se manifestant pleinement sous son aspect courroucé, le Vain-
    queur dit : « A SARVA DHARMA AHI ! »,
Et quand il eut prononcé ces mots, toutes les dâkinîs eurent
    l'esprit bouleversé
Et toutes les sphères des mondes se remplirent de lumière.

Il dit encore : « SARVA MALA MALA A HÛM ! », par quoi les
bénédictions des bouddhas devinrent manifestes.

L'assemblée des Courroucés et celle des dâkinîs réunies pré-
sentèrent alors cette requête :
« O Vainqueur, enseigne-nous, nous t'en prions, la claire lumière
de l'espace né de lui-même !
Enseigne-la-nous selon le sens du véhicule de l'Ati !
Enseigne-nous la lampe qui révèle notre rigpa spontané ! »
Telle fut leur triple requête.

Le Seigneur [1] des Puissants répondit :
« Écoutez, ô grands seigneurs courroucés !
Mes enseignements sont inconcevables ;
Écoutez bien, car je vais vous en révéler le sens :
De la dimension spontanée [surgit] l'espace du rigpa de claire
lumière.
Ce rigpa, non né et pur depuis l'origine, est l'esprit d'éveil.
Le Corps de Sagesse du rigpa sans naissance [2]
Est semblable à l'arc-en-ciel, sans interférences, absolument
parfait.
Dans le mandala du cœur, la Sagesse se manifeste en lumière [3] ;
La lumière de la Sagesse jaillit, surgissant par la voie des yeux,
Et la Sagesse se dilate en lumière dans un ciel vide et parfaite-
ment pur pour se résoudre non duellement dans l'indistinc-
tion de la clarté et de la vacuité.

Dans la Vue de rigpa de l'immuable Ati,
Toutes choses sont unes et totalement parfaites, libres de toute
désignation.
L'abandon des désignations débouche sur l'espace de la féli-
cité spontanée.
Si vous réalisez la non-dualité, c'est l'état de l'Ati, rigpa ;
La réalisation du sens du Grand Véhicule est l'état de l'Ati,
rigpa ;
La réalisation du sens du Mantrayâna secret est l'état de l'Ati,
rigpa ;

1. NGB : « Le Roi des Puissants... ».
2. NGB : « Rigpa, qui est sans naissance, est le Corps de Sagesse ».
3. NGB : « Dans le mandala du cœur brillent les cinq Corps de Sagesse ».

La réalisation du sens de la Sagesse est l'état de l'Ati, rigpa ;
La réalisation du sens des apparences visionnaires spontanées
  est l'état de l'Ati, rigpa.

Cette lampe qui révèle votre propre rigpa,
Pareille au reflet de la lune dans l'eau, n'est pas du domaine des
  objets.
Lampe de la Voie de l'Éveil, elle naît d'elle-même et se résorbe
  en elle-même.
A l'instar du regard du soleil, elle embrasse la totalité des êtres.
Du centre du cœur, via les yeux elle chemine,
Lampe de Sagesse, et dans le ciel vide,
Bouquet lumineux [4], elle s'étend aux confins de l'espace.
Elle prend appui sur le confinement des propensions kar-
  miques mais s'active [5] dans la dimension de la Sagesse :
Lampe de Sagesse, immense éclat lumineux de vos percep-
  tions visionnaires,
Lampe de Sagesse, cime de tous les enseignements ! »
Telle fut sa réponse.

Tous demandèrent encore :
« O Merveille ! Vainqueur Compatissant ! S'il en est bien ainsi,
  comme tu as répondu à nos trois questions,
Enseigne-nous, nous t'en prions, l'essence du but ultime ;
  enseigne-nous l'absolue pureté inexprimable ! »

Le Grand Seigneur des Courroucés répondit :
« Écoutez, ô Détenteurs du Vajra !
De ce que je révèle en moi-même,
Essayez de vous souvenir correctement :
Dans l'abîme immuable de l'essence brille rigpa né de lui-
  même ;
Dans le Corps de Sagesse de l'essence, il n'est ni révélé ni
  voilé.
Le cœur essentiel est le Corps de félicité lumineux en lui-même,
Unique quintessence qui tout-embrasse,
Hors de portée de l'expression, indémontrable par les mots,

---

4. NGB : « Bouquet lumineux de la Sagesse... ».
5. NGB : « Et s'unit à la dimension de la Sagesse ».

La Sagesse de rigpa exempte des limitations de l'expression
S'absorbe dans l'état inexprimable de la luminosité parfaitement
   pure.
Elle imprègne indistinctement la totalité des êtres :
Merveille que ce Corps de félicité apparu de lui-même,
Grand sens dévoilé par l'énoncé unique,
Qui révèle clairement et distinctement toutes les couleurs !
Comme il imprègne tous les êtres, ce Corps unique est le Corps
   du Sugatagarbha.
Dans l'espace où il n'est pas d'obstacles, la suprême connais-
   sance s'illumine.
Éternellement chargée du trésor, elle réside dans votre cœur-
   esprit.
La révélation du Grand Tantra est la formule secrète, les
   voyelles et les consonnes.
Ce roi des formules secrètes, qui dévoile la Sagesse primor-
   diale,
Est un trésor rarissime entre tous,
Et ceux qui préservent leur lien sacré – l'absence de distrac-
   tion – s'y conformeront dans leur action. »

C'est ainsi que le Roi des Courroucés révéla *in extenso* le sens
   des explications élaborées sur les préceptes oraux.
C'est le roi de tous les tantras, l'épitomé très secret.

*

Fin du premier chapitre du Grand Tantra du Miroir du Cœur
de Vajrasattva, « le Prologue ».

L'un des propos de ce premier chapitre est de nous situer les conditions de l'enseignement. C'est pourquoi on l'appelle en tibétain *lengshi*, « prologue ».

Ces conditions constituent ce qu'on appelle dans le tantrisme et le Dzogchen « les cinq perfections ». Il s'agit du maître parfait, du lieu parfait, de l'assemblée des disciples parfaits, du moment parfait et de l'enseignement parfait. Ces cinq perfections sont les conditions d'une perception pure de l'environnement et de l'enseignement. Elles induisent le bon état d'esprit pour écouter un enseignement.

L'hommage qui ouvre le tantra, *« Hommage au Vainqueur, l'Invincible au Visage Ridé de Courroux »*, est un hommage au bouddha Vajradhara, le bouddha primordial en Corps de jouissance, sous une apparence terrible. A ce niveau, qui est celui de l'énergie en déploiement, les êtres pleinement éveillés ou bouddhas peuvent se manifester sous des formes tantôt paisibles, tantôt terribles, selon le type d'enseignement qu'ils s'apprêtent à donner. Les enseignements les plus élevés sont donnés sous un aspect terrible. Vajradhara, appelé ici « le Jeune Héros Athlétique », est donc le maître qui enseigne ce tantra.

Plus secrètement, cet hommage est en fait un hommage à rigpa, l'esprit éveillé. Rigpa est l'état de présence claire et éveillée qui transcende les limites de l'esprit ordinaire. En essence vide et primordialement pur, Rigpa a pour nature la luminosité spontanément présente et pour énergie une incessante compassion. Le Dzogchen se différencie des autres véhicules en ce qu'il se situe au niveau de rigpa et non de l'esprit ordinaire. Rendre hommage au Vainqueur signifie reconnaître

notre véritable nature, ce rigpa qui demeure en chacun des
êtres sensibles.

Le lieu de l'enseignement est « le charnier du Volcan flamboyant », le champ pur des déités courroucées. La description
d'un tel mandala terrible comporte de nombreux détails
effroyables ou répugnants. Il s'agit d'une perception propre à
l'état de l'esprit courroucé, qui transmute toutes nos répulsions
et toutes nos peurs en sagesse, au-delà de l'espoir et de la
crainte. Tous les détails sont donc des représentations symboliques. On en trouve l'exposé dans le *rigpa rangshar* :

> Dans l'espace, face à ces Champs purs (paisibles), il y a ce
> Champ pur des Corps d'apparition courroucés, « le Grand
> Charnier du Volcan flamboyant ». S'y trouve un palais divin,
> avec une demeure carrée faite de crânes. Les fondations sont
> formées de crânes desséchés, les murs, de crânes encore frais,
> et les extrémités des poutres, de crânes chevelus. Il est incom-
> mensurable, tant en étendue qu'en hauteur. Des clous de fer
> céleste y sont fixés, y coulent des torrents de sang, et l'on y
> trouve des coussins de soleil et de lune. Piliers et arches
> jaillissent de gueules de makaras, et les huit grands dieux
> s'étirent en poutres, avec d'immenses sabres.
> Là, le vent hurle le jour et le feu fait rage la nuit. Aux quatre
> angles sont fichés des parasols en peau. Cinq déesses exécu-
> tent des danses et le sol entier est agité de vagues de sang. A
> l'intérieur du palais divin siège le Vainqueur « Jeune Héros
> Athlétique ». Bien que son esprit ne quitte point l'état pai-
> sible, il déploie l'apparence d'un Corps courroucé. Une
> assemblée de Dâkinîs et de Courroucés innombrables l'en-
> toure. On y trouve la Dâkinî Punarnyewarshiwa, Brâhma à
> cou de nacre, le jeune Rishi à l'éclat lunaire ainsi qu'Ekadzati
> et sa suite, ses six sœurs et ses quatorze assistantes, leurs cin-
> quante-huit servantes, ainsi que des myriades de suivantes.
> Bref, une cour innombrable de dâkinîs l'entoure.
> De l'esprit du Vainqueur jaillit le cercle des émanations – Vaj-
> rapâni, etc., – formant un inconcevable mandala de déités ter-
> ribles. Il y a encore tout un entourage d'êtres humains tels que
> Garab Dordjé. Pour tous, le Vainqueur fait tourner la roue
> de l'insurpassable Dharma du Mantra secret résultant et
> œuvre à la libération des bodhisattvas en Corps d'apparition
> paisible. Tous, cependant, ont un visage ridé de courroux. Tel
> est ce palais divin extrêmement vaste.

Ainsi, le sang, rouge, symbolise ici l'élément eau, mais aussi la compassion ; le volcan symbolise le feu qui transforme les émotions négatives en sagesse. Les fondations du palais en crânes desséchés symbolisent le Corps absolu sans attributs des bouddhas, vide et primordialement pur, le principe des Corps formels. Ces derniers, le Corps de jouissance et le Corps d'apparition, sont représentés respectivement par les crânes frais des murs et les crânes chevelus des poutres.

Le mandala du charnier du Volcan flamboyant est un champ pur, c'est-à-dire un champ perceptif dénué de toute perception ordinaire. Il est né spontanément de l'esprit de sagesse des bouddhas dans le seul but d'aider les êtres ordinaires – qui pourront y renaître par la force de leurs aspirations passées – à atteindre promptement l'éveil.

L'assemblée constituée d'innombrables dâkinîs, de Vajrapâni et de Courroucés est en fait « jaillie de l'esprit du Vainqueur », c'est-à-dire qu'elle n'est autre que le reflet de la Sagesse du bouddha Vajradhara. Il incite donc ses propres émanations à lui poser les questions auxquelles il répond ensuite. Le chef de l'assemblée est Vajrapâni, le bodhisattva qui personnifie l'énergie de l'éveil, appelé « Seigneur des Mystères », parce qu'il est l'interlocuteur préféré des bouddhas dans les tantras, celui qui transmet ensuite l'enseignement au niveau humain.

Le moment précis de l'enseignement est le temps parfait qui transcende les trois temps, passé, présent et futur. C'est le « temps de Samantabhadra », et ce type d'enseignement est appelé « roue de la jouissance éternelle ».

Le contenu de l'enseignement est énoncé par le Vainqueur en trois brefs énoncés : « *Sens libérateur, mis en lumière, enseigné in extenso !* » « Sens libérateur » se réfère au sens ultime du Dzogchen qui libère des chaînes de l'ignorance. « Mis en lumière » signifie que ce sens révèle la luminosité qui gît dans le mandala du cœur. « Enseigné *in extenso* » annonce une explication du sens des tantras.

La première question de l'entourage concerne « *l'essence de l'enseignement* », c'est-à-dire, précise un bref commentaire interlinéaire, l'essence de tous les tantras du Dzogchen. La première formule énoncée, « A SARVA DHARMA AHI », signifie qu'au sein du sans-naissance tous les phénomènes sont l'union indivisible de rigpa et de l'espace.

« SARVA MALA MALA A HÛM » signifie l'égalité et l'absence de naissance de tous les phénomènes.

La question posée est triple.

Le premier volet concerne « la claire lumière de l'espace né de lui-même » : il y est répondu par une brève description du principe de luminosité dans la pratique de *thögal*. La luminosité est celle de rigpa, l'esprit d'éveil. La demeure du Corps de sagesse de rigpa est située dans le cœur. Il y apparaît comme les cinq lumières aux couleurs d'arc-en-ciel, qui sont l'expression des cinq sagesses. Un canal relie le cœur aux yeux ; il y chemine la luminosité qui jaillit du cœur et celle-ci se déploie alors dans l'espace, le ciel vide et parfaitement pur. Cette manifestation de la sagesse, qui transcende alors la notion d'extérieur et d'intérieur, est à la fois clarté et vacuité [6].

Le deuxième volet concerne « le sens du véhicule de l'Atiyoga ». Il y est répondu que, selon la vue de rigpa, tous les phénomènes sont un et parfaits. En effet, ils ne sont que le seul déploiement du dynamisme de rigpa. Ce n'est que dans le dualisme engendré par l'ignorance que les phénomènes se différencient en samsâra et nirvâna. Nous sommes donc au-delà de toute désignation conceptuelle, et cette réalisation débouche sur la liberté et la félicité. Le Dzogchen, ou Atiyoga, est donc la cime de tous les véhicules, grand véhicule et tantrisme compris. L'état d'éveil, rigpa, n'est autre que l'intégration de la Sagesse et de ses manifestations lumineuses.

Le troisième volet concerne « la lampe qui révèle notre rigpa spontané ». Dans la réponse, il est rappelé que le principe des

---

6. Il s'agit en fait du principe des six lampes : dans le cœur se trouve la lampe de chair, *Citta sha'i sgron-ma*, qui est le support interne de rigpa. La deuxième lampe est le canal de cristal, *rtsa-kati*, qui relie le cœur aux yeux. L'œil, qui est la porte d'émergence, est appelé la lampe d'eau qui capte le lointain, *rgyang-zhag chu'i sgron-ma*. Ce sont les trois lampes du contenant. Viennent alors les trois lampes du contenu : la lampe de l'espace absolument pur, *dbyings rnam-dag gi sgron-ma*, est l'espace pur, le terrain où émergent les visions ; la lampe des disques vides, *thig-le stong-pa'i sgron-ma*, est la base des manifestations visionnaires de la sagesse sous forme de disques lumineux, ou *thig-le*, comparée aux ocelles d'une plume de paon. Enfin, la lampe de la connaissance née d'elle-même, *Shes-rab rang-byung gi sgron-ma,* est rigpa lui-même, sans lequel aucune vision ne serait possible.

lampes du thögal, qui révèle rigpa dans sa maturité, est au-delà
de la scission du sujet et de l'objet. Le yogi n'est pas un seul
instant distinct des visions qui sont la manifestation de son
propre rigpa. S'il pense être un sujet qui regarde un spectacle
extérieur, sa pratique chute dans la dualité et cesse de porter
des fruits. Il crée ainsi des obstacles à sa réalisation. Tel le reflet
de la lune dans l'eau, la lampe est insaisissable. De plus, bien
que prenant appui sur ce corps physique créé par les propensions karmiques, elle est primordialement pure dans la dimension de la Sagesse.

La dernière question concerne l'essence ultime. Il s'agit en
fait de l'essence des Tathâgatas, ou « tathâgatagarbha », qui
demeure en chacun des êtres sensibles. Dans le Mahâyâna causal, le tathâgatagarbha était un germe d'éveil présent en chacun des êtres, mais ce germe devait s'épanouir en bouddhéité
grâce à l'accumulation de mérites et de sagesse. Dans le Dzogchen comme dans les tantras, qui sont tous des véhicules résultants, le tathâgatagarbha est la nature de bouddha, présente
dans tous les êtres sensibles depuis toujours et parée de toutes
ses qualités au complet. C'est en quelque sorte une « bonté
fondamentale » que seuls les obscurcissements des émotions et
des concepts voilent. Ces obscurcissements n'adhèrent pas au
tathâgatagarbha, et il suffit de reconnaître ce dernier pour
s'éveiller. Dans le Dzogchen, le tathâgatagarbha est identifié à
rigpa, l'esprit d'éveil, source de toutes les qualités de l'éveil,
présentes depuis toujours mais jamais exprimées jusqu'ici. Il
englobe les cinq sagesses, les cinq Corps, les cinq luminosités,
etc., et c'est pourquoi on le compare à un trésor. Nommé aussi
sugatagarbha, « essence des Bienheureux », il réside dans le
cœur, où il est la source de jaillissement des manifestations
lumineuses de la sagesse. Reconnaître cette essence qui gît en
nous et ne plus nous en distraire, tel est le but de la pratique du
Dzogchen.

Chapitre II

Or, donc, le Vainqueur à l'apparence paisible se manifesta
comme le nommé « Vajradhara, le Sixième bouddha ».
Étaient réunis autour de lui les cinq grandes dâkinîs, dix mil-
lions de dâkinîs, les six Sages et le bodhisattva « Joyeux
Revenant » [1].
Alors, sous l'effet des bénédictions compassionnées du Vainqueur, celui que l'on nomme Vajrapâni,
Le Seigneur des Mystères, se manifesta devant lui et joignant
les mains lui adressa cette requête :
« O Vainqueur Vajradhara ! Enseigne-nous, je te prie, le pouvoir
des Véhicules ! »

Et Vajradhara parla sans retenue :
« Bien qu'inconcevables, les pouvoirs des véhicules peuvent
s'énoncer en deux syllabes.
Quelles sont donc ces deux syllabes ?
Les syllabes SA et HA qui condensent tout.
Comment cela ? Je m'en explique.
Il s'agit des véhicules du monde et de ceux qui transcendent le
monde.
Qu'entend-on par "véhicules du monde" ?
Ceux qui se rangent sous la syllabe SA.
Et ceux qui transcendent le monde sont universellement
connus par la syllabe HA.
Je vais expliquer le véhicule des dieux et des hommes.
Qui présente encore deux formes,
Les vues erronées et les vues authentiques :

1. L'un des noms de Garab Dordjé, le premier maître humain du Dzogchen.

Bien que les véhicules de l'erreur soient en nombre inconcevable,
On les ramène à deux,
La vue éternaliste et la vue nihiliste.
La thèse éternaliste
Considère une cause éternelle ayant des effets changeants.
Dans ce véhicule, la cause est absolument éternelle, donc
  inchangeante,
Et les effets sont temporaires, donc transitoires ;
Ce que l'on résume complètement dans la syllabe TA.
La thèse nihiliste
Considère les causes comme des bulles à la surface de l'eau,
Qui disparaissent brusquement –
Il ne peut donc y avoir de fruits qu'évanescents et vides.
C'est là l'opinion qui considère les supports périssables
  comme des individualités.
Lorsque l'on quitte ce corps actuel,
Le corps s'en retourne aux éléments,
Tandis que l'esprit s'évanouit dans l'espace [2]
Et il n'en demeure absolument rien ;
Ce que condense la syllabe NGA.
Ainsi se partage le véhicule des dieux et des hommes [3].

Les vues authentiques sont aussi de deux sortes
Que l'on résume en deux syllabes.
Quelles sont donc ces deux syllabes ?
Ce sont les syllabes MA pour le véhicule causal
Et OM pour le véhicule adamantin des mantras secrets.

Les Véhicules descriptifs sont eux-mêmes subdivisés en trois,
Auxquels on attribue trois syllabes :
La syllabe BA, la syllabe CA
Et la syllabe VA, qui les résument complètement.

La thèse du véhicule des Auditeurs
A pour seuil les quatre vérités.
Avec l'aide des deux cent cinquante vœux de discipline à
  préserver,

2. Cette ligne ne figure pas dans le texte du NGB.
3. NGB : « Telle est cette vue nihiliste du véhicule des dieux et des hommes. »

[Ses adeptes] surpassent véritablement ceux qui ont des vues
    erronées.
Leur vue est celle de l'absence de "soi" individuel, mais ils
    soutiennent que les phénomènes sont substantiels.
En méditant sur les quatre vérités, ils gagnent les quatre
    niveaux résultants [des Arhats].
Ils aspirent à l'abandon de la souffrance et à la réalisation de la
    cessation,
Et soutiennent que l'on s'établit concrètement dans la Voie en
    abandonnant les causes de la souffrance.
Ils souhaitent accomplir les Terres et les Voies en se défaisant
    des passions.
Là encore il existe deux [thèses] [4] :
Celle des Vaibhashika et celle des Sautrantika.
La vue vaibhashika
Considère que les agrégats, les dhâtu et les sphères psycho-
    sensorielles sont respectivement comme le yak, la queue du
    yak et le pâturage.
La vue sautrantika
Soutient qu'à l'aide de la récitation,
De l'écoute et de la réflexion
L'on parviendra au fruit en huit niveaux.

Le véhicule des Pratyekabuddhas qui suivent les sûtras [5]
A pour seuil les douze liens d'interdépendance.
Dans leur vue, les éléments [qui composent] les phénomènes,
Pris séparément, sont dépourvus d'être-en-soi. Elle est donc
    supérieure [à la précédente].
L'on y médite sur les huit souffrances humaines,
En guise d'antidotes contre le désir-attachement. Par exemple,
    [l'on médite] sur un cadavre dans un charnier.

Dans le véhicule des Bodhisattvas,
On détermine parfaitement la base de la tromperie.
[Les uns] considèrent qu'ils ont une conscience qui se connaît et
    s'illumine elle-même,
[Les autres] que la vacuité est l'absence d'être en soi [des
    phénomènes].

4. NGB : « Cette vue a deux aspects ».
5. NGB : « Le véhicule des Pratyekabuddhas qui suivent le Sautrantika ».

La vacuité est imparable et l'on y distingue clairement chaque
    chose.
Cette vue est donc supérieure.
Présentée sous l'aspect des deux vérités,
La vérité absolue et la vérité relative,
La vacuité n'est pas le néant.
En méditant, le vide devient progressivement clarté,
Et ce qui ne peut être démontré par les mots ne demeure plus
    dans les limites du "vide".

Le Véhicule adamantin comprend deux parties :
Les Tantras d'ascèse externes
Et les Tantras internes des méthodes,
Que l'on résume également en deux syllabes
Qui sont SHA et 'a [6].

Le Vajrayâna externe a trois formes,
Kriya, Upa et Yogatantra,
Que l'on résume en trois syllabes.
Quelles sont donc ces trois syllabes ?
Les syllabes HA, HE
Et KA, qui les résument parfaitement.

Le système du véhicule du Kriya
A pour seuil les trois puretés :
Les ablutions, la propreté et la pureté morale.
Puisque l'on y médite clairement [7] sur le mandala de la déité,
    cette vue est supérieure.
Sans distinguer la Vue et l'Action, on se considère comme le
    fidèle serviteur de la déité.
Quel est donc le lien sacré à préserver ?
Il faut veiller à ne pas boire de l'eau souillée.
Quelle vue doit-on réaliser ?
La réalisation [8] où l'on fusionne indiciblement avec la déité.
Quant au Fruit, c'est la réalisation qui établit immuablement
    en la onzième terre, "la Toute Lumineuse".

---

6. NGB : « Qui sont SHA et SA ».
7. NGB : « non duellement ».
8. NGB : « L'accomplissement *[rdzogs]* ». La réalisation est *rtogs*. La ligne
suivante manque dans NGB.

Qu'est-ce que l'Upaya ?

Les activités y sont comme celles du Kriya,

Mais puisque la Vue est la perspective du Yoga, c'est [un système] supérieur.

C'est pourquoi il est réputé être "le véhicule du tantra de l'union"[9].

Qu'est-ce que le système du Yoga ?

On y accède par le seuil des cinq Éveils.

La Vue à réaliser est la compréhension qu'il n'y a aucune dualité entre la déité [et nous].

Quel est donc le lien sacré à préserver ?

L'on y préserve les trois absences de honte.

Quelles sont donc ces trois absences de honte ?

L'absence de honte quant au maître et aux frères,

L'absence de honte quant à la déité yidam,

Et l'absence de honte quant à son propre esprit.

Quels sont donc les cinq éveils manifestes ?

L'éveil au moyen du Siège,

L'éveil au moyen du Corps divin,

L'éveil au moyen de l'Esprit,

L'éveil au moyen du Verbe

Et l'éveil manifeste au moyen de la création [de la déité].

[Le Yoga] est supérieur car l'on y réalise l'absence d'union et de séparation.

De cet état non-duel surgit le déploiement miraculeux de la déité.

Les tantras internes comprennent trois parties :

Que les syllabes

OM, AH et HUM résument parfaitement.

Le véhicule du Mahâyoga

A pour seuil les trois samâdhis.

Il est supérieur car l'on y voit directement que tous les dharmas sont purs dans le mandala de la déité.

Les liens sacrés racines à préserver sont ceux du Corps, du Verbe et de l'Esprit.

Quels sont donc les trois samâdhis ?

9. NGB : « Tantra-double ».

Le samâdhi de la telléité,

Où l'on médite sur la Sagesse en tant qu'omniprésence de la vacuité ;

Le samâdhi de la luminosité omniprésente,

Où l'on médite que le lever de la compassion est la voie de la luminosité [10] ;

Le samâdhi de la cause, où l'on médite sur le HÛM.

Puis l'on médite sur la création successive des trois sattvas.

Les liens sacrés du Corps, du Verbe et de l'Esprit

Consistent, au moyen du corps, à ne pas prendre ce qui n'a pas été donné et à renoncer à prendre la vie ;

Au moyen du verbe, à ne pas dire de mensonges, de calomnies ou de paroles grossières ou blessantes ;

Au moyen de la porte secrète, à ne pas agir de manière perverse, mais à s'établir dans les moyens habiles du Mantra secret ;

Au moyen de l'esprit, à abandonner la convoitise, la malveillance et les vues erronées.

On ne perturbera point l'esprit du maître de vajra,

Et l'on ne sèmera point la discorde parmi les frères et sœurs.

En empruntant [la voie] qui jamais ne sépare méthodes et connaissance,

En quinze [étapes], on gagnera le Fruit au niveau des Détenteurs du Vajra.

Par analogie, on compare [ce véhicule] au sol.

Le système de l'Anuyoga du grand âgama [11]

A pour seuil l'instantanéité et la progression.

La Vue à réaliser, l'absence d'union et de séparation, est supérieure [12].

Progressivement, on préservera les deux sortes de lien sacré à préserver.

Qu'est-ce donc que l'entrée instantanée ?

En se rappelant [la syllabe] du cœur, les déités sont complètes sans qu'on en développe la visualisation,

A l'instar des bulles qui apparaissent à la surface de l'eau.

---

10. NGB : « Où l'on médite sans distraction dans la clarté ».
11. NGB : « Le système de l'Anuyoga, la Grande Mère ».
12. NGB : « La vue à accomplir est supérieure en ce qu'elle n'attribue aucune cause à la création de la visualisation ».

Qu'est-ce que l'entrée progressive ?
En accédant progressivement à l'espace et à la Sagesse,
On s'établira dans un résultat en seize terres.
Quelles sont donc les deux sortes de lien sacré ?
On respectera continuellement la réalisation du sens du Mantra
    secret,
Et l'on n'interrompra jamais le flot de compassion envers les
    êtres sensibles des trois domaines.
Dans l'océan insondable du samsâra,
On se confiera continuellement au maître de vajra qui octroie
    le joyau introuvable.
Par analogie, [ce véhicule] est comme le ciel. »
Telle fut la réponse de Vajradhara.

Le Seigneur des Mystères fit encore cette requête :
« O Vainqueur, O Seigneur du Grand Véhicule !
Si les systèmes philosophiques des huit véhicules sont bien
    ainsi,
Enseigne-nous, je te prie, le Véhicule de l'Atiyoga ! »

Et le Détenteur du Vajra répondit :
« Cette question est excellente !
Je vais donc te l'enseigner,
Écoute d'un esprit respectueux et sans distraction !
Dans le système de l'Ati, la Grande Perfection,
Quand une chose est parfaite[13], tout est parfait et au-delà de
    toute convention.
Puisqu'il n'y a là aucun lien sacré à préserver, tout manque-
    ment s'intègre à l'unique présence spontanée.
D'une profondeur insondable, elle est libre de toute expression
    conventionnelle.
Immuable, elle embrasse tout dans la présence[14].
Unique, elle ne peut être multiple ; elle est l'Esprit de Sagesse
    suprême ;
Unicité dégagée de toutes choses, luminosité qui n'est rien de
    particulier, c'est le Corps de félicité ! »
Telle fut sa réponse.

13. NGB : « est l'énoncé parfait ».
14. NGB : « Elle embrasse directement toutes choses ».

[Vajrapâni] demanda encore :
« Mais alors, Seigneur de compassion !
Enseigne-nous, je te prie, le sens de la création, de la perfec-
    tion et de la grande perfection ! »

Et celui-ci répondit :
« Écoute, O Détenteur du Vajra !
Après mon départ, enseigne en ces termes aux êtres à venir !
Le Mahâyoga de création est comme la Base de tous les Dhar-
    mas ;
L'Anuyoga de perfection est comme la Voie de tous les Dhar-
    mas ;
L'Atiyoga de grande perfection est comme le Fruit de tous les
    Dharmas [15].
Voilà pourquoi le sens des trois sections, création, perfection et
    grande perfection,
Est un sens au-delà de toute réunion ou séparation, que l'on
    connaîtra au moyen de trois syllabes.
Quelles sont-elles ? OM, AH, HÛM, par lesquelles on connaîtra
    [ce sens].
Je vais donc t'en dévoiler clairement le sens, retiens-le bien !

J'ai en moi le OM sans naissance ni cessation ;
En moi vit le AH sans naissance [16] ni mort ;
En moi réside le HÛM unique sans réunion ni séparation ;
Le tantra unique intranscriptible vit en moi ;
L'âgama unique qui n'est pas sous forme d'enseignement vit
    en moi ;
L'upadesha qui révèle le rigpa spontané vit en moi,
Lampe très lumineuse du cœur de la Sagesse primordiale !
On saura ainsi comment ramener le sens des six véhicules à
    celui des trois véhicules,
Et trois syllabes suffisent à connaître le sens des six syllabes.
Accomplissez donc la libération des êtres sensibles à venir en
    faisant mûrir en eux le tantra du sens des trois sections, créa-
    tion, perfection et grande perfection !

---

15. NGB : « L'Atiyoga de grande perfection est comme le point crucial de
tous les Dharmas ».
16. NGB : « Le A unique... ».

Établissez tous les êtres sensibles dans les trois syllabes [qui sont] en moi !

C'est pourquoi il est expliqué que le Mahâyoga d'accomplissement est relié à la terre,

Que le Lung Anuyoga est relié au ciel

Et que la Grande Perfection des préceptes secrets est à l'image de l'union du soleil et de la lune.

Prenez connaissance de ce tantra qui établit fermement la quintessence ultime ! »

C'est ainsi que le grand Vajradhara, le sixième Vainqueur, enseigna au Seigneur des Mystères, en expliquant le sens des véhicules.

*

Fin du deuxième chapitre du Grand Tantra du Miroir du Cœur de Vajrasattva, tantra qui révèle d'une voix profonde et secrète le Roi de tous les Tantras, lequel chapitre résume les vues des Véhicules.

Dans ce deuxième chapitre, le bouddha Vajradhara apparaît sous sa forme paisible habituelle. En effet, le sujet de ce chapitre concerne l'enseignement général sur les neuf véhicules ou yânas. Si l'on admet que Vimalamitra est à l'origine de la transmission de ce tantra au Tibet au VIIIᵉ siècle, cela signifie que cette classification existe dès cette époque. Elle est de toute façon spécifique à l'école Nyingmapa.

Le véhicule des dieux et des hommes

Avant d'énoncer les caractéristiques de chacun des véhicules du bouddhisme, Vajradhara brosse un rapide tableau du « véhicule des dieux et des hommes », encore appelé *« véhicule mondain »*, parce que, selon les vues bouddhistes, il constitue un ensemble de croyances limitées, qui ne mènent pas à la délivrance du samsâra.

Parmi toutes les philosophies du monde, les bouddhistes en distinguent deux, qu'ils nomment « vues extrêmes », considérées comme à la source de toutes les fausses conceptions.

La première vue extrême est celle des *éternalistes*. Elle est ici définie comme la croyance *« qu'une cause éternelle produit des résultats changeants »*. Même si les choses naissent et meurent, elles ont une essence éternelle et permanente. Cette catégorie inclut nombre de philosophies et de religions.

La plupart des religions théistes, qu'elles soient panthéistes ou monistes comme l'hindouisme, ou monothéistes comme le christianisme, le judaïsme et l'islam, sont de cet ordre, du moins dans leur aspect le plus ordinaire. Dans les deux cas, le monde et tous les phénomènes qui le composent sont la création d'un principe éternel, Dieu. Les panthéistes soutiennent que l'essence des phénomènes est divine, et qu'en conséquence tout est divin. Pour eux, le pratiquant lui-même possède une composante éternelle, par exemple l'Atman dans l'hindouisme, qui lorsqu'elle est purifiée par la pratique, se réabsorbe ultimement dans la Divinité. Dans le monothéisme, Dieu, éternel et omnipotent, crée le monde, et les êtres vivants sont ses créatures. Elles procèdent de Lui mais ne sont pas Dieu. C'est le principe de la Transcendance de Dieu par rapport à sa création. L'âme de l'homme, part du divin, est temporairement unie au corps impur et mortel. Elle est à la ressemblance de son Créateur, spirituelle et immortelle, mais par le libre arbitre dont elle dispose, elle a la possibilité de choisir la voie de la vertu ou la voie du péché. Par la pratique, elle peut se purifier, de telle manière qu'une fois ses péchés remis elle retrouve sa place auprès de Dieu. Dans les deux cas, nous avons au moins deux principes immortels : l'un, Dieu, l'Être par excellence, est éternel, c'est-à-dire qu'il n'a pas de commencement ni de fin. L'autre, l'âme humaine, a un commencement mais n'a point de fin.

Peuvent également se ranger auprès des grandes religions éternalistes un certain nombre de philosophies qui leur sont liées. Il en est ainsi de la pensée de Parménide, qui définit la voie de la vérité comme celle de l'Être incréé, impérissable, complet, immobile et éternel. Celui-ci n'a ni naissance ni commencement, n'est pas non plus divisible, il ne subit ni accroissement ni diminution. Il est entièrement continu. Il demeure identique à lui-même, ne change pas d'état et par lui-même il demeure. Il n'est pas possible que l'Être soit infini car il ne lui manque rien et, s'il était infini, il manquerait de tout. Sans l'Être ni en dehors de lui, on ne peut trouver l'acte de la pensée ; car il n'y a rien et il n'y aura jamais rien en dehors de l'Être. L'Être est donc complet, il est comme la masse d'une sphère harmonieusement ronde, s'équilibrant partout elle-même. Il est indispensable qu'il ne soit, en aucun endroit, susceptible de plus ou de moins. Quant au monde sensible, il est le domaine de l'apparence et de l'opinion incertaine.

La philosophie de Platon définit le monde sensible comme le reflet altéré du monde intelligible des idées. Ces idées sont les choses en soi, l'essence des apparences : le Beau en soi, le Bien en soi, etc. Elles sont éternelles. Les choses du monde multiple sont leur reflet imparfait, temporel et sensible. Dieu est le démiurge qui construit le monde à l'image de ce modèle éternel du monde des idées. Il existe une âme vivante du Tout. Les âmes sont nées de son partage par le Démiurge, mais, bien qu'elles soient faites pour contempler les réalités idéales, elles s'en éloignent, s'alourdissent et chutent dans des corps au sein du monde sensible. Les âmes immortelles transmigrent de corps en corps selon leurs penchants et, si elles s'arrachent au sensible par la philosophie, remontent vers le monde intelligible.

La pensée d'Aristote, bien sûr, est également éternaliste. Son analyse catégorielle des phénomènes le conduit à définir des substances dont l'essence, simple et indivisible, est l'être en soi ; d'autre part, le moteur premier du monde est Dieu, intelligence pure toujours en acte. Dieu est l'être supérieur, le seul intelligible éternel et parfait. Il n'est pas créateur du monde, mais cause dernière ou finalité du monde.

Le stoïcisme est également une thèse éternaliste. La philosophie épicurienne chez les Grecs en est une version matérialiste. Elle s'appuie sur la théorie atomiste issue de Démocrite et de Leucippe. Tout corps visible est formé d'atomes, particules indivisibles et éternelles dont il existe une infinité d'espèces. Ils se meuvent dans le vide et s'agrègent en tombant. Leur accrochage n'est dû qu'à la « déclinaison », une déviation fortuite de trajectoire de certains d'entre eux. L'âme est un agrégat d'atomes inclus dans le corps enveloppant, lui-même constitué d'atomes. Née avec lui, elle est en constante interaction avec lui. Lors de la mort, le corps se désagrège et l'âme, qui n'a plus de cohésion, se dissipe. Il n'y a pas de vie future et nous ne devons nous préoccuper que du bonheur du corps et de l'âme en cette vie, en évitant les excès et les contraintes. Le positivisme scientifique, qui conduit à la domination scientifique dogmatique, et les doctrines matérialistes sont des expressions modernes de l'atomisme épicurien.

La seconde vue extrême est celle du *nihilisme*, selon laquelle *« les causes sont comme des bulles à la surface de l'eau, qui disparaissent brusquement. Il ne peut donc y avoir de fruits qu'évanescents et vides »*. C'est le point de vue de l'école Charvaka en Inde. Selon cette philosophie, les phénomènes naissent de la combinaison des quatre éléments. Ils n'ont pas de cause première, mais sont accidentels. L'esprit n'est pas d'une substance distincte de celle de la matière. Il se dissout donc à la mort et il ne saurait y avoir de renaissance ou d'âme éternelle, ni de vie future, ni de libération. Il n'y a pas, dans une vie, de preuves évidentes de la rétribution des actes et par conséquent il n'y a pas de karma et l'on peut vivre à sa guise. Ce qui compte est la perception immédiate des choses que nous donnent nos sens. Ce qui n'est pas visible n'existe donc pas. Cette vision fut aussi celle des hédonistes du mouvement cyrénaïque en Grèce antique, qui allaient parfois jusqu'à un pessimisme suicidaire.

Le bouddhisme réfute ces deux thèses jugées extrémistes. C'est notamment dans le Mâdhyamika, la voie médiane, que l'on trouve les critiques les plus pertinentes de ces systèmes. Très brièvement, le point de vue bouddhiste réfute la possibilité d'un principe qui soit à la fois éternel et cause agissante. S'il est éternel et immuable, il ne peut être créateur et actif, car il entre en ce cas dans le transitoire. Et s'il est transitoire, il ne peut être unique, omnipotent, etc., étant lui-même soumis au jeu des causes. L'idée d'une âme créée par une cause divine et par la suite immortelle est encore plus contestable : ce qui est conditionné ne peut avoir de permanence. L'âme est sujette à la naissance et donc à la destruction. D'autre part, le nihilisme a le grave défaut de nier la loi de cause à effet. Tout, dans ces conditions, pourrait naître de n'importe quoi. Les circonstances ou causes secondaires ne suffisent pas à produire un phénomène, il lui faut une cause primaire. Le blé pousse à partir du grain de blé et non du grain d'orge, et les conditions telles que la terre, l'eau, la chaleur ne suffisent pas à le faire pousser en l'absence du grain. D'autre part, se fier aux perceptions sensorielles immédiates est source de tromperie. Notre perception du monde dépend trop de notre condition individuelle pour être universelle. Elle n'est donc pas ultimement valide.

Les neuf véhicules

Après ces prémisses, on entre dans les neuf véhicules du bouddhisme. Ces véhicules sont divisés en deux grandes catégories, les véhicules causaux et les véhicules résultants.

Les véhicules de la cause, encore appelés « véhicules des-criptifs », comprennent les enseignements du véhicule fonda-mental, ou *hinayâna,* et ceux du grand véhicule, ou *mahâyâna.* Ils soutiennent que l'écoute des enseignements, la réflexion et la méditation sont les causes de l'éveil et de la libération du pratiquant. L'entraînement de l'esprit est donc cause d'éveil.

Sans reprendre un exposé détaillé de chaque véhicule [17] je me contenterai d'évoquer quelques points particuliers.

Dans le hinayâna, le véhicule des Auditeurs, ou *shrava-kayâna*, est fondé sur le premier enseignement du bouddha, les Quatre Vérités. Les moyens utilisés pour parvenir à la cessa-tion de la souffrance sont l'écoute et la réflexion sur cet ensei-gnement, la méditation du calme mental et de la vision pro-fonde et la prise de vœux. Le renoncement est en effet une caractéristique des véhicules de la cause. Il faut abandonner les comportements négatifs pour s'en libérer. Dans le véhicule suivant, celui des Bouddhas-par-soi, ou *pratyekabuddhayâna*, il est dit que l'on étudie les lois de l'interdépendance sous la forme des douze liens de dépendance, ou nidanas. En fait, il semble que la subdivision du hinayâna en shravaka et pratye-kabuddhayâna soit artificielle et uniquement faite dans un but didactique. Elle n'est d'ailleurs pas reconnue par ceux qui le pratiquent. La seule vraie distinction est celle des deux écoles philosophiques, l'école *vaibhashika* et l'école *sautrantika*.

La philosophie *vaibhashika* est présentée ici comme celle « *qui considère que les agrégats, les dhâtus et les sphères psy-cho-sensorielles sont respectivement comme le yak, la queue du yak et le pâturage* ». Cette déclaration peut étonner [18] et demande quelques éclaircissements. Pour cette école, les phénomènes grossiers comme le « moi » ne sont pas des entités réellement existantes, mais des réunions d'agrégats. Ainsi, le « moi » n'est que le résultat temporaire de la réunion des cinq agrégats : la forme, la sensation, la perception, les formations volitionnelles, ou facteurs de composition, et la conscience. Une fois combi-

---

17. Pour plus de détails, cf. Longchenpa, *La Liberté naturelle de l'esprit*, Paris, Le Seuil, coll. « Points Sagesses », 1994.
18. Ce tantra, transmis par Vimalamitra au Tibet, est censé provenir de l'Inde ou de l'Oddiyâna et l'on peut s'étonner d'y voir mentionné un animal des hauts plateaux tibétains. Cependant, rien n'interdit de penser que Vimalamitra ou le traducteur ont transposé certaines images pour un auditoire tibétain.

nés, ils donnent l'illusion d'une entité, le « moi », comparée ici au yak, l'animal entier. D'autre part, tous les phénomènes perceptibles par les sens ou concevables par l'esprit peuvent être réunis sous la houlette des dix-huit dhâtus, ou éléments. Ces dix-huit dhâtus sont les six objets des sens, les six organes des sens et les six consciences des sens, incluant la conscience mentale. Ainsi, pour qu'un objet soit visible, il faut qu'il ait une forme, que l'œil le perçoive et que la conscience de la vue le reconnaisse. Les dhâtus sont ici comparés à la queue du yak, c'est-à-dire à une partie de l'animal, liée à la conscience tactile et susceptible de réagir à l'environnement. Enfin, si l'on élimine les six consciences parce qu'on peut les inclure dans le sens mental, on obtient douze sources sensorielles, les douze âyatanas, ou sphères psycho-sensorielles. Elles sont comparées au pâturage, c'est-à-dire à l'environnement sensible perçu par l'animal. Le contact entre l'objet perçu et la conscience est direct.

Dans cette vue philosophique, les phénomènes qui composent l'univers sont ultimement constitués de particules indivisibles et sans dimensions, les atomes. En se combinant, ils produisent des phénomènes composés. La cause de leur combinaison n'est pas un Être suprême ou un Dieu Créateur, mais la force du karma des êtres. La production, la durée, l'altération et la destruction des phénomènes sont quatre agents distincts des phénomènes, sortes d'événements en soi, non atomiques. Les adeptes du système vaibhashika soutiennent que la réalité de la conscience peut être ramenée à la succession d'instants de conscience indivisibles et ultimement existants.

L'école *sautrantika* admet aussi l'absence de « moi » individuel, l'existence ultime d'atomes et d'instants de conscience. Mais elle diffère de la précédente par quelques points subtils. D'une part, le contact entre l'objet et la conscience est dit indirect, c'est-à-dire que la conscience, tel un miroir, perçoit une image mentale de l'objet et non l'objet lui-même. La nature de l'objet reste cachée à la conscience qui ne peut se faire qu'une représentation illusoire de l'objet. D'autre part, la production, la durée, l'altération et la destruction des phénomènes leur sont inhérentes.

Le véhicule suivant est celui des Bodhisattvas, c'est-à-dire le *mahâyâna*, ou Grand Véhicule. Il est dit que « *l'on (y) déter-*

mine parfaitement la base de la tromperie ». Pour déterminer
la nature véritable de quelque chose, il faut y appliquer un rai-
sonnement correct, c'est-à-dire définir clairement le référent
du concept à affirmer ou à réfuter. Dans le mahâyâna, la base
de la tromperie est la supposition de l'esprit que l'objet est
réellement existant. C'est donc cette idée de l'existence réelle
qui devient l'objet de la réfutation. Cette réfutation aboutit à la
compréhension de la vacuité, l'insubstantialité du « moi » et
des phénomènes objectifs.

Ensuite, quand notre texte dit : *« Les uns considèrent qu'ils
ont une conscience qui se connaît et s'illumine elle-même »*, il
est fait allusion à la première des deux écoles philosophiques
du mahâyâna, le *cittamâtra*, l'école de « l'esprit seulement ».
Cette école considère qu'il n'y a pas de dualité entre le phénomène perçu et la conscience qui perçoit. En conséquence, tous
les phénomènes sont de la nature de l'esprit. La vacuité est
donc l'absence de dualité sujet-objet. Quant à l'esprit, c'est
une conscience qui se connaît et s'illumine elle-même, considérée comme ayant une existence ultime.

Notre texte poursuit : *« Les autres [considèrent] que la
vacuité est l'absence d'être en soi. »* C'est la base de l'école
mâdhyamika pour laquelle la vacuité des phénomènes est l'absence d'être en soi. La vacuité prend ici toute sa dimension,
elle est l'essence même des phénomènes, leur réalité absolue.
La conscience elle-même n'a pas d'existence propre, le sujet
s'effondre simultanément à son objet. Les phénomènes n'ont
pas d'autonomie, n'étant que le produit de l'interdépendance.
La vérité relative est la perception des apparences quand elle
ne coïncide pas avec leur réalité ultime qui est vacuité. *« La
vacuité n'est pas le néant »* : en effet, comme le bouddha l'a
dit, « pas d'esprit dans l'esprit ; la nature de l'esprit est luminosité ». La vacuité n'a rien de nihiliste, elle est une ouverture
sur le développement spirituel, tout comme la fonte de la glace
libère le cours du fleuve. En fait, la réalisation de la vacuité va
de pair avec l'éveil de la grande compassion pour tous les
êtres, l'idéal du bodhisattva étant d'œuvrer à la libération d'autrui. *« En méditant, le vide devient progressivement clarté, et
ce qui ne peut être démontré par les mots ne demeure plus
dans les limites du vide »* : il ne s'agit pas seulement de démon-
trer intellectuellement que « tout est vacuité », il faut en réali-

ser la vérité par l'expérience méditative. Ce n'est qu'à cette condition que l'on découvrira que la vacuité est au-delà des mots et des concepts philosophiques. Sa réalisation débouchera sur la compassion illimitée pour tous ceux qui souffrent de se croire des « êtres », et aussi sur la clarté de l'esprit. Il s'agit donc d'une vacuité bien riche !

Ces dernières considérations sont les prémisses des *véhicules tantriques*. La vacuité libère des entraves conceptuelles et dégage de sa gangue la potentialité énergétique infinie de la nature de bouddha. Tout le champ perceptif devient le terrain privilégié de l'éveil. Émotions, imaginations, visualisations, sons mantriques, tout devient « moyen habile » ou méthode d'éveil, pour peu que l'on comprenne clairement ce que l'on peut en faire.

Plusieurs approches sont possibles, qui constituent les différents véhicules tantriques. Les premiers, appelés *« tantras d'ascèse externes »*, utilisent toutes sortes de moyens habiles pour purifier notre perception karmique ordinaire. Le *Kriyatantra « a pour seul les trois puretés : les ablutions, la propreté et la pureté morale ».* Ce véhicule privilégie en effet les activités rituelles extérieures telles que les offrandes et la pureté de nos comportements. Ordinairement, on y pratique la visualisation d'une déité devant soi et la récitation de son mantra, afin d'en recevoir purification et bénédictions. Il existe ici la considération que la déité est un être éveillé, donc supérieur à soi, et c'est ainsi que *« l'on se considère comme le fidèle serviteur de la déité ».* Le lien, sacré ou *samaya,* signalé dans le texte est pour le moins étonnant : *« Quel est donc le lien sacré à préserver ? Il faut veiller à ne pas boire de l'eau souillée. »* Le lien sacré est l'engagement pris entre disciples auprès d'un même maître, lors d'une transmission de pouvoir. Il s'agit des vœux tantriques, sorte de fil conducteur vers l'éveil. Leur endommagement ou leur rupture entraîne l'apparition d'obstacles et d'obscurcissements sur la voie de l'éveil. Il s'agit donc de les préserver à tout prix. Il est dit que la simple fréquentation de briseurs de samaya entraîne une souillure pour le pratiquant. L'eau souillée dont il est question ici est une eau souillée par la salive d'un yogi détériorateur du lien sacré. Patrül Rinpoché y fait allusion dans le *Kunzang lame sheloung* :

> [...] il suffit que nous entrions en contact, à travers actes ou paroles, avec quelqu'un qui a détérioré les samayas principaux ou que nous buvions seulement « l'eau de la même vallée » pour commettre les méfaits dits de « détérioration par fréquentation » ou de « détérioration occasionnelle ».

Selon le Kriyatantra, vacuité et apparences sont indivisibles au sein de la vérité absolue, et tous les phénomènes sont purs et égaux. Par la pratique relative où l'on sert la déité comme un serviteur, on se rapproche de cet état et l'on réalise finalement que la nature de l'esprit ne fait qu'un avec la déité. C'est la *« fusion indicible avec la déité »*.

Le véhicule suivant, le *Câryatantra,* ou *Upatantra*, allie les activités rituelles du Kriyatantra à la vue du Yogatantra. On l'appelle donc *Ubhaya*, tantra double ou tantra de l'union.

Le *Yogatantra* propose un certain nombre de techniques méditatives de visualisation. Les plus caractéristiques d'entre elles sont les cinq éveils manifestes : le siège de la déité symbolise la vacuité d'où jaillit la compassion, la forme complète de la déité permet de purifier le corps, ses attributs symbolisent l'esprit de sagesse de la déité, la syllabe-germe est son verbe divin qui purifie la parole, et la création par étapes de la visualisation entraîne le yogi à la pureté de perception. La vue, plus élevée, est celle de l'union non duelle avec la déité. On n'y considère plus que la déité est supérieure au yogi et celui-ci se visualise lui-même sous la forme de la déité. Le lien sacré décrit dans le texte consiste en *« trois absences de honte »*, qui se rapprochent de la « fierté de vajra » des tantras supérieurs. Il ne doit y avoir aucune gêne ou timidité à se visualiser comme la déité, à servir un maître et à appartenir à la communauté des frères et sœurs de vajra, formée par tous ceux qui ont reçu les mêmes initiations. On ne doit pas davantage douter ou avoir honte de son esprit qui n'est pas différent de celui de la déité. Il s'agit aussi de cultiver une attitude juste vis-à-vis du maître, des disciples et de la pratique, de telle sorte qu'il n'en résulte aucune honte.

Les *tantras internes* sont au nombre de trois. Le premier d'entre eux est le *Mahâyogatantra*. Selon la vue exposée dans ce tantra, l'ensemble des phénomènes du samsâra comme du nirvâna sont les manifestations naturelles de la Sagesse primordiale. Ainsi, toutes les apparences sont la manifestation du mandala du Corps adamantin de la déité, tous les sons sont la manifestation spontanée du Verbe adamantin, le mantra, et toutes les pensées ne sont que le jeu de sagesse de l'Esprit adamantin de la déité. C'est ce que l'on appelle les trois mandalas. C'est pourquoi le texte dit : « *L'on y voit directement que tous les dharmas sont purs dans le mandala de la déité.* »

Le Mahâyoga met l'accent sur la phase de création ou visualisation de la déité et de son mandala, le *kyérim*. Ce kyérim est caractérisé par la technique méditative des trois samâdhis. Le premier samâdhi, le « *samâdhi de la telléité, où l'on médite sur la Sagesse en tant qu'omniprésence de la vacuité* », consiste à dissoudre tout concept et à considérer toutes les apparences ordinaires dans la dimension de la vacuité. Le deuxième, le « *samâdhi de la luminosité omniprésente, où l'on médite que le lever de la compassion est la voie de la luminosité* », est l'énergie lumineuse de la compassion omniprésente qui jaillit au sein de la vacuité afin d'œuvrer au bien de ceux qui ne l'ont pas réalisée. Le troisième, « *le samâdhi de la cause, où l'on médite sur le HÛM* », est le fruit de l'union de la vacuité et de la compassion, qui se concrétisent en la syllabe-germe de la déité, cette syllabe variant selon la famille de bouddha de la déité.

Le méditant se concentre sur la syllabe qui émet et réabsorbe des rayons lumineux qui purifient l'environnement et reviennent chargés de bénédictions. A peine touchent-ils la syllabe à leur retour que le yogi devient la déité parée de tous ses attributs. Il est devenu le *samayasattva*, l'être de samaya. A nouveau, par des rayons lumineux, il invite les déités de Sagesse sises dans l'espace à se fondre en lui, réalisant ainsi l'union indissoluble de l'être de samaya et de l'être de Sagesse, ou *jñânasattva*. Puis, dans son cœur, il visualise le symbole de la déité et sa syllabe-germe entourée du rosaire du mantra : c'est l'être de samâdhi, ou *samâdhisattva*. Telle est la méditation sur « *la création successive des trois sattvas* ».

Les liens sacrés, ou *samaya*, sont nombreux dans le Mahâyoga. Il en existe quatorze principaux et sept secondaires. On peut les résumer à la préservation des liens du corps, de la parole et de l'esprit avec le maître et les condisciples, appelés frères et sœurs de vajra. C'est ainsi que l'« *on ne perturbera point l'esprit du maître* » et que l'« *on ne sèmera point la discorde parmi*

les frères et sœurs ». Le texte rajoute à ces liens essentiels des
vœux concernant la sexualité : *« Les liens sacrés [...] consistent
[...], au moyen de la porte secrète, à ne pas agir de manière
perverse, mais à s'établir dans les moyens habiles du Mantra
secret. »* Selon l'optique du tantra, la sexualité est un puissant
moyen de pratique en vue de l'éveil, mais un moyen qui n'est
pas sans dangers de déviations. Elle est donc l'objet d'instructions secrètes de pratique exclusivement révélées aux pratiquants qui en ont la capacité. Les autres vœux cités sont les dix
vœux ordinaires des laïcs concernant l'abandon des dix actions
négatives, trois du corps, quatre de la parole et trois de l'esprit,
vœux qui ne sont en aucun cas spécifiques des tantras.

Quelle que soit la pratique, il est de la plus grande importance dans le Mahâyoga de ne jamais désunir la méthode et
la connaissance suprême. Ce sont les deux ailes de la pratique :
la méthode ou « moyen habile » n'est qu'une technique qui
permet au pratiquant de travailler sur ses aspects les plus
profonds. L'éclairage de la connaissance suprême, *prajñâ*, est
nécessaire à sa bonne utilisation. Toute pratique est ainsi
placée dans la perspective de la Vue.

Le Fruit de la pratique est l'atteinte de la bouddhéité en une
seule vie, en parcourant les cinq voies et les dix terres *« en
quinze (étapes) »*, dit le tantra. Les *« Détenteurs du vajra »*
sont encore appelés *vidyâdhara*, « Détenteurs de rigpa ».

Dans l'*Anuyoga*, *« la vue à réaliser [est] l'absence de réunion
et de séparation »*. Il s'agit de l'indivisibilité des apparences –
qui sont le mandala de Samantabhadra, la Sagesse primordiale
– et de leur vacuité – le mandala de Samantabhadrî, l'espace
matriciel. Leur union est le mandala de la bodhicitta de grande
félicité. L'*« entrée instantanée »* se réfère à la méthode de visualisation instantanée spécifique à l'Anuyoga. En demeurant
dans la vue, il suffit d'évoquer la syllabe-germe de la déité pour
se manifester soi-même instantanément dans sa dimension
divine. Toutes nos perceptions internes et externes sont ainsi
ramenées dans la vue. L'*« entrée progressive »*, ou *« accès pro-
gressif à l'espace et à la sagesse »*, concerne les étapes de réalisation qui découlent des méthodes spécifiques de l'Anuyoga,
où sont accentuées les pratiques de la phase de perfection,
dzogrim. Ces méthodes sont les yoga internes qui utilisent *tsa*

loung thiglé : les canaux, les souffles et les gouttes quintessentielles du corps subtil. L'expérience de la félicité indissociable de la vacuité mène à la réalisation du *Mahâmudrâ*, « le Grand Symbole ». Dans l'Anuyoga, on distingue seize terres résultantes et non dix comme dans les sûtras. Ces terres peuvent être parcourues progressivement ou instantanément selon les capacités du yogi, qui peut accéder à l'éveil en une seule vie.

L'Atiyoga

Vajradhara cesse de parler après avoir décrit les huit premiers véhicules. Ce n'est qu'à la requête de Vajrapâni qu'il reprendra son exposé en décrivant l'Atiyoga. Cette pause signifie qu'il faut nettement distinguer les huit premiers véhicules du neuvième. Les premiers utilisent tous des méthodes qui mettent en jeu l'esprit ordinaire, *sem* en tibétain. Par l'entraînement et la purification progressive de l'esprit, le pratiquant découvre peu à peu sa véritable nature jusqu'à la réalisation finale de l'éveil. Du point de vue de l'Atiyoga ou Dzogchen, cette façon de procéder est encore entachée d'artifices et ne repose pas sur la reconnaissance de la nature réelle des choses. Le Dzogchen est en effet le domaine de *rigpa*, l'esprit d'éveil primordialement pur et spontanément accompli, au-delà de tous les objets mentaux et de tout concept. Le Dzogchen commence là où tous les autres véhicules s'achèvent, lorsque l'on reconnaît en soi la présence de rigpa.

Il est dit dans le texte : « *Dans le système de l'Ati, la Grande Perfection, quand une chose est parfaite, tout est parfait et au-delà de toute convention.* » En effet, selon la vue, tous les phénomènes du samsâra et du nirvâna résultent du déploiement spontané de la base primordiale de l'esprit. Selon qu'on les reconnaît pour tels ou qu'on les croit autres, on est éveillé ou plongé dans l'illusion. La différence est opérée par la reconnaissance de rigpa. Au sein de rigpa, toute apparence, toute pensée ou émotion est parfaite et libre depuis toujours. Reconnaître la perfection d'une chose est reconnaître celle de toutes choses. Demeurer dans rigpa est donc le remède unique à tous les maux. Il n'y a rien d'autre à faire dans la voie du Dzogchen, aucun artifice ou antidote n'est nécessaire.

Quant au lien sacré : « *Puisqu'il n'y a là aucun lien sacré à préserver, tout manquement s'intègre à l'unique Présence Spontanée.* » La méthode unique du Dzogchen consistant à demeurer dans rigpa, il n'y a donc aucun vœu particulier à préserver, si ce n'est le « *sem ma yeng tchik* », « Ne sois pas distrait ! ».

La complémentarité des trois derniers véhicules

Vajrapâni pose une dernière question concernant *kyé dzog soum*, littéralement « création, perfection, trois ». Ce terme désigne en fait les trois véhicules des tantras internes : *kyé*, « création » ou « développement », désigne la phase de création, *kyérim*, qui caractérise le Mahâyoga. *Dzog* désigne ici deux choses : la première est *dzogrim*, la phase de perfection de l'Anuyoga ; la seconde est *Dzogchen*, la Grande Perfection de l'Atiyoga. Dans la perspective des neuf véhicules, ces trois derniers véhicules sont intimement liés dans la pratique. Le Mahâyoga est considéré comme « *la base de tous les dharmas* », car l'on y purifie toutes les perceptions karmiques externes en perceptions pures du mandala externe à l'aide de la visualisation du *kyérim*. On le désigne ici par la lettre OM, qui personnifie le Corps des bouddhas. Son exemple est la terre, terrain propice à toute fructification.

L'Anuyoga est dit être « *la Voie de tous les dharmas* », parce que l'on y pratique les méthodes ou moyens habiles des yogas internes du dzogrim, transformant ainsi les perceptions internes en mandala interne du Corps adamantin. On le désigne par la lettre ÂH, le Verbe des bouddhas, qui caractérise ainsi la pratique de *tsa loung thiglé*, les canaux, les souffles et les gouttes quintessentielles. Il est comme le ciel, parce qu'on y réalise que toutes les apparences sont le mandala de la sagesse primordiale, c'est-à-dire le déploiement de rigpa, au sein de l'Espace matriciel de la vacuité.

L'Atiyoga est désigné comme « *le Fruit de tous les dharmas* », parce qu'il est la perfection primordiale de toutes choses, la bouddhéité en nous qui n'a jamais été obscurcie. Telle est la vue du Dzogchen, la pureté primordiale du *trekchö*. En tant que voie du *thögal*, il conduit à l'actualisation directe du fruit ultime de la bouddhéité en Trois Corps par la manifestation de la luminosité spontanée de rigpa. On lui attribue la lettre HÛM qui personnifie l'Esprit des bouddhas, rigpa. L'image du Dzogchen est l'union du soleil et de la lune, parce qu'il est la non-dualité des méthodes et de la connaissance, l'union indivisible de rigpa et de l'espace de la réalité, *ying rig*.

Chapitre III

A nouveau, le Seigneur des Mystères questionna :
« O Vainqueur à l'immense compassion !
Après le nirvâna du Vainqueur, montre-nous comment parler
    aux êtres sensibles ! »

Et le Roi des Courroucés à l'apparence effrayante répondit :
« Merveille ! Je vais t'enseigner le sens ultime,
Écoute bien, Détenteur du Vajra :

Tous ces êtres sensibles des trois domaines
Se sont égarés partout hors de la base primordiale qui n'est
    rien,
Cette base qui par essence est vide,
Par nature est lumineuse,
Et dont la compassion est la capacité d'apparaître aux êtres
    sensibles.
En conséquence, la conscience interne du sujet naît d'un simple
    mouvement issu des différents aspects de l'ignorance.
Cette conscience de paille : "Cela s'éloigne de moi ou c'est
    moi qui m'éloigne ?" n'est qu'une illusion créée par la seule
    venue de la conscience qui cogite.
Cette ignorance n'existe pas dans la base, mais elle est présente
    dans les expériences ou dans les formes oniriques [1].
Des formes perçues proviennent les circonstances karmiques [2].
Comme la base se présente à la manière d'une demeure de
    lumière, on l'appelle "circonstance causale".

1. « Oniriques » ne figure pas dans NGB.
2. NGB : « des perceptions proviennent quatre circonstances ».

Il s'agit du substrat de l'ignorance.

Quand on en vient à l'analyser [3], c'est "la circonstance du possesseur".

Puis l'on s'y s'attache comme à un objet, et c'est "la circonstance objectivante"; on illustre cela par l'image d'une personne qui se montre dans un miroir.

Comme ces trois circonstances sont simultanées, on appelle cela "circonstance immédiate".

Ainsi, ne reconnaissant pas ce qu'est leur base naturelle, [les êtres] s'illusionnent

Et fabriquent les trois domaines du samsâra.

Il en résulte la venue de passions de plus en plus grossières et c'est la source des différentes formes d'êtres sensibles.

C'est d'une telle base que provient la méprise. »

Alors, l'assemblée des dâkinîs, les Noires qui dévorent un cœur, les Mangeuses de cadavres, les Tsandî,

Celles qui portent une guirlande de crânes, celles qui ont une gorge de paon, celles qui sucent le sang du cœur, etc.,

Les hordes de matrikas qui emplissent le ciel, toutes réunies, adressèrent cette prière d'une seule voix :

« Si la nature de la base est bien ainsi, comment se présente-t-elle en tant que sugatagarbha [4] chez les êtres ? »

Ce à quoi il répondit :

« Merveille ! Écoutez, maîtresses de l'espace !

Chez tous les êtres sensibles des sphères mondaines

Existe naturellement le sugatagarbha [5],

Tout comme l'huile imprègne la graine de sésame.

Son support même est le corps physique,

Et sa demeure se trouve au centre du cœur ; on l'appelle "l'Intention du Reliquaire de Samantabhadra".

C'est une demeure comparable à un reliquaire de cuir clos, à l'intérieur duquel résident les Corps des Paisibles au milieu de lumières des cinq couleurs,

---

3. NGB : « Quand on en vient à la conceptualiser » (*rtog* au lieu de *rtog-dpyod*).

4. NGB : « comment se présente-t-elle chez les êtres ? ».

5. NGB : « ...le Tathâgatagarbha *(de-bzhin gshegs-pa'i snying-po)* ». En fait, les deux termes sont équivalents.

Comme autant de petites graines de moutarde dans une demeure lumineuse.

C'est le lieu naturel de rigpa, dont l'exemple est le Corps du vase.

La Sagesse qui en jaillit établit sa demeure dans le Palais de conque du cerveau.

Là résident les Corps des Courroucés qui se présentent comme autant de lampes de la taille de graines de moutarde.

Ils y demeurent aussi sous l'aspect de rayons lumineux et la lumière qui en jaillit est comme l'éclat lumineux au centre d'un miroir ou comme des yeux de poisson.

C'est ainsi qu'ils demeurent sous forme de lumière et de rayons.

Leur lien de communication avec rigpa est un canal semblable à un fil de soie blanche qui part de la pointe du cœur et monte le long de l'épine dorsale,

Puis poursuit son chemin en pénétrant dans la tête.

Une pointe fine de ce canal se dirige vers la droite et rejoint le cerveau.

Il se prolonge ensuite vers les oreilles, à droite et à gauche, et rejoint les yeux [6].

Alors, en révulsant les yeux dans le ciel, si l'on presse ce canal,

Les manifestations lumineuses de la Sagesse émergeront jusqu'à emplir l'espace [7]. »

A nouveau, les dâkinîs lui adressèrent cette prière :

« Merveille ! C'est grande merveille qu'un tel contenu ultime réside dans les êtres sensibles !

Si cet état naturel des Sugatas est bien ainsi,

Comment les êtres sensibles restent-ils dans l'état d'ignorance ? »

A cette requête, le Roi des Courroucés répondit :

« O maîtresses des éléments, écoutez !

Retenez bien cela

Et faites-en pénétrer le sens dans votre esprit :

Hélas ! En tous les êtres sensibles, qui regroupent tout ce qui vit,

Demeure de manière prépondérante ce qu'on appelle "l'ignorance des passions".

---

6. NGB : « Il se prolonge ensuite sur la droite de l'oreille et rejoint l'œil ».

7. NGB : « Et si l'on contemple, la lumière de la sagesse se manifestera partout ».

Son support est là aussi dans le corps physique et se tient entre
le cœur et les poumons.

En outre, cette ignorance n'est pas seule : se présente comme
la base où se réunissent toutes les propensions karmiques,

Ce qu'on appelle "esprit pensant", et lui est concomitant ce
que l'on nomme "l'intellect" qui conceptualise les objets.

Ces trois (ignorances) réunies en une seule ont pour nom
« ignorance karmique » ; et (les êtres) tournent en rond dans
le samsâra [8] !

Il en découle les cinq poisons, l'état colérique et les six passions,

D'où proviennent les quatre-vingt mille passions.

Par quelle voie surgissent-elles ?

Dans l'espace situé à la jointure du cœur et des poumons

Se trouve le "canal vital rouge", de la taille d'un brin de paille,
qu'elles empruntent vers le haut.

Elles montent ensuite le long de l'épine dorsale, puis une petite
pointe (du canal) rejoint le côté gauche.

Elles se meuvent en chevauchant le cheval du souffle respiratoire, se déplaçant par la bouche et par les narines, et il en
résulte la venue d'une foule de passions.

Rigpa n'étant pas soumis à leur pouvoir, il se dilatera au sein
de l'espace, et dans l'élément céleste [les êtres] reconnaîtront la Sagesse [9] !

Faites de même, versez cela dans [l'esprit] des êtres à venir ! »

A sa réponse, toutes les dâkinîs furent frappées d'émerveillement.

« Merveille ! Vaste espace !

Grande merveille que l'apparition du Corps de bouddha aux
êtres sensibles !

Merveille ! Tout se rejoint dans l'espace unique !

Quelle joie ! La Grande Existence essentielle est trouvée ! »

Ayant dit cela, elles disparurent.

Alors, Vajrapâni, le Seigneur des Mystères, entouré des clans
inconcevablement nombreux des Yakshas et des Nâgas,

Accomplit trois circumambulations autour du Roi des Courroucés, puis pria avec ces mots :

8. NGB : « ...tel est le samsâra ».
9. NGB : « Ceux des êtres qui ne sont pas soumis à leur pouvoir étendront
Rigpa à l'espace où ils reconnaîtront la Sagesse ».

« VAJRAPANI DHASARTANI GHAMA GHAVA KHAT-
SHABHA ÂOM ÂOM »

Ayant dit cela, il fit une nouvelle requête :
« Merveille ! O Grand Compatissant, s'il en est bien ainsi,
Je te prie d'enseigner aux êtres qui ont des facultés obtuses
De quelle manière se présente le mode d'émergence ! »

A cette requête, le Roi des Puissants répondit :
« Merveille ! Écoute, assemblée des Yakshas !
Quand j'aurai joué mon entrée en nirvâna,
Enseignez en ces termes aux êtres sensibles qui réveillent leurs
    propensions karmiques :
Fils de noble lignée ! Lors de votre parinirvâna,
Rigpa s'élèvera de la base et commencera à cheminer.
Pour vous aider à le reconnaître, il existe les Présentations par
    l'exemple, celles du sens, celles des signes, etc., et il vous
    faudra connaître les vingt et une Présentations :

Si vous exposez un cristal immaculé provenant de la surface
    des glaciers ou de l'océan à la lumière d'une petite fenêtre
Et que vous le contempliez, il y apparaîtra à profusion des
    lumières des cinq couleurs.
Quelles sont-elles ?
Les couleurs bleue, blanche, jaune, rouge et verte.
Si, après cela, le disciple met devant son œil droit le cristal
    qu'il tient dans la main droite,
En le plaçant au-dessus de l'œil, il verra des apparences lumi-
    neuses.
Simultanément, il obstruera son œil gauche de la main gauche.
Telle est la Présentation par l'exemple.

Un contenu semblable réside au centre de votre cœur,
Et cela, c'est la Présentation du sens.

Quant à la Présentation du signe, si vous pressez vos yeux avec
    les index,
Des disques de lumière semblables à des yeux de poisson vous
    apparaîtront. Telle est la Présentation du signe.

La Présentation du Corps absolu est la confrontation au
  Mandala solaire.

Pour la Présentation du Corps de jouissance, placez devant vous
  un dessin sur toile du Corps d'un Tathâgata.
En plaçant au-dessus de l'œil un cristal et en dirigeant le regard
  vers le ciel, vous y verrez un Corps de jouissance pourvu de
  tous ses sens.
De même, reconnaissez les champs purs des Corps de jouissance qui émergent pendant le Bardo !

Pour la Présentation du Corps d'apparition, reconnaissez ce
  qui apparaît en tant qu'attributs phénoménaux comme le
  prodige miraculeux de votre rigpa !
Reconnaissez que la Réalité absolue est le faisceau des rayons
  lumineux de votre propre rigpa !
Reconnaissez sans le rejeter ce confinement des pensées discursives et des propensions karmiques !
Telle est la Présentation du Corps d'apparition.

La Présentation de l'émergence naturelle des manifestations se
  fait au moyen de la pression des canaux.
Au seuil de la mort, le souffle de la Sagesse se meut en empruntant deux voies.
Ces deux voies se terminent aux orbites creuses des yeux du
  démon qui habite la cité des canaux-origine.
Le terrain de blocage de ces deux voies, la perception impure
  et trompeuse, cesse alors.
Le ministre entre en prison, et du fait que le ministre est empri-
  sonné,
Chiens et voleurs jaillissent par la porte.
Du fait que chiens et voleurs se sont échappés par la porte, le
  roi s'installe sur le trône.
Puisque le roi est installé sur le trône, la Sagesse brille sans
  discursivité,
Et lorsqu'on la reconnaît dans l'absence de discursivité, le
  Corps absolu se présente naturellement.
Le Corps absolu s'installe sur la montagne et au col, et
  les apparences trompeuses émergent en tant qu'apparences
  pures.

Quelle que soit la porte d'émergence par laquelle elles jaillis-
sent,
Elles émergent depuis les profondeurs de l'espace illimité.
Dès lors, elles émergent selon trois modes d'émergence :
Le lever des champs de bouddhas absolument purs,
L'émergence des disques lumineux et des sphérules de ces
champs purs
Et l'émergence en tant que bouquets.
Des bouquets, il existe deux sortes,
Ceux qui émergent comme des bouquets de champs purs
Et ceux qui émergent comme des bouquets de Corps divins.
L'émergence de bouquets de Corps est triple :
L'émergence de Corps nombreux ou rares,
L'émergence selon le mode d'apparence (des déités)
Et l'émergence selon le type de couleur des Corps.
Les bouquets de champs purs émergent selon cinq modes :
L'émergence en peu de Corps se résout en l'émergence unique
de Vairocana, d'Amitâbha ou de [tout autre bouddha] des
cinq familles.
L'émergence en nombreux Corps
Est l'émergence simultanée des cinq familles.
Avec les cinq épouses, il émerge donc dix déités.
Il peut aussi en émerger onze, quinze, etc.
Quant à l'apparence des déités,
Il s'agit du Corps de jouissance, pourvu de bouche, d'yeux,
d'oreilles, qui apparaît comme un reflet dans un miroir, sans
substantialité,
Absolument parfait et sans mélanges, à l'instar de l'arc-en-ciel.
Sans discursivité, ces Corps divins brillent comme le soleil
dans un miroir,
Avec leurs trônes, leurs diadèmes, leurs mudrâs et attributs, se
tenant en posture équilibrée, jambes croisées.
Quant à l'émergence sous forme de Corps colorés,
Vairocana n'apparaît pas seulement sous une forme bleue,
Ni Vajrasattva sous son apparence naturelle de Corps blanc, et
de même aucun des autres.
Vairocana lui-même émerge paré des cinq couleurs, bleu,
blanc, rouge, jaune et vert.
Quand auront été conférées les trois présentations aux êtres
sensibles, ils émergeront de la sorte.

Une fois achevées les présentations, [que les disciples] les mettent en pratique, et avec la réalisation les apparences trompeuses émergeront sous forme d'apparences pures.
Toutes ces visions pures émergeront comme autant de Corps
de jouissance parés de tous leurs attributs, avec une bouche,
des yeux et des oreilles [10].

Ces sept Présentations sont appelées "Présentations lumineuses".

Quelles sont donc les Présentations de la Sagesse ?

La Présentation de la Sagesse de l'Espace de la Réalité se fait
en observant le contenu d'une tasse en bronze :
Remplissez bien cette coupe en bronze d'eau claire et si vous
placez devant les yeux un miroir clair,
Il apparaîtra comme des disques et sphérules d'où jaillissent
des rayons lumineux pareils à des pointes d'armes.
Telle est la Présentation de la Sagesse de l'Espace de la Réalité.

Quelle est donc la Présentation de la Sagesse Semblable-au-
Miroir ?
Entre deux miroirs d'argent, tracez un mandala en poudres de
couleur. Il apparaîtra de part et d'autre, dans chaque miroir.
Si l'on y regarde, deux apparences émergeront.
Telle est la Présentation de la Sagesse Semblable au Miroir.

Quelle est donc la Présentation de la Sagesse de l'Égalité ?
C'est l'identification de la lune d'eau.
Telle est la Présentation de la Sagesse de l'Égalité.

La Présentation de la Sagesse du Discernement
Est l'identification à la lampe à beurre.
Telle est la Présentation de la Sagesse du Discernement.

La Présentation de la Sagesse Toute-Accomplissante
Est l'identification au cristal immaculé.
Telle est la Présentation de la Sagesse Toute-Accomplissante.

---

10. Le texte qui débute par « Au seuil de la mort... » et s'achève par « ...tous
leurs attributs, avec une bouche, des yeux, des oreilles » ne figure pas dans la
version du NGB.

La Présentation de la Sagesse qui ne demeure nulle part
Est l'identification à l'arc-en-ciel dans le ciel.
Telle est la Présentation de la Sagesse qui ne demeure nulle
   part.

La Présentation de la Sagesse absolument parfaite
Est l'identification au ciel sans nuages.
Telle est la Présentation de la Sagesse absolument parfaite.

Ces sept Présentations sont les "Présentations de la Sagesse".

A présent, je vais enseigner les Présentations de rigpa.

Pour la Présentation de rigpa, Corps du vase de jouvence,
Placez devant vous la silhouette d'un homme vêtu de vête-
   ments bariolés[11] et mettez sur votre œil un joyau précieux.
Si vous levez les yeux au ciel, vous verrez le Corps paisible
   d'un Tathâgata.
Telle est la Présentation de rigpa, Corps du vase.

Pour la Présentation de rigpa, Corps du Jeune Héros Athlétique,
Dans les ténèbres d'une pièce obscure, placez la silhouette
   d'un homme vêtu de noir[12] devant vous.
Si vous regardez comme précédemment, vous verrez le Corps
   courroucé d'un Tathâgata.
Telle est la Présentation de rigpa, Jeune Héros Athlétique.

La Présentation de rigpa qui demeure dans la base
Est l'identification à la limpidité de l'océan.
Telle est la Présentation de rigpa qui demeure dans la base.

La Présentation de rigpa universellement lumineux
Est l'identification au soleil et à la lune.
Telle est la Présentation de rigpa universellement lumineux.

---

11. Ce passage cité par Longchenpa dans son *Thekchok Dzö* a « un homme
vêtu de blanc ».
12. « Vêtu de noir » figure dans la citation du TCDZ, mais ne figure pas dans
NGB.

La Présentation de rigpa non duel
Est l'identification au Corps du vase.
Telle est la Présentation de rigpa non duel.

La Présentation de rigpa accompagné d'impuretés
Est la reconnaissance qu'il est semblable au soleil et à la lune
    voilés par des nuages.
Telle est la Présentation de rigpa accompagné d'impuretés.

La Présentation de rigpa qui ne réside nulle part
Sera connue en regardant l'espace.
Telle est la Présentation de rigpa qui ne réside nulle part.

Ainsi, ces sept Présentations sont celles de rigpa.

Une fois achevées les vingt et une Présentations,
Quand ce fils de noble lignée passera dans l'au-delà de la souf-
    france,
Son rigpa surgira en empruntant la voie des yeux et il entrera
    dans les visions du bardo.
Comment cela ?
Après que cinq jours sont passés
Jailliront de son cœur de subtils rayons lumineux que l'on
    appelle "cordes de la compassion", "visions de la Sagesse"
Ou encore "envol de rigpa", un peu à la manière des crins de la
    queue d'un cheval.
Bien qu'à ce moment-là il n'y aura plus de confinement des
    propensions karmiques viendra celui qui pense exister.
Quand il lèvera les yeux au ciel et regardera, il verra au milieu
    de l'espace la brillance éclatante de cinq bouquets lumineux.
A ce moment-là, qu'il se rappelle donc les préceptes oraux
    semblables au "fils qui se réfugie dans le giron de sa mère" ;
Qu'il se souvienne des conseils oraux semblables à "la cuiller
    d'or inaltérable".
Alors, rigpa s'absorbera dans les bouquets lumineux.
Qu'à cet instant il se souvienne des conseils oraux semblables
    à "la flèche de longue portée qui ne revient pas".
Ensuite, il atteindra la stabilité et après vingt et un jours sera
    capable de produire un Corps d'apparition.
Faites la transmission de la sorte à ceux qui ont parachevé les
    transmissions de pouvoir extérieure, intérieure et secrète !

SARVA DHATHIM DHATHIM
SARVA DHARMA HATHAYA »

Ayant prononcé cela, il révulsa les yeux et fit darder de son
    cœur cinq grappes de rayons lumineux
Qui allèrent combler toutes les sphères du monde.
Puis retentirent encore ces mots :

SARVA DHARMA APAMA KAMA DÉ NI ZHUPAYA 'DI
    MAYA
(SARVA DHARMA ASAMAMA KETANI ZHUPAYA SA 'DI
    DHARMAYA)
OM ÂH HÛM OM ÂH HÛM

AUM AUMPYI HUM ONI ONAM MAMÉU UI CHITU TI'U
AMA AMA MAKSHU AKSHU A A HUM HA A A A MA

Ces mots sont appelés "Lettres du son prodigieux", et il est
    expliqué que dans ce son est résumé le contenu
Qui dévoile le sens correct de la Grande Perfection, lequel
    coordonne tous les sons. »
Telle fut sa réponse.

Alors naquit un grand émerveillement chez le Seigneur des
    Mystères et son entourage de yakshas.
Tous ensemble, ils joignirent les mains et rendirent hommage :
« A HÛM Merveille ! Vainqueur, Protecteur Diamant de
    Lumière Infinie,
Puissant seigneur qui œuvres à la libération complète des êtres,
    porteur du joyau qui orne la tiare des amis spirituels des êtres,
Hommage et louange à toi qui conquiers les domaines obscurs
    de l'ignorance ! »
Et l'ayant loué de la sorte, chacun s'en retourna à son siège.

Alors il dit encore :
« Kyé ma ! Écoutez, vous qui êtes réunis en assemblée !
Après mon parinirvâna, enseignez sans erreur aux êtres à venir
    un tel sens qui fait parachever les transmissions de pouvoir
    cxtérieure, intérieure et secrète !

Dans un tel sens, rien à méditer !
Le méditant n'est pas bloqué,
L'origine de la méditation n'est pas concevable.
Il n'a jamais été possible d'enseigner un tel sens dans le passé
    et il ne le sera pas davantage à l'avenir. »
Ayant dit cela, il disparut.

*

Fin du troisième chapitre du Grand Tantra du Miroir du
Cœur de Vajrasattva, où il est enseigné ce qu'est l'état naturel
et l'état de la réalisation, selon l'enseignement caché ici pleinement révélé.

Ce chapitre expose plusieurs sujets des plus essentiels pour la compréhension du Dzogchen. Il comprend essentiellement trois parties : l'exposé sur la base primordiale et ses manifestations, l'exposé sur les vingt et une Présentations et un bref rappel de quelques conseils concernant les bardos.

La base primordiale

Ce que l'on appelle base primordiale est le fondement originel de l'esprit d'où jaillissent toutes choses manifestées, qu'elles apparaissent selon un mode éveillé appelé nirvâna ou selon un mode illusoire, le samsâra. Cela revient à dire qu'originellement la base est indifférenciée et que tout s'y trouve à l'état latent, potentiel et non manifesté. A ce stade, la base n'est donc même pas identifiable à rigpa, comme le souligne le *Yigé mépa* :

> Je suis la Sagesse née d'elle-même
> Qui n'est pas un objet d'analyse,
> Où rien ne s'est passé,
> Où rien ne se produira,
> Où rien n'apparaît actuellement
> Sans karma ni propensions,
> Sans ignorance ni esprit pensant ni intellect,
> Sans connaissance suprême,
> Sans samsâra ni nirvâna,
> Je ne consiste même pas en rigpa...

On décrit la base primordiale par les trois Sagesses : son essence *(ngowo)* est vacuité, c'est-à-dire dépourvue d'être-en-soi, informulable, au-delà de tout concept et primordialement pure. Sa nature *(rangshyin)* est luminosité, c'est-à-dire que la base n'est pas un néant mais recèle une infinité de qualités lumineuses spontanément présentes quoique non encore manifestées. C'est ainsi qu'il est dit dans le *Rangshar* :

> Sa nature s'exprimait comme les manifestations sans entraves des cinq luminosités

Et selon Longchenpa :

> Bien que la nature brille en tant que lumière de l'éclat originel, elle ne s'exprime aucunement en apparences extérieures et délimitées [13].

Son troisième aspect est sa compassion ou énergie *(thoukdjé)*, que l'on peut définir comme une ouverture incessante, une aptitude à se manifester qui lui permettra de devenir la base d'émergence de toutes choses.

Ainsi posée, la base primordiale ne s'est pas encore exprimée et sa potentialité est comme enclose. On appelle cela « Précieuse Sphère hermétique » ou « Corps du vase de jouvence », et on compare cet état à l'œuf du Garuda, où l'Aigle mythique est déjà complètement formé, prêt à déployer ses ailes pour s'envoler.

La base primordiale devient donc base d'émergence. Le texte expose tout d'abord comment, sous l'emprise de l'ignorance, les apparences lumineuses de la base d'émergence nous apparaissent comme autant d'illusions dualistes :

« *Tous ces êtres sensibles des trois domaines*
Se sont égarés partout hors de la base primordiale qui n'est rien,
Cette base qui par essence est vide,
Par nature est lumineuse
Et dont la compassion est la capacité d'apparaître aux êtres sensibles.
En conséquence, la conscience interne du sujet naît d'un simple mouvement issu des différents aspects de l'ignorance.

13. Longchenpa dans le Thekchok Dzö ; cf. *La Liberté naturelle de l'esprit, op. cit.*, p. 160.

Cette conscience de paille : "Cela s'éloigne de moi ou c'est
moi qui m'éloigne ?", n'est qu'une illusion créée par la
seule venue de la conscience qui cogite... »

Que s'est-il donc passé ? Quand la base primordiale s'exprime, elle devient base d'émergence en manifestation, et il en jaillit toutes sortes d'apparences lumineuses qui ne sont autres que les qualités de la présence spontanée. Ce jaillissement dynamique, ni bon ni mauvais en soi, est décrit comme une « extériorisation », bien qu'en réalité rien ne change jamais véritablement au sein de la base. C'est un instant crucial où tout peut basculer d'un côté ou de l'autre, selon que la conscience reconnaît les manifestations de la base comme l'expression de sa propre essence et se libère, ou qu'hésitante elle s'égare en doutant de l'origine des manifestations. Quand se pose la question : *« Cela s'éloigne de moi ou c'est moi qui m'éloigne ? »*, la conscience est déjà égarée dans le dualisme, sous l'emprise de l'ignorance, *marigpa*. Désormais, sous le pouvoir de la cogitation, on prend les manifestations de la base pour « étrangères », comme l'expose le *Kuntouzangpo Mönlam* :

> (Les êtres) crurent qu'une hostilité séparait le « moi » des « autres »,
> Cette propension gagna peu à peu en intensité
> Jusqu'à la plongée dans le mode samsârique.
> Alors se répandirent les cinq poisons des affects négatifs,
> Et depuis, leur activité n'a jamais cessé [14].

Le processus de la survenue de l'illusion est décrit par le mécanisme de l'ignorance et des quatre circonstances. La « circonstance causale » est la perception de la manifestation lumineuse faussée par l'ignorance. Une fois l'ignorance présente, l'analyse conceptuelle des manifestations les réduit à des « objets » perçus par une conscience « sujet ». En tibétain, « objet » est rendu par *zoungwa*, « ce que l'on appréhende, ce que l'on saisit », et « sujet » par *dzinpa*, « celui qui saisit ». Cette saisie de l'objet est expliquée comme la « circonstance du possesseur » et la « circonstance objectivante » ou « conceptuelle ». Ces trois circonstances se produisent simultanément, formant ainsi la quatrième, la « circonstance immédiate ».

14. Trad. Patrick Carré, Publications Rigpa, 1985.

Quand l'illusion est installée, l'esprit produit différentes passions telles que l'ignorance, la colère et l'attachement, qui sont à l'origine de tous les actes karmiques et des propensions habituelles qui conditionnent l'existence dans les différents domaines du samsâra.

Tel est le processus du développement de l'illusion qui plonge les êtres dans les affres du samsâra.

Le tathâgatagarbha

La deuxième question posée par les dâkinîs est la suivante : « *Si la nature de la base est bien ainsi, comment se présente-t-elle en tant que sugatagarbha chez les êtres ?* »

Ce second volet traite donc du *tathâgatagarbha* selon la perspective du Dzogchen, qui n'est qu'une autre manière de décrire la base du point de vue de la nature de bouddha qui demeure en tous les êtres sensibles quels qu'ils soient, sans aucune partialité. Cette manière de décrire la base primordiale et ses manifestations fait le pont entre la théorie métaphysique et la pratique. On pourrait en effet croire que la base primordiale est un concept abstrait, une tentative philosophique de plus pour expliquer l'esprit, l'existence et les apparences phénoménales. Il n'en est rien, car, selon le Dzogchen, une théorie n'a d'importance que si elle se vérifie dans l'expérience de la pratique.

Ainsi donc, la nature profonde de tous les êtres sensibles est le tathâgatagarbha, « l'essence des Tathâgatas », dont on dit :

« Chez tous les êtres sensibles des sphères mondaines,
Existe naturellement le sugatagarbha,
Tout comme l'huile imprègne la graine de sésame. »

Le tathâgatagarbha demeure en chacun des êtres depuis toujours, sans partialité, c'est-à-dire qu'il n'est pas plus parfait chez certains êtres que chez d'autres. En fait, la nature de bouddha d'un homme intelligent et sensible n'est pas meilleure que celle d'une brute : seul le degré d'obscurcissement les différencie. Mais fondamentalement ils sont égaux et dotés du même potentiel. Le tathâgatagarbha n'est donc sujet à aucun conditionnement. Cependant, comme il est dit dans un tantra du *Khandro Nyingthik* :

> Le tathâgatagarbha imprègne la totalité des êtres vivants [...].
> Bien que présent dans la base depuis toujours, jusqu'à ce qu'il
> n'y ait plus de circonstances, il est révélé par les circons-
> tances.

Autrement dit, le tathâgatagarbha est présent depuis toujours, indestructible, mais il est voilé chez les êtres vivants par les obscurcissements dus à l'ignorance. Ces obscurcissements sont des « circonstances négatives » qui nous empêchent de percevoir clairement la nature de bouddha qui gît en nous. Si nous nous donnons les moyens d'écarter ces circonstances en induisant des circonstances favorables par la pratique de la voie, nous pourrons dissiper les nuées et contempler clairement le soleil intérieur. Ce soleil de la nature de bouddha n'a bien entendu jamais été affecté par les circonstances des nuées, mais celles-ci nous l'avaient dissimulé. La seule « différence » entre un être sensible et un bouddha éveillé tient en ce point : un bouddha est « éveillé » parce qu'il a actualisé directement les qualités de la base primordiale en fruit. Il ne s'est jamais laissé distraire par l'ignorance, mais, au contraire, il est demeuré dans la présence de rigpa qui embrasse tout. Un être sensible, égaré par l'inconscience, bien qu'il ait exactement la même nature qu'un bouddha, doit « progresser » le long d'une voie pour dégager les obstacles et atteindre au Fruit ultime. Cependant, dans le Dzogchen, il ne s'agit pas de purifier ou de transformer des souillures obscurcissantes, mais de laisser jaillir l'expérience de rigpa, expérience purificatrice et libératrice en elle-même. A l'instant même où il actualise le Fruit de l'état de bouddha, le pratiquant réalise qu'il n'a pas été un seul instant séparé de cet état, et c'est comme s'il s'éveillait d'un cauchemar.

Le tathâgatagarbha n'est pas une abstraction : *« Son support même est le corps physique, et sa demeure se trouve au centre du cœur ; on l'appelle "l'Intention du Reliquaire de Saman-tabhadra". »*
Bien que nous soyons en présence de la nature de bouddha ou rigpa, qui selon le *trekchö* n'a pas de demeure, il n'en reste pas moins que, dans le corps du yogi, se trouvent des structures subtiles qui lui servent de support principal. De telles structures sont habituellement désignées sous le nom de chakras et de

canaux subtils. Dans l'enseignement du *thögal*, on définit clairement les lieux du corps où réside plus spécialement rigpa, bien qu'à proprement parler rigpa soit au-delà de toute localisation. Le principal d'entre eux est le cœur, *tsitta*. Comme l'explique le *Khandro Nyingthik*, les gouttes essentielles, ou *thiglé*, indifférenciées de rigpa, sont réparties partout, mais elles se regroupent spécialement au niveau du cœur :

> Demeurant partout dans de tels canaux, les gouttes issues de la quintessence élémentaire pénètrent le corps entier. Toutes sont inséparables de la Sagesse et sont omnipénétrantes. Ainsi, bien qu'elles imprègnent sans entraves la totalité du corps, elles demeurent plus spécialement dans le cœur, à l'exemple du tronc de santalier entièrement imprégné d'essence mais dont le cœur renferme le meilleur parfum.
> Comment se présentent-elles ? au centre du palais octogonal du très précieux cœur luit rigpa paré des cinq Sagesses [15]...

Le tantra poursuit la description du cœur :

« C'est une demeure comparable à un reliquaire de cuir clos, à l'intérieur duquel résident les Corps des Paisibles au milieu de lumières des cinq couleurs, comme autant de petites graines de moutarde dans une demeure lumineuse. »

Que trouve-t-on dans le reliquaire du cœur ? Un ensemble de lumières d'arc-en-ciel et les Corps divins des quarante-deux Déités paisibles comme autant de minuscules petites graines lumineuses. Ce sont là les qualités de la présence spontanée lumineuse de la base primordiale. Les quarante-deux Paisibles sont le déploiement des cinq familles de bouddhas qui personnifient les cinq Sagesses, ainsi qu'il est dit dans la Prière de Souhaits de Samantabhadra :

> L'aspect lumineux de rigpa est inépuisable :
> En essence, il est un, et en Sagesse, quintuple.
> Quand les cinq Sagesses ont atteint leur maturité,
> Émergent les cinq premiers Bouddhas
> Dont la Sagesse se développe
> Jusqu'à engendrer les quarante-deux Bouddhas [16].

---

15. *mkha'-'gro snying-thig* : '*bras-bu yongs-rdzogs rgyud kyi tika gsal-byed dri-med snying-po*, « L'Essence immaculée », le commentaire explicatif du tantra de la Fruition parfaitement accomplie.

16. *Idem.*

Comme ces qualités lumineuses de rigpa sont encloses dans le cœur, on l'appelle « *Corps du vase* », « reliquaire de Samantabhadra », ou encore « citadelle des joyaux », et on le compare à un vase clos contenant de petites lampes.

Le second lieu est ce que l'on nomme « palais de conque » ou « palais de nacre ». Il est situé au niveau du cerveau. C'est la demeure des cinquante-huit Déités courroucées, les Herukas « buveurs du sang de l'ego », décrites comme le reflet ou la créativité des cinq Sagesses du cœur :

> Le dynamisme des cinq Sagesses
> S'exprime dans les soixante Buveurs de Sang

poursuit la Prière de Samantabhadra.

Selon une explication couramment exposée par Namkhaï Norbou Rinpoché, les Paisibles et les Courroucés représentent respectivement l'aspect calme et l'aspect de mouvement des pensées dans l'esprit. D'une manière générale, on considère que les cent déités personnifient l'ensemble des énergies d'éveil propres à l'individu, en d'autres termes, toutes les qualités du tathâgatagarbha. Ce sont elles qui jaillissent dans le bardo de la Réalité, après la mort. Tous les détails concernant les Paisibles et Courroucés sont exposés dans la seconde partie de cet ouvrage qui traite de la pratique du bardo.

Dans le Palais de conque du cerveau, les Courroucés sont minuscules et brillants, « *comme autant de lampes de la taille de graines de moutarde* ». Ils rayonnent de lumière et celle-ci prend des aspects divers, « *comme l'éclat lumineux au centre d'un miroir ou comme des yeux de poisson* ». Les yeux de poisson, ronds et brillants, représentent en effet une bonne analogie pour décrire les thiglés, ou « disques lumineux ».

Le cœur et le Palais de conque du cerveau sont reliés par un canal « *semblable à un fil de soie blanche qui part de la pointe du cœur et monte le long de l'épine dorsale. Puis [il] poursuit son chemin en pénétrant dans la tête. Une pointe fine de ce canal se dirige vers la droite et rejoint le cerveau...* ».

Ce canal n'est autre que celui dont nous parlions au premier chapitre, « le canal de cristal *Tsakati* qui relie le cœur aux yeux ». En effet, après avoir rejoint le Palais de conque, « *il se prolonge ensuite vers les oreilles, à droite et à gauche, et rejoint les yeux* ».

Nous avons maintenant tous les éléments pour comprendre en quoi les explications de la base et du tathâgatagarbha se relient à la pratique de la luminosité, qu'elle prenne l'aspect du « franchissement du pic » *(thögal)* ou de la luminosité des bardos.

Du vivant du yogi, la luminosité interne réside essentiellement dans le cœur et le palais de conque du cerveau. Cette luminosité est aussi représentative des fonctions de l'esprit, telles que la clarté qui lui permet de discerner les objets et d'élaborer des idées. Lors de la pratique du *trekchö*, on s'efforce de dévoiler rigpa sous son aspect de pureté primordiale, et l'on parle de rigpa comme étant vacuité-clarté. Dans cette pratique, la véritable luminosité n'est donc pas manifeste. Une fois que l'on a stabilisé cette connaissance de rigpa, on peut, à chaque instant, intégrer les expériences de la vie à sa dimension libre et sans élaborations. Tout ce qui jaillit n'est que le déploiement de rigpa et s'y libère. Ainsi, le yogi ne sera plus piégé ni emporté par les expériences méditatives. C'est alors qu'il pourra commencer la pratique de thögal où la luminosité de rigpa, spontanément présente, va se déployer en visions. En adoptant des postures adéquates, il verra surgir dans l'espace devant lui toutes sortes de manifestations lumineuses, disques lumineux, etc. Ces manifestations prennent leur origine dans le cœur et le cerveau, cheminent par le canal de cristal jusqu'aux yeux : « *Alors, en révulsant les yeux dans le ciel, si l'on presse ce canal, les manifestations lumineuses de la Sagesse émergeront jusqu'à emplir l'espace.* »

Ce genre de pratique ne doit jamais être entrepris sans les directives et les instructions spécifiques d'un maître qualifié, à défaut desquelles on s'exposerait à de graves problèmes d'ordre psychique ou même oculaire. Tout un cheminement préalable est nécessaire, sans quoi l'expérience visionnaire est ravalée au rang d'un simple « trip méditatif » apparemment anodin, mais dont les conséquences risquent de bloquer toute progression réelle.

L'égarement

La troisième requête concerne la voie de l'égarement : « *Si cet état naturel des Sugatas est bien ainsi, comment les êtres sensibles restent-ils dans l'état d'ignorance ?* »

Dans la base primordiale, primordialement pure, immuable, inconditionnée et non encore manifestée, il ne peut être question d'éveil ou d'ignorance. Quand elle se manifeste en tant que base d'émergence jaillissent toutes sortes d'apparences lumineuses. La Prière de Samantabhadra dit à ce propos :

> En être pleinement conscient, c'est la Bouddhéité,
> Sinon, c'est l'errance des êtres ordinaires qui tournent en rond.

C'est donc l'ignorance qui est cause d'errance dans le samsâra. Dans le tantra, il est clairement établi que cette ignorance réside aussi dans le corps : « *En tous les êtres sensibles, qui regroupent tout ce qui vit, demeure de manière prépondérante ce que l'on appelle "l'ignorance des passions". Son support est là aussi dans le corps physique et qui se tient entre le cœur et les poumons.* » On nous apprend ensuite que cette « ignorance des passions » a plusieurs composantes. En effet, « l'ignorance fondamentale » s'accompagne de « l'ignorance imaginaire » qui élabore de faux concepts sur la nature des apparences. Cette ignorance imaginaire a pour base l'esprit pensant, *sem*, qui est présenté ici comme le réceptacle de toutes les propensions karmiques, ou « imprégnations » de nos actes conditionnés. Acoquiné à la fonction intellective, *yi*, l'esprit pensant « conceptualise » les objets. Le tout rassemblé constitue « *l'ignorance karmique* » qui plonge les êtres dans la ronde sans fin du samsâra. De l'ignorance surgissent d'abord les trois poisons, l'ignorance, la colère et l'attachement, puis les « *cinq poisons* » : ignorance, colère, orgueil, attachement et jalousie. En ajoutant l'avidité, cela fait six passions, qui se démultiplient en une infinité d'affects négatifs, « *les quatre-vingt mille passions* ».

« Physiologiquement », les textes expliquent que l'esprit discursif est semblable à un homme privé de membres qui chevauche le cheval aveugle du souffle. C'est dire combien l'esprit ordinaire et les passions sont liés aux mouvements du souffle et à quel point il est difficile de les contrôler. Les souffles karmiques, liés à la respiration, empruntent un canal spécifique, le « *canal vital rouge* », qui, depuis la jointure cœur-poumons, chemine le long de l'axe vertical puis s'incurve vers la gauche et rejoint les narines. Cette explication d'un canal de soie blanche qui véhicule la Sagesse du cœur aux yeux en passant par la droite dans le cerveau et d'un canal rouge qui véhicule les passions en rejoignant les narines par la gauche rappelle fortement l'explication tantrique classique des canaux latéraux qui jouxtent le canal central, mais les couleurs seraient ici inversées. En fait, il est inutile de chercher à tout prix une concordance entre les différents systèmes explicatifs de la physiologie subtile. Chacun fonctionne à son niveau, avec la pratique qui lui correspond. Il n'existe en vérité aucune cohérence doctrinale ni aucune synthèse valable à ce niveau, l'explication des canaux ou des chakras étant un « moyen habile » toujours subordonné à l'application pratique. A ce niveau, il n'existe pas de réalité fixe, mais plusieurs possibilités de coordonner l'énergie au gré des diverses pratiques. Il convient donc de suivre la transmission particulière que l'on a soi-même reçue d'un maître qualifié.

Quoi qu'il en soit, « *rigpa n'est pas soumis à leur pouvoir* », et c'est ce qui importe. Rigpa est au-delà d'un système de canaux relatifs. Il échappe au domaine des passions et embrasse toutes choses. De son point de vue, les passions qui surgissent ne sont qu'un ornement et une occasion pour raviver sa présence.

Les vingt et une Présentations

La requête et le volet suivant concernent les vingt et une Présentations, ou *Ngotrö*. *Ngotrö*, qui a le sens d'une rencontre face à face, d'une présentation directe de rigpa, est d'une importance considérable dans le Dzogchen. On peut même affirmer que, tant qu'un étudiant n'a pas reçu de *ngotrö*, il ne peut en aucun cas être qualifié de pratiquant du Dzogchen. Tout *ngotrö* dépend de la confiance mutuelle qu'éprouvent maître et disciple. Il exige surtout une synchronisation de l'état d'ouverture du disciple avec la transmission faite par le maître. Il s'agit, comme l'exprime si bien Patrick Carré dans sa traduction des *Entretiens de Houang-po* [17], d'une « silencieuse coïncidence » où l'élément de surprise, voire de stupéfaction, peut jouer un rôle.

Il existe plusieurs manières de procéder dans le Dzogchen.

---

17. *Houang-po, Entretiens*, présentation et trad. du chinois de Patrick Carré, Paris, Le Seuil, coll. « Points Sagesses », 1993.

Classiquement, le disciple accomplit d'abord les pratiques préliminaires spécifiques au Dzogchen pour épuiser l'esprit conceptuel et éradiquer ses comportements habituels du corps, de la parole et de l'esprit. A ce point, il procède à l'examen de l'esprit, en recherchant son origine, sa localisation et sa destination. Il rapporte alors sa compréhension au maître qui procède à la présentation, ou *ngotrö du trekchö*. Celle-ci est une présentation directe de la nature de rigpa, dans sa pureté primordiale. L'étudiant entre ainsi dans la dimension de rigpa, dans cette vaste perspective que l'on appelle la Vue. Par sa pratique de la méditation du *trekchö*, il ouvrira de plus en plus largement la brèche faite dans l'esprit conceptuel, pour laisser place à une présence de rigpa toujours plus stable. Par la suite, il intégrera tous les événements et toutes ses expériences dans cette dimension unique où toute pensée, toute émotion s'autolibère sans laisser de traces.

Après cette stabilisation du *trekchö*, le maître procède aux vingt et une présentations spécifiques au *thögal*, qui figurent ici. Ces vingt et une présentations se subdivisent en trois groupes : sept présentations relatives à la luminosité, sept présentations de Sagesse et sept présentations concernant différents aspects de rigpa. Ces présentations se déroulent dans un cadre privé. Idéalement, elles ne sont données qu'à une personne à la fois et exigent un certain nombre de préparations particulières. Leur but est de révéler concrètement au disciple différents aspects des expériences visionnaires qu'il contemplera au cours de la pratique à venir.

Dans le texte du tantra, elles sont mentionnées brièvement, pratiquement sans détail, dans leur seul principe. Il ne nous appartient pas d'en dire plus, l'intérêt des *ngotrö* résidant dans l'effet de surprise et dans la transmission directement vécue par le disciple.

Les bardos

Le texte s'achève sur quelques indications concernant les deux premiers bardos de la mort. Il existe une instruction de pratique au moment de la mort où le yogi fixe ses yeux dans l'espace. A ce moment, il est dit que « *son rigpa surgira en empruntant la*

voie des yeux et il entrera dans les visions du bardo ». En fait, un
grand méditant peut rester, au moment de sa mort, absorbé dans
la méditation *thoukdam* pendant trois à cinq jours, voire plus.
Durant tout ce temps, il demeure uni à la luminosité de son esprit
qui luit dans son cœur. Puis des rayons lumineux jaillissent de
celui-ci et la conscience quitte le corps qui s'affaisse. Le texte
précise : « *Bien qu'à ce moment-là il n'y aura plus de confinement des propensions karmiques...* ». En effet, toutes les conceptions ordinaires se sont dissoutes et le support des propensions
qu'est le corps physique s'est dérobé. Il surgit cependant une
conscience « *qui pense exister* », c'est-à-dire qui porte en elle les
tendances habituelles de l'attachement au moi. Cette conscience
se pose comme un spectateur qui contemple les visions du bardo
de la Réalité : « *Comme il lève les yeux au ciel et regarde, il voit
au milieu de l'espace la brillance éclatante de cinq bouquets lumineux.* » Ces visions ne sont, rappelons-le, que le déploiement
des énergies fondamentales de l'individu, sous l'aspect de sons,
de lumières et de rayons lumineux. Elles se déploient en bouquets, *tsombou* en tibétain, sortes de grandes enceintes circu-
laires contenant des sphères lumineuses plus petites, les thiglés.
Dans ces thiglés apparaissent les Déités paisibles et courroucées.
Ce moment est crucial pour le pratiquant. Il ne doit pas sombrer
dans l'effroi ou la stupeur en se croyant séparé de ces visions,
mais y reconnaître sa propre manifestation lumineuse. Il
convient donc qu'il se rappelle les trois sortes d'instructions
orales qu'il a reçues de son vivant, les préceptes semblable « *au
fils qui se réfugie dans le giron de sa mère* », « *semblable à la
cuiller d'or inaltérable* » et semblable « *à la flèche de longue
portée qui ne revient pas* ». Grâce à cela, il reconnaîtra sa propre
luminosité, s'y reliera et s'y fondra indissolublement, atteignant
ainsi la libération. S'il manque cette reconnaissance, le yogi
poursuit son périple, le bardo de la Réalité s'évanouissant pour
faire place au bardo suivant, le bardo du Devenir.

Formules

A la fin de l'enseignement figurent plusieurs formules plus
ou moins claires, accompagnées de gloses interlinéaires. En
voici les textes :

SARVA DHARMA APAMA KAMA DÉ NI ZHUPAYA 'DI MAYA

OM ÂH HÛM OM ÂH HÛM

Dans le sans-naissance, [les phénomènes] sont scellés par la vacuité, et puisque l'énergie compatissante est imblocable, l'espace et la sagesse sont non duellement unis

AUM AUMPYI

La nature de l'espace est une nature vide non née et imblocable

HÛM

HÛM est la nature sans artifice, sans réunion ni séparation, et l'espace uni à la sagesse est doté de luminosité

ONI ONAM

Dans le sans naissance, [les phénomènes] apparaissent comme le prodige magique de la naissance : c'est l'absence d'union et de séparation de l'espace et de la connaissance suprême

MAMÉU UI

Dans la base sans artifices, le vide est paré de compassion, et c'est le renversement de l'univers

CHITU TI'U

Puisque la connaissance suprême, immuable et sans attachement, est centrée en un unique point, demeurez sans distraction en elle

AMA AMA

Du sans naissance apparaissent (les phénomènes) [comme s'ils étaient] nés ; telle est la réalité absolue, sans artifices et naturellement lumineuse de la Sagesse imblocable

MAKSHU AKSHU

La compassion de la connaissance suprême est une pure égalité

A A HÛM

L'union non née de l'espace et de la sagesse est au-delà de l'union et de la séparation

HA

Naissance pure

A A A MA

Qui réside dans l'égalité

Telle est cette formule difficile à déchiffrer, dont il est dit :
« *Dans ce son est résumé le contenu qui dévoile le sens correct* *de la Grande Perfection, lequel coordonne tous les sons.* »

Ce genre de formule, mi-sanscrite, mi-crépusculaire, abonde dans beaucoup de tantras. La difficulté principale de transcription réside dans l'échafaudage complexe de lettres tibétaines superposées, qui en rend la prononciation malaisée, voire impossible. Au vu des nombreuses variantes d'un texte à l'autre, on peut supposer que nombre d'entre elles sont altérées.

Chapitre IV

Alors, sortant d'entre ceux qui sont épuisés par la souffrance et
    demeurent l'esprit en peine,
Le Seigneur des Mystères, ce grand détenteur du vajra, fit cette
    requête :
« Kyé hud ! Explique le grand tantra afin d'en faire le phare
    des enseignements pour ceux qui sont harassés par la souf-
    france !
Enseigne à l'assemblée, je te prie, les suprêmes Corps des Vain-
    queurs !
VAJRA SAMAYA AHAM AHAM ! »

Le Vainqueur, pleinement manifesté sous une apparence phy-
    sique, se présenta à la manière d'un Corps paisible, assis sur
    un trône soutenu par des lions.
Les êtres des deux sexes du clan adamantin, les bodhisattvas
    innombrables, tous ensemble demeuraient dans sa manifes-
    tation lumineuse
Et même l'assemblée des matrikas et des yakshas fut libérée
    de l'immense souffrance.
Et l'assemblée pria en ces termes :
« Kyé kyé ! Vainqueur Vajradhara !
Enseigne, nous t'en prions, le sens véritable du grand tantra ! »

Telle fut sa requête, et Vajradhara répondit :
« Kyé kyé ! Écoutez, vous qui êtes réunis en assemblée !
L'Éveil d'où surgissent toutes choses est un trésor qui exauce
    tous les vœux.
Ce grand tantra qui accomplit la libération de ceux qui ne sont
    pas libres

Est la chaîne d'or du lien sacré adamantin.
Ce grand tantra du cœur qui délivre le contenu essentiel[1]
Est l'excellence qui ramène le multiple à l'unique[2]
Lié au sens ultime, il est détenu par les maîtres du mantra secret.
Au centre du cœur réside rigpa, l'esprit éveillé.
En conséquence, on le connaît comme le Tantra du Cœur.
Comme il recèle éternellement le trésor, le sens ultime du dia-
    mant immuable,
Il est universellement connu des êtres comme "le Tantra ada-
    mantin".
Comme il dissipe la discursivité d'autrui, il est connu comme
    "le Tantra du Héros de l'Esprit".
Comme les tantras sont produits par le grand but d'aider autrui,
Il est connu comme "le Tantra Miroir".
Comme elles sont véritablement délivrées à partir des traités
    des grands tantras, comprenez ses explications des profon-
    deurs de votre esprit !
Retenez bien l'explication des six lettres qui illustrent le sens
    ultime :

"A" est la lettre-symbole de la réalité sans naissance ;
"A" sans naissance ne conçoit aucune élaboration[3] ;
Étant non nées, [toutes choses] se parachèvent dans la lettre
    "A"[4],
Secrète, cette lettre "A" libre de naissance et insubstantielle !

Signe de l'imblocabilité, la lettre "'a" ne réside nulle part ;
La lettre surgissant de la vacuité immuable,
L'imblocabilité sans discursivité se parachève dans la lettre
    "'a" ;
Secrète, cette lettre "'a" de l'imblocabilité au sein du sans-
    naissance !

La lettre "HA" est le mode de manifestation dans le sans-
    naissance ;

---

1. NGB : « Ce grand tantra spontané relié au contenu du cœur ».
2. NGB : « Est le tantra essentiel qui ramène le multiple à l'unique ».
3. NGB : « A sans naissance n'a pas été conçu ».
4. NGB : « Elle n'est pas engendrée et l'intrépidité se parachève dans la
lettre A ».

"HA" est la perfection qui ne mêle pas naissance et manifestation, au sein même de l'immuabilité [5];

"HA" est la lettre qui déploie le jeu fantasmagorique au sein de l'espace de rigpa;

Secret, ce "HA" qui provoque le retour au sein de l'espace de la Sagesse qui réside en vous!

La lettre "SHA" accomplit la libération dans les Champs purs;

La lettre "SHA" accomplit le renversement des apparences trompeuses;

Tous les sons distincts se parachèvent dans la lettre "SHA";

Secrète, cette lettre "SHA" qui accomplit la libération dans l'espace sans naissance!

La lettre "SA" fait s'établir en la Terre "immuable";

La lettre "SA" permet de progresser jusqu'à la grande Terre du "Maître Insurpassable de Sagesse";

L'absence de progression [le long] des Terres se parfait dans la lettre "SA";

Secrète, cette lettre "SA" qui fait s'établir dans l'état immuable de la présence spontanée!

La lettre "MA" est le trésor qui surgit de la réalité absolue.

Le rigpa sans fabrications est l'état de la lettre "MA";

La base universelle sans fabrications est parachevée dans "MA";

Secrète, cette lettre "MA" qui réalise le sens du Mantra secret!

Réaliser le sens contenu dans les six lettres délivre le sens du grand Tantra du Mantra secret.

Les êtres qui s'établissent dans le sens des six lettres passent au-delà de la souffrance.

Le roi qui induit la réalisation n'est autre que le sextuple son transmutatoire des six lettres.

Tous les mantras secrets se parachèvent dans les six lettres. »

C'est ainsi qu'il exposa le sens des six lettres.

Alors, le Seigneur des Mystères fit cette requête :

5. NGB : « Né de l'imblocabilité, ce HA est parfait et sans mélanges ».

« Kyé kyé ! Vainqueur Vajradhara !
Si la combinaison du sens des lettres est bien ainsi,
Je te prie de parler des différentes transmissions de pouvoir ! »

Telle fut sa demande, et Vajradhara répondit :
« Merveille ! Écoute, Détenteur du Vajra !
Il y a trois parties dans les transmissions de pouvoir,
L'extérieure, l'intérieure et la secrète.

Pour [la transmission de pouvoir] extérieure, fais un mandala
    de poudre colorée
Sur lequel tu arrangeras une torma de sang, de chairs et de sub-
    stances variées, des substances précieuses, un cristal et
    diverses offrandes.
Tu traceras un mandala carré d'une brasse de côté, dont les
    lignes se réunissent au centre, et avec les cinq terres colorées
Tu créeras les cinq syllabes-germes OM AH HÛM SVA HA.
Au centre, tu traceras un triangle bleu-noir que tu inscriras
    dans un palais circulaire
Dont le cercle externe constitue une roue à huit rayons.
Les cinq murs d'enceinte faits de cinq sortes de dessins seront
    parés de bannières sombres.
Les quatre angles seront verts et il y aura quatre portes.
Sur le pourtour externe, il y aura une enceinte circulaire de
    vajras.
Au-dessus du triangle, tu placeras trois coupes crâniennes à
    l'intérieur desquelles tu verseras les chairs, le sang et les
    substances variées.
Sur trois demi-lunes, à l'intérieur de trois vases de bon augure,
    tu verseras toutes sortes de substances médicinales. Au col
    [des vases], tu noueras des rubans de soie rouge.
Sur les huit rayons tu placeras les huit Courroucés suprêmes [6]
    et sur chacun des angles, tu déposeras les huit matières pré-
    cieuses, les cinq miroirs ainsi que les cinq plumes de paon.
Tu feras cela selon le sâdhana que tu sais [7],
Puis les initiations des substances seront conférées par étapes.

---

6. NGB : « vous placerez les manifestations suprêmes des huit déités courroucées ».
   7. Cette ligne ne figure pas dans la version NGB.

L'endroit où l'on confère l'initiation est le trou de Brâhma, au
sommet de la tête.

Quand, de la sorte, les transmissions de pouvoir extérieure et
intérieure seront achevées,
[Les disciples] feront leur entrée dans la transmission de pouvoir secrète.
A la dhâranî qui possède les attributs requis,
[Tu conféreras] les trois syllabes et la torma. Tu mêleras
ensuite les substances secrètes rouge et blanche.
En prenant un miroir sans souillures ni craquelures, tu confére-
ras la transmission de pouvoir au disciple.

Quand les trois transmissions de pouvoir auront été de la sorte
achevées,
Tu prodigueras les conseils oraux des enseignements au
complet,
Et le yogi pourvu des transmissions de pouvoir au complet se
réalisera certainement dans le Triple Corps.
Il s'exercera ainsi selon les transmissions de pouvoir qui dis-
pensent le sens du Mantra secret.

Le yogi dans l'erreur, qui n'a pas obtenu la transmission de
pouvoir suprême,
Est analogue au passeur qui n'a pas de rames :
Vers où pourrait-il effectuer la traversée ?

S'il a obtenu la transmission de pouvoir suprême,
Il accomplira ce qu'il n'a pas accompli dans le Mantra secret,
Mais sans le support de la transmission de pouvoir du Mantra
secret, que pourrait-il bien réaliser ?
Celui-ci est analogue au bac qui fait traverser.

Au maître de vajra qui révèle la suprême transmission de pouvoir,
On offrira joyaux, pierreries, or, argent et objets les plus beaux,
ainsi que chevaux, éléphants, etc., parents et enfants [8]. »

8. NGB : « ...parents, femme, etc. ».

Le Seigneur des Mystères demanda encore :
« Kyé kyé ! Vainqueur, Puissant Seigneur !
Si les différentes transmissions de pouvoir sont bien ainsi,
Enseigne-nous, je te prie, les différentes sortes de liens sacrés ! »

Vajradhara répondit :
« Kyé ma ! Retiens bien ceci, Seigneur des Mystères !
Les différentes sortes de liens sacrés étant en nombre inconce-
    vable,
Retiens-en bien cette explication abrégée !
Le lien sacré du Véhicule adamantin
Est à l'exemple de la terre :
Comme il est à l'origine de toutes choses, il devient le meilleur
    des terrains.
Également, les moyens à préserver sont les liens sacrés inima-
    ginables, la cause à préserver est l'inconcevable et ce qui
    préserve est un comportement expert en moyens.
Mais si l'on endommage [le lien sacré], tel le feu, il fait tout
    brûler.
Au maître de vajra qui a dévoilé le sens du Mantra secret,
On peut bien avoir offert des pierres précieuses, de l'or et
    même son propre corps,
Si le lien sacré devient confus, il consumera les deux [maître et
    disciple].
A l'exemple du feu producteur de chaleur qui, éteint par l'eau,
    ne dégage plus de chaleur,
Le lien sacré est semblable à un brasier :
Qu'on le protège et les obstacles se dissiperont, se transfor-
    mant en amis de la Sagesse ;
Qu'on l'endommage et l'on chutera dans l'enfer de vajra.
Parce qu'il est vital, n'abandonne jamais le lien sacré.

Un maître qui ne suit pas les règles, dont la parole est simiesque [9]
Et qui s'engage dans une voie erronée, pervertit le Mantra secret.
Puisqu'un tel [maître] est un faux guide, on le rejettera.

Ignorants, très orgueilleux, stupides et obtus, abbés qui aiment
    filles et garçons,

9. NGB : « ...dont la parole est comme un livre ».

Ils professent des mots arrogants et orgueilleux et sèment la
  discorde parmi les frères et les sœurs [de vajra].
Sans honte, ni modestie, ni pudeur,
De tels êtres sont des réceptacles impropres au Mantra secret
  que tu repousseras.

L'esprit vaste, expert dans les tantras, devenu [10] expert en
  sâdhanas,
Doué d'un esprit bon, réalisé et, de la sorte, devenu expert
  dans la Vue pure,
Tel est le souverain du Mantra secret, Vajra Alika,
Qui enseignera continuellement à ceux qui lui offrent corps et
  qualités [11].

Sans orgueil ni arrogance, et de ce fait la conscience calme,
Bienveillant, sans esprit de contradiction, il adhère au sens du
  Mantra secret.
Réellement plein de dévotion, capable de modération [12],
A un tel réceptacle du Mantra secret aux qualités adamantines,
  tu enseigneras [13]. »
Telle fut sa réponse.

*

Fin du quatrième chapitre de l'épitomé très secret du Tantra
du Miroir du Cœur de Vajrasattva, le Grand Tantra, lequel chapitre traite des transmissions de pouvoir et du lien sacré.

---

10. NGB : « ...devenu par l'habitude expert en sâdhanas ».
11. NGB : « Vous vous en remettrez complètement à lui ».
12. Cette ligne ne figure pas dans NGB.
13. NGB : « Vous enseignerez selon le sens du Mantra secret à celui qui est
paré du sens adamantin ».

COMMENTAIRE

Le titre du tantra

Ce chapitre débute par l'explication du titre du tantra, « *Tantra du Miroir du Cœur de Vajrasattva* ».

Tantra (tib., *gyü*) signifie « continuité ». Ici, ce mot est glosé comme *« la chaîne d'or du lien sacré adamantin »*. Comme nous le verrons plus loin, le lien sacré, essentiellement le lien spirituel qui relie le disciple à son maître et à la transmission vivante, est le moyen sûr qui permet d'atteindre l'éveil, assurant ainsi la *continuité* de la transmission.

Cœur (tib., *nying*) peut signifier deux choses en tibétain. D'une part, le cœur physique et spirituel *(nyingka)*, le « centre » du pratiquant. C'est ainsi qu'« *au centre du cœur réside* rigpa, *l'esprit éveillé* ». D'autre part, l'essence *(nyingpo)*, le contenu essentiel ou même la quintessence de quelque chose. En effet, ce tantra « *délivre le contenu essentiel* », il est « *l'excellence qui ramène le multiple à l'unique* ». Et cette quintessence de toutes choses n'est autre que rigpa, qui réside dans le cœur.

Vajra (tib., *dordjé*) est le diamant, symbole d'immuabilité et d'indestructibilité. Une fois rigpa révélé et reconnu, il s'agit d'un trésor indestructible, celui de l'éveil qui transcende les trois temps, passé, présent et futur. Rien ne peut l'ébranler.

Sattva (tib., *sempa*) est plus explicite en tibétain qu'en sanscrit. *Sem* est l'esprit, ici dans le sens de l'Esprit d'éveil et non dans le sens de l'esprit ordinaire. *Pa* signifie le héros, le guerrier, celui qui a le courage d'aider autrui à atteindre l'éveil. Il s'agit du courage du bodhisattva qui œuvre sans compter au bien d'autrui.

Miroir (tib., *mélong*) a justement ici la signification de montrer directement aux autres ce qu'est leur vraie nature. C'est le miroir qui révèle l'éveil.

Telle est la signification du titre du tantra.

Les six syllabes de Samantabhadra

Le texte se poursuit par l'explication de six syllabes fondamentales dans le Dzogchen, que l'on nomme *« les six lettres de Samantabhadra »* ou encore *« les six espaces de Samantabhadra »*; ces six syllabes sont A 'a HA SHA SA MA. La deuxième d'entre elles, *'a*, n'existe pas en sanscrit et montre par là même qu'il s'agit d'une formule d'une autre origine. Par contre, ce son existe en tibétain, mais aussi dans les langages cryptiques que l'on appelle « langue des dâkinîs » ou « langue de l'Oddiyâna », censées soit venir des dimensions célestes, soit être parlées dans les contrées sacrées telles que le royaume de l'Oddiyâna où le Dzogchen puisa sa source. Il existe toute une explication sur l'origine des mantras, qui sont transmis dans le monde humain par des êtres éveillés. Les mantras sont l'expression de l'éveil au niveau des sons, « le Verbe » qui est la dimension créatrice de l'énergie universelle. Il s'agit du son du Dharmata, de la Réalité absolue, le son primordial de la vacuité qui résonne pour donner naissance à la lumière puis aux rayons lumineux de la manifestation spontanée.

Dans le *Zidji*, un texte bönpo qui traite notamment du véhicule suprême du Dzogchen, il est dit :

> La base universelle est l'espace non-né de la réalité absolue,
> Primordialement vide et sans desseins ;
> Au sein de cette vacuité où rien n'est,
> Il n'y a pas lieu de chuter dans l'éternité ou le néant.
> Dans ce grand espace immobile et infini
> S'agitent des vagues qui prennent toutes sortes d'apparences :
> C'est ainsi que de l'essence vide jaillit rigpa,
> A l'instar de l'essence interne du soleil.
> Dans ce rigpa-vacuité qui pénètre tout
> Retentit le son naturel et incessant de la vacuité
> d'où émergent les cinq lumières naturelles,
> Puis les rayons lumineux qui diffusent naturellement partout.
> Bien qu'ils paraissent exister, ils n'ont pas de substance,

Bien qu'ils paraissent ne pas exister, ils ne chutent pas dans l'extrême [du néant] [14].

C'est ainsi que dans le bardo de la réalité, après la mort, on expérimente une profusion de sons puissants, de lumières et de rayons lumineux. Dans le *Bardo thödrol*, l'instructeur explique au mort :

> Venant de la luminosité, un fort grondement se fait entendre, c'est le son naturel de la dharmata, semblable à celui de mille coups de tonnerre simultanés. C'est le son naturel de ta propre dharmata. Ne sois donc pas effrayé ni craintif [15]...

On concevra d'autant plus facilement quel est le pouvoir des mantras issus de ce son primordial de l'éveil sur ceux qui traversent les bardos.

Selon le tantra, les six syllabes peuvent s'articuler ainsi : « A » signifie le sans-naissance (*kyémé*), c'est-à-dire la pureté primordiale (*kadak*) de rigpa *« qui ne conçoit aucune élaboration »*, les élaborations étant les complexités et complications liées aux fabrications de l'esprit conceptuel. C'est donc la notion de « vacuité » positivée en « pureté primordiale » dans le Dzogchen.

« 'a » est l'imblocabilité (*magak*) de rigpa, qui désigne l'énergie incessante de la créativité de l'esprit naturel. En effet, rigpa, bien que sans élaborations, n'est limité en aucune manière dans ses manifestations.

« HA » est le mode de déploiement des manifestations de la base. Ce jaillissement des apparences lumineuses est tel qu'il ne modifie en rien la base qui demeure immuable. « 'a » et « HA » se rapportent à l'aspect de présence spontanée *(lhundroup)* de la base et de rigpa.

---

14. *gZi-brjid*, chapitre *bla-med theg-pa*, vol. NGA, f. 87, d'après D. Snellgrove, *The Nine Ways of Bon*, Boulder, Prajñâ Press, 1980.
15. *Le Livre des morts tibétain*, Francesca Fremantle et Chögyam Trungpa (éd.), Paris, Le Courrier du Livre, 1983 (2e éd.).

« *SHA* » symbolise le retour des apparences trompeuses – c'est-à-dire biaisées par l'ignorance et le dualisme – au sein de l'espace primordialement pur de la base. Ce renversement des tendances à la dualité conduit à l'intégration de toutes choses et à la libération. C'est là tout le propos de la Voie.

« *SA* », qui signifie d'ailleurs en tibétain « terre », symbolise la conquête définitive de la citadelle de l'éveil au sein de la « terre unique » du Dzogchen. La Grande Perfection n'étant pas une voie graduelle, elle ne propose pas un cheminement tout au long des « dix terres » classiques du bouddhisme, mais l'atteinte directe de la « terre unique » *(satchik)* de l'éveil. Il existe cependant une classification en « seize terres » propre au Dzogchen, mais elle implique également le « saut des terres », ce qui est l'une des significations de la pratique de thögal, encore appelée « franchissement du pic ». La seizième terre est celle du « *Maître Insurpassable de Sagesse* » *(yéshé lama)*. L'atteinte de cette « terre » résulte de la réintégration des manifestations de la base. Il s'agit du plein éveil d'un bouddha.

« *MA* » est un trésor, celui de l'actualisation des qualités de la base primordiale en Trois Corps : Corps absolu, Corps de jouissance et Corps d'apparition. C'est la Fruition sans retour.
Ainsi, les six syllabes décrivent la Base, la Voie et le Fruit dans leur intégralité.

D'un point de vue plus pratique, ces six syllabes sont un puissant mantra de purification des six destinées du samsâra. Chacune d'entre elles est le son correspondant à l'aspect pur de l'un des six mondes. Les six mondes de l'existence relative sont des créations karmiques liées à différentes habitudes et tendances émotionnelles développées sous le pouvoir de l'ignorance. A force d'accumuler une sorte d'émotion négative, l'être sensible rassemble les causes de sa renaissance future. Cette « renaissance » n'est que la dimension de sa « vision karmique déformée ». C'est ainsi que Shantideva pouvait s'écrier dans le *Bodhicaryâvatara* :

> Ce sol de fer brûlant, qui l'a fabriqué ?
> D'où viennent ces brasiers ?

Ainsi que l'a dit le bouddha, tous les phénomènes
Tels que ceux-là proviennent de l'esprit négatif.

Qu'il nous suffise de rappeler que les enfers sont le fruit de
la colère et de la haine, que les royaumes des esprits affamés
sont le fruit de l'avarice et de l'avidité, que les royaumes
(loka) des animaux sont le résultat de la stupidité, le royaume
des humains le résultat du désir, le royaume des anti-dieux
celui de la jalousie et que les dimensions des dieux sont nées
de l'orgueil et de l'autosatisfaction.

Selon Namkhaï Norbu Rinpoché :

> Ces six syllabes [...] renvoient aux six aspects de notre état
> primordial. Dans notre condition relative, nous avons les six
> lokas dont la nature ou la condition réelle est les six syllabes.
> Elles sont donc aussi l'essence du Chant du Vajra. [...] Elles
> sont appelées *drölwa drouk den*. *Drölwa* signifie libération,
> *drouk* signifie six, donc ce sont les six libérations. Et *den*
> signifie le fait de posséder cette qualification. Ces six syllabes
> font aussi référence à nos six sens et à leur contact avec les
> objets des sens. C'est pourquoi le contact entre nos six sens et
> ce mantra peut créer une bonne cause pour nous [16].

Les six destinées impures du samsâra sont symbolisées également par six lettres : A (dieux), SU (anti-dieux), NRI (humains),
TRI (animaux), PRE (esprits avides) et DU (enfers). Les « six
syllabes de Samantabhadra », A, 'a, HA, SHA, SA, MA, correspondent au renversement des six destinées, c'est-à-dire à la réintégration des manifestations de l'égarement au sein de la base
primordiale.

Prononcer ce mantra à l'intention d'un trépassé se trouvant
dans le bardo ou d'un être quelconque, animal, etc., produit
une cause positive qui aide à sa libération. On appelle cela *thödröl*, « libération par l'audition ». Porter sur soi ce mantra ou
placer un diagramme avec ce mantra écrit dessus sur le cœur
d'un mourant ou d'un mort est également une cause de libération. On appelle ce moyen habile *takdröl*, « libération par le
port ». Telles sont quelques-unes des applications pratiques de
ce type de mantra, fréquentes dans le bouddhisme tibétain.

---

16. Namkhaï Norbu Rinpoché, *Le Chant du vajra*, Paris, Altess, p. 19, 1993.

Les transmissions de pouvoir

Le second volet de ce chapitre est consacré aux transmissions de pouvoir *(wang)* qui constituent la porte d'entrée ou la voie d'accès obligée à toute pratique dans le tantrisme comme dans le Dzogchen.

Il existe plusieurs sortes de transmissions de pouvoir dans le Dzogchen. Certaines lui sont spécifiques, tandis que d'autres sont le reflet de l'influence du tantrisme, du moins dans les formes ritualisées qui les caractérisent et leur classification.

De la simple présentation directe de rigpa dans le trekchö aux vingt et une présentations spécifiques au thögal décrites dans le chapitre précédent, nous avons affaire à un système de transmission exclusif au Dzogchen, où l'on recherche l'expérience directe du disciple. Ce système est d'une portée éminemment pratique, puisque l'étudiant est directement mis en présence des expériences qu'il rencontrera au cours de sa pratique. On les lui fait pratiquement toucher du doigt.

D'une portée plus générale et nettement plus progressive est le système d'initiations élaborées dont il est question dans ce chapitre. Ce mode de transmission de pouvoir, utilisé pour tous les grands cycles des *Nyingthik*, précède la transmission orale des textes constituant le *nyingthik* en question et les instructions orales sur les points cruciaux de la pratique, les *menngak* ou préceptes. C'est d'ailleurs dans ce dernier cadre qu'auront lieu les présentations *(ngotrö)* dont nous avons parlé plus haut.

On peut dès lors en conclure qu'il s'agit d'un système de transmission global qui introduit le disciple dans la voie et lui ouvre l'accès à des transmissions plus expérimentales qui lui seront données personnellement par son maître lors des instructions pratiques.

Ce système global de transmissions de pouvoir des Nyingthik comporte lui-même quatre subdivisions : transmission élaborée *(trötché)*, sans élaborations *(trömé)*, complètement dénuée d'élaborations *(shintou trömé)* et absolument dénuée d'élaborations *(rabtou trömé)*. Il est très intéressant de comparer ce quadruple système avec les quatre niveaux de transmission de pouvoir du tantrisme, dont il est une analogie ou un parallèle.

Ainsi, dans les transmissions de pouvoir du *Vima Nyingthik* et du *Lama Yangtik,* composées au XIVᵉ siècle par Longchenpa, on constate que le premier niveau, « la transmission élaborée », comprend lui-même quatre parties nommées du même nom que les transmissions tantriques :

– transmission de pouvoir du vase *(boumpai wang)*, qui insiste sur le corps, l'ouverture des canaux et des roues, ou chakra, et utilise l'eau des ablutions ;

– transmission de pouvoir secrète *(sangwai wang)*, qui insiste sur le niveau de la parole et sur le développement des pratiques énergétiques des canaux et des souffles ;

– transmission de pouvoir de la connaissance-sagesse *(shé-rab yéshé kyi wang)*, qui insiste sur l'esprit mais aussi sur l'expérience de félicité non duelle liée aux gouttes essentielles, ou thiglés, qui sont le support de la Sagesse ;

– transmission de pouvoir qui introduit par le sens du mot *(tsikdön ngotre kyi wang)*, qui insiste sur la purification des voiles de l'esprit, étant elle-même une présentation symbolique de rigpa.

La différence concerne le sujet abordé, qui est ici le Dzogchen et non le Mahâmudrâ, l'absence de *yidam* et la simplicité des visualisations réduites à celles du bouddha primordial Samantabhadra et de lettres-symboles. C'est ainsi qu'il est dit d'entrée de jeu dans la Transmission du *Lama Yangtik* [17] :

> A l'opposé du Mantrayâna secret, il n'y a pas ici l'élaboration des phases de création et de perfection.

Les trois autres niveaux de transmission, « sans élaboration », « complètement sans élaboration » et « absolument sans élaborations », ne comportent pas cette quadripartition et s'orientent sur un modèle nettement plus lié à la pratique du Dzogchen proprement dit.

Le système décrit dans ce chapitre concerne la transmission de pouvoir « élaborée ». Il est exposé d'abord en trois étapes,

---

17. *bla-ma yang-tig : spros-bcas kyi dbang cho-ga tshangs-pa'i dra-ba,* « Le Filet de Brahmâ, rituel de transmission de pouvoir élaboré ».

transmission extérieure, intérieure et secrète, qui correspondent donc aux trois premières transmissions de pouvoir du modèle tantrique.

Avant de les décrire brièvement, le texte expose l'étape préliminaire à l'initiation, qui consiste à préparer le mandala d'initiation.

Ce mandala de poudre colorée est la symbolisation de la dimension pure de rigpa. La symbolique reprend les principales formes tantriques, mais son interprétation est du domaine de la Grande Perfection. Toujours selon le *Lama Yangtik* [18] :

> Les tormas, l'accumulation d'offrandes qui ornent le mandala, symbolisent les plaisirs des sens qui s'élèvent comme nos propres perceptions,
> La présence du cercle bleu au centre symbolise le sens réel de la Base dépourvue d'antagonismes,
> La présence de quatre quartiers symbolise la luminosité des quatre éléments,
> Les quatre portes symbolisent les quatre activités qui sont au complet en nous,
> L'enceinte de vajras symbolise l'immobilité et l'immuabilité dans l'espace de la réalité absolue.

Dans le « *triangle central bleu noir* », qui symbolise la matrice de la vacuité d'où surgissent tous les phénomènes, sont disposés plusieurs objets et substances caractéristiques des sacrements tantriques. Il en est ainsi des coupes crâniennes emplies de « *chairs* » et de « *sang* ». Ce sont des substances symboliques remplacées dans la réalité par des substituts : les *tormas* de chair sont en fait des sortes de gâteaux coniques en farine d'orge grillée *(tsampa)* mêlée à du beurre et à de l'eau. Le sang est figuré par un pigment rouge, etc. D'une manière générale, la coupe crânienne est un « contenant » *(nö)* qui figure l'univers, réceptacle des êtres qui y vivent, c'est-à-dire le « contenu »*(tchü)* représenté par le sang et la *torma*. Leur somme représente la totalité de l'univers manifesté *(nötchü)*. Trois coupes peuvent signifier les trois domaines : domaines du désir, de la forme pure et du sans-forme. Mais il existe d'autres niveaux d'explication. Ainsi, le sang, rouge, est le

18. *Idem.*

symbole du désir, cause du devenir et de la transmigration.
Transmué, il signifie la compassion, cause de la libération du
samsâra. Couplé avec la blanche *amrita*, le sang *(rakta)* symbolise la goutte essentielle ou thiglé rouge d'origine maternelle,
tandis que l'amrita est la goutte blanche paternelle. Réunies lors
de la conception, elles sont à l'origine du développement de
tous les canaux et chakras dans le corps humain. Utilisées dans
la pratique, elles sont à l'origine du Corps de Vajra du yogi réalisé et sont de ce fait appelées « bodhicitta rouge et blanche ».

Les *« vases de bon augure »* sont les aiguières d'initiation,
récipients pourvus d'un bec verseur et d'un col ornementé
d'un ruban de soie rouge, d'un cristal et d'un miroir. Dans
l'ouverture du col vient se placer un embout orné d'un éventail
d'ocelles de paon.

Dans le *Lama Yangtik*[19], on trouve une description des trois
vases placés au centre d'un mandala :

> Le rouge est la couleur de la transmission de pouvoir, la grande
> compassion de l'éveil. [...] Les ornements de l'ouverture et du
> col symbolisent les qualités spontanées de l'éveil et les activi-
> tés. L'apparence de chacun des trois vases sur une base unique
> indique l'unité des Trois Corps dans l'espace absolu : dans
> l'état de la pureté primordiale, les Sagesses sont spontanément
> présentes depuis toujours sans être réunies ni séparées.
> Les substances dans les vases précieux, faites de précieux
> matériaux, sont le signe que rigpa est la source des objets
> désirables spontanément présents. Le vide à l'intérieur est la
> vacuité, identique à l'essence de l'espace absolu.
> [...]
> Les ornements du col sont ceux des Champs purs dans leur
> disposition incommensurable.
> Les trois cristaux, les trois plumes de paon et les trois miroirs
> désignent l'essence, la nature et l'énergie compatissante. Le
> miroir est également la Sagesse de la connaissance qualitative
> et de la connaissance quantitative. [...] Les plumes de paon
> sont les cinq Sagesses et leur éclat qui s'élève sous forme de
> lumière et de disques lumineux. Le cristal est le symbole de la
> sagesse du Corps absolu, la clarté-vacuité dans l'inconcevable
> et l'inexprimable.
> Ainsi, la présence des trois vases réunis sur une base unique

---

19. *bla-ma yang-tig : spros-med kyi dbang cho-ga rin-po-che'i dra-ba*, « Le
Filet précieux, rituel de transmission de pouvoir sans élaboration ».

[...] signifie que, dans l'état indifférencié de l'Espace et des Sagesses, tous les Dharmas des terres de bouddhas, aussi nombreux qu'ils soient, sont au complet et avec tous leurs détails au sein de rigpa, spontanément et depuis toujours.

La manifestation en vase a le sens ultime qui suit : dans la sphère du Corps du vase juvénile, Samantabhadra est vacuité depuis toujours. L'assemblée inconcevable de l'océan de Sagesse de son entourage, sans se départir de l'état réel de la Grande Perfection naturelle, est appelée, à l'instant où elle n'est pas encore embrassée par la pensée, « sa propre manifestation ». Si l'on condense tout cela, cela se résume dans l'absence de réunion et de séparation de l'espace et de rigpa au niveau des Trois Corps.

Tels sont les principaux symboles signifiés par les objets d'initiation. Quand la transmission de pouvoir du vase est conférée, l'aiguière est posée un instant sur le sommet de la tête du disciple et celui-ci considère qu'il a reçu le pouvoir conféré. Après les *« transmissions de pouvoir extérieure et intérieure »*, qui correspondent respectivement à la première transmission du vase et à la seconde dite habituellement transmission secrète, vient la troisième transmission de pouvoir, nommée ici *« transmission de pouvoir secrète »*, mais qu'on appelle normalement « transmission de pouvoir de la connaissance-Sagesse ». Cette troisième transmission concerne les pratiques de félicité-vacuité accomplies avec une épouse mystique appelée *dhâranî*. Elle est en effet « secrète » en ce sens qu'elle n'est réellement conférée qu'à des pratiquants confirmés, étant habituellement réduite à une initiation symbolique.

Vajradhara souligne ensuite l'importance capitale de la quatrième transmission, la *« transmission de pouvoir suprême »*, passeport obligé pour quiconque désire pratiquer le Dzogchen ; les trois premières transmissions étant dévolues aussi au Mantrayâna secret, elles ne sont qu'un support pour la pratique principale du Dzogchen :

« Le yogi dans l'erreur, qui n'a pas obtenu la transmission de pouvoir suprême,

Est analogue au passeur qui n'a pas de rames :

Vers où pourrait-il effectuer la traversée ? »

La quatrième transmission de pouvoir, celle du *« sens du mot »*, est en effet une présentation à rigpa. Rigpa est à la fois la base, la voie et le fruit. Sa reconnaissance donne la vision panoramique du chemin qui n'est plus parcouru en aveugle. Les trois premières transmissions correspondraient plus à des moyens qu'à la Sagesse, représentée par la quatrième. Or il est toujours indispensable d'unir moyens et Sagesse ;

« *S'il a obtenu la transmission de pouvoir suprême,*
Il accomplira ce qu'il n'a pas accompli dans le Mantra secret,
Mais sans le support de la transmission de pouvoir du Mantra
  secret, que pourrait-il bien réaliser ?
Celui-ci est analogue au bac qui fait traverser. »

Le texte souligne ensuite l'importance des offrandes au maître qui confère la transmission. Traditionnellement, le disciple fait des offrandes matérielles qui expriment son engagement et sa générosité, c'est-à-dire sa capacité de s'ouvrir et d'abandonner ses attachements grossiers. Peu importe d'ailleurs la richesse de l'offrande, le disciple pauvre offrant sa part de riz étant plus digne de respect que le riche disciple offrant de l'or, ainsi que Longchenpa se plaisait à le souligner. En essence, le disciple offre son corps, sa parole et son esprit au maître. Par le corps, il s'engage à servir le maître du mieux qu'il le peut, à le soulager dans ses tâches, etc. Par la parole, il s'applique à ne jamais médire de son maître, à respecter le secret des instructions qu'il reçoit. Par l'esprit, il demeure au plus près de l'intention du maître, cherche à pénétrer la profondeur de son enseignement sans s'attacher aux apparences et, surtout, à ne faire plus qu'un avec son esprit de Sagesse par la pratique d'un Guru yoga constant.

Le lien sacré

La question du lien sacré ou *samaya* (tib., *damtsik*) suit naturellement les considérations sur les transmissions de pouvoir. Par « lien sacré », terme trop souvent mal compris en Occident et facteur d'une culpabilité que l'on espérait absente du bouddhisme, il faut entendre continuité de la transmission. Une fois celle-ci transférée du maître au disciple, celui-ci doit la recueillir comme un don très précieux et veiller dessus afin qu'il ne soit pas endommagé. Comment peut-on endommager la transmission ? De bien des manières, en l'oubliant, en la déformant par une mauvaise compréhension, en la mutilant, en l'exploitant pour son propre intérêt égoïste sans se soucier d'autrui, en la divulguant à des esprits mal préparés ou inaptes à la transmission, en la révélant de son propre chef à des disciples sans avoir reçu l'autorisation du maître, en médisant du maître, etc. De telles « ruptures du lien sacré » sont cependant réparables à condition d'en prendre conscience et de corriger sa conduite.

Le texte insiste sur l'importance du lien sacré : « *Le lien sacré du Véhicule adamantin est à l'exemple de la terre : comme il est à l'origine de toutes choses, il devient le meilleur des terrains.* » Préserver le lien, c'est demeurer conscient de la nature de bouddha qui demeure en soi et se respecter en tant que pratiquant. En un mot, il s'agit de « prendre soin de sa vraie nature ».

Un autre aspect du lien sacré concerne l'engagement réciproque du maître et du disciple. Tous deux sont intimement liés par la transmission, et la chute de l'un peut entraîner celle de l'autre : « *Au maître de vajra qui a dévoilé le sens du Mantra secret, on peut bien avoir offert des pierres précieuses, de l'or et même son propre corps, si le lien sacré devient confus, il consumera les deux [maître et disciple].* »

Ainsi, respecter le lien sacré ouvre une voie sans obstacles vers l'éveil. Au contraire, sa destruction entraîne la confusion la plus grande, laquelle peut entraîner beaucoup d'obstacles, d'errances et de souffrances, figurées par l'image terrible de « *l'enfer de vajra* ». Il est plus que souhaitable d'aborder cette notion de lien sacré comme une responsabilité partagée envers l'enseignement plutôt que d'y voir une menace de punition entachée de culpabilité.

Les qualités du maître et du disciple

Avant toute transmission et tout engagement, il importe que maître et disciple s'examinent mutuellement. Le futur disciple doit exercer son discernement dans le choix du maître, dont la connaissance de l'enseignement doit être réelle et dont la pratique et l'éthique doivent être irréprochables. Il n'est dit dans aucun texte qu'il faut suivre aveuglément n'importe quel instructeur, en abandonnant tout sens critique sous prétexte qu'il est, par exemple, un maître « réputé ». Le lien de cœur et d'esprit qui va se créer engage la vie tout entière, et l'on doit prendre garde de ne pas se fourvoyer. Quand le lien est fait et la transmission réelle commencée, il est trop tard pour se désengager. Mais il faut bien comprendre que l'éthique qui préside à la relation maître-disciple est un devoir réciproque.

De même, un maître doit examiner les capacités et la motivation d'un étudiant avant de lui transmettre quoi que ce soit. On parle traditionnellement de « réceptacles purs » et de « réceptacles impropres au Mantrayâna secret ».

Une fois le choix arrêté et la transmission des enseignements initiée, il est dit qu'un disciple doit développer une confiance inébranlable et une dévotion sans faille pour le maître. Cette dévotion n'est rien d'autre que la vision pure de ce qu'est le maître dans son essence : le représentant vivant de l'enseignement, l'incarnation des bouddhas du passé, du présent et du futur, sans qui le Dharma serait lettre morte.

Chapitre V

Alors, ayant ouvert les portes du mandala de son cœur, le Vainqueur, le glorieux Vajrasattva, révéla à ceux de son entourage le contenu lumineux de leurs mandalas de sagesse.

« Kyé ! Compagnons !
Le rigpa de chacun des êtres sensibles qui peuplent les domaines mondains existe en tant que nature des cinq Luminosités.
Pour illustrer ouvertement leur contenu ;
Rigpa, dont la pulsation embrasse toutes choses, est Corps de lumière ;
Rigpa, vaste espace immuable, est Corps de lumière ;
Rigpa, vaste espace absolument pur, est Corps de lumière ;
Rigpa immuable et omniprésent est Corps de lumière ;
Rigpa, inexprimable et inconcevable, est Corps absolu ;
Rigpa, qui transcende les objets incommensurables, est Corps absolu ;
Rigpa, qui n'est pas la sphère d'activité d'un "sujet qui saisit", est Corps absolu ;
Rigpa, doté de l'essence, de la nature et de la compassion, est Corps absolu ;
Rigpa, grande félicité sans mélange et absolument parfaite, est Corps de jouissance ;
Rigpa, doté d'attributs distincts et sans mélanges au sein de la clarté, est Corps de jouissance ;
Rigpa, du fait qu'il porte signes et marques de beauté, est Corps de jouissance ;
Rigpa, qui apparaît sous différents aspects au sein d'une nature unique, est Corps de jouissance ;

Rigpa, dispensateur de la compassion jaillie de l'espace inobs-
   trué, est Corps d'apparition[1] ;
Rigpa, qui brille et se réalise partout, est Corps d'apparition ;
Rigpa, qui embrasse toutes choses sans obstruction, est Corps
   d'apparition ;
Rigpa, à la luminosité non obscurcie et dépourvu de pensées
   d'attachement, est Corps d'apparition[2] ;
Rigpa, du fait qu'il est débarrassé des limites de l'attachement
   dualiste, est Corps d'essentialité ;
Rigpa, sans objet d'attachement, est Corps d'essentialité[3] ;
Rigpa, qui ne s'établit dans aucune terre ni aucune voie, est
   Corps d'essentialité ;
Rigpa, qui n'existe pas en tant qu'objet substantiel, est Corps
   d'essentialité ;
Rigpa, qui demeure immuable dans l'espace de grande félicité,
   est Corps d'essentialité ;
Rigpa, paré du sens absolu[4], est Corps de détenteur du vajra ;
Rigpa, qui demeure dans l'état immuable au sein de la clarté,
   est Corps de détenteur du vajra ;
Rigpa, présent chez tous les êtres, est Corps de détenteur du
   vajra ;
Rigpa, d'une stabilité à toute épreuve, est Corps de détenteur
   du vajra[5] ;
C'est ainsi qu'il réside dans l'esprit de tous les êtres sensibles.
Fais pénétrer de la sorte dans ton esprit le sens des cinq Corps.

Des Corps proviennent les Sagesses.
Quelles sont-elles donc ?
Rigpa, espace absolu immuable, est Sagesse de l'espace absolu[6] ;
Rigpa, qui ne chute dans aucun extrême ni aucune opinion, est
   Sagesse de l'espace absolu[7] ;

---

1. NGB : « Rigpa, dispensateur d'une compassion incessante, est le Corps
d'apparition ».
2. NGB : « Rigpa, dépourvu des pensées d'attachement qui voilent sa clarté,
est le Corps d'apparition ».
3. NGB : « Rigpa, sans sujet qui saisit ni objet, est Corps d'essentialité ».
4. NGB : « ...paré du sens immuable,... ».
5. NGB : « Rigpa, qui stabilise les situations favorables, est Corps de Détenteur du Vajra ».
6. NGB : « Rigpa, immuable, est l'état de la sagesse de l'espace absolu ».
7. Cette phrase ne figure pas dans NGB.

Rigpa, qui transcende les sphères du sujet-objet, est Sagesse de l'espace absolu ;

Rigpa, dépourvu de toute limite, est Sagesse de l'espace absolu ;

Rigpa, pur éclat au sein de la luminosité, est Sagesse semblable-au-miroir ;

Rigpa, qui demeure dans l'enceinte sphérique, est Sagesse semblable-au-miroir ;

Rigpa, qui ne chute dans aucune partialité au sein de la clarté, est Sagesse semblable-au-miroir ;

Rigpa, perfection sans mélanges au sein de la clarté [8], est Sagesse semblable-au-miroir ;

Rigpa, qui se tient dans l'égalité, immobile, est Sagesse de l'égalité ;

Rigpa, qui transcende le bien et le mal, est Sagesse de l'égalité ;

Rigpa, libéré de toute discursivité, est Sagesse de l'égalité ;

Rigpa, qui transcende les sons et les mots, est Sagesse de l'égalité ;

Rigpa, qui comprend clairement les distinctions intellectuelles, est Sagesse du discernement ;

Rigpa, qui comprend clairement la multiplicité, est Sagesse du discernement ;

Rigpa, qui se lève en tous lieux, est Sagesse du discernement ;

Rigpa, dont les aspects se manifestent en tous lieux, est Sagesse du discernement ;

Rigpa, sans action ni effort, est Sagesse de l'accomplissement [9] ;

Rigpa, parfait au sein même de la discursivité tenace, est Sagesse de l'accomplissement ;

Rigpa, parfait dans le sans-naissance, est Sagesse de l'accomplissement ;

Rigpa, parfait dans l'imblocabilité, est Sagesse de l'accomplissement.

Sachez qu'elles sont ainsi chez tous les êtres !

Quelles sont donc les lumières qui proviennent des Sagesses ?

Elles prennent l'aspect des cinq couleurs :

Rigpa, immuable au sein du Corps absolu, luit d'une couleur bleu profond ;

---

8. NGB : « ...parfaite clarté sans mélange,... ».
9. NGB : « Rigpa, parfait là où il y a l'effort,... ».

Rigpa, libre de toute pensée, luit d'une couleur bleu profond ;

Rigpa, doté d'un éclat lumineux, luit comme une grande lumière bleu profond ;

Le Fruit de rigpa étant d'une transparence perçante, il luit comme une grande lumière bleu profond ;

Rigpa même, nullement souillé par les passions, luit d'une couleur blanche ;

Rigpa, pur comme un œuf de cristal[10], luit d'une lumière blanche ;

Rigpa, l'esprit éveillé immaculé, luit d'une couleur blanche ;

Le rayonnement lumineux de rigpa étant d'une profondeur insondable, il luit d'une couleur blanche ;

La Sagesse de rigpa, dépourvue de toute désignation, luit comme une grande lumière jaune ;

La Sagesse de rigpa, dépourvue d'attachement, luit comme une grande lumière jaune ;

La Sagesse de rigpa, naturellement lumineuse, luit comme une grande lumière jaune ;

Rigpa, parfait dans l'immuabilité, luit comme une grande lumière jaune ;

Puisque, dans l'espace de rigpa, tous les pouvoirs sont au complet, celui-ci luit d'une couleur rouge ;

Puisque dans l'espace de rigpa tout est instantanément parfait et non né, celui-ci luit d'une couleur rouge ;

Rigpa, Tathâgata dans l'immuabilité, luit comme une grande lumière rouge ;

Rigpa, qui embrasse sans cesse toutes choses, luit comme une grande lumière rouge ;

Puisqu'en la terre de rigpa, aucune transformation n'a lieu, celui-ci luit comme une grande lumière verte ;

Rigpa, qui embrasse toute substance dans la vacuité, luit d'une couleur verte ;

Rigpa, connaissance suprême sans obstacles, luit d'une couleur verte ;

Au-delà des sphères d'activité de la saisie, il luit d'une couleur verte. »

Alors jaillit une grande lumière qui emplit l'univers,

---

10. NGB : « ...pur comme le cristal,... ».

Et l'on vit cette suprême lumière de la Sagesse, rare entre
    toutes,
Combler le ciel de la lumière de la Sagesse,
Et faire œuvre de libération pour le bien des êtres sensibles.

*

Fin du cinquième chapitre du grand Tantra secret, le tantra
du Miroir du Cœur de Vajrasattva, qui traite des Corps et des
Sagesses.

COMMENTAIRE

Ce chapitre est entièrement dévolu aux qualités de rigpa, la nature de l'esprit dans sa présence spontanée. La pureté primordiale *(kadak)* de rigpa signifie son inconcevabilité, son absence d'élaborations conceptuelles et sa vacuité essentielle. Sa présence spontanée *(lhundroup)* nous révèle que, loin d'être un néant, cette vacuité est un champ ouvert à toutes les manifestations éveillées. Ces manifestations spontanées sont la luminosité même de rigpa, sa *nature*, et leurs différents aspects sont les qualités ou fonctions de l'éveil. Tel est « *le contenu lumineux du mandala de Sagesse* » dont il est question ici. On distinguera trois sortes principales de qualités : les cinq Corps, les cinq Sagesses et les cinq Luminosités. Non encore manifestées, ces qualités sont encloses dans le Corps du vase juvénile, ou précieuse sphère hermétique, à la manière de lampes qui brillent au fond d'un vase. C'est ce qu'explique Longchenpa dans le *Thekchok Dzö* :

> Dans l'abîme de l'essence primordialement pure demeure l'éclat originel spontanément accompli, la lumière naturelle de la profonde clarté accompagnée de la Sagesse. Sans être un, ni différents ni séparés, [ces aspects] constituent la sublime luminosité, la précieuse sphère hermétique spontanément accomplie, le domaine du Corps du vase de jouvence [11]...

Quand elles jaillissent de la base, ces manifestations paraissent « s'extérioriser » en « brisant la coque » de la sphère hermétique. Ne pas les reconnaître aboutit à les prendre pour étrangères et scelle le début du dualisme, cause de toute errance.

11. Cf. Longchenpa, *La Liberté naturelle de l'esprit, op. cit.*, p. 155.

Les qualités deviennent alors des « défauts », non qu'elles changent de nature, mais parce qu'on les perçoit désormais comme tels. Ainsi, les Sagesses deviennent les émotions, les cinq Luminosités s'épaississent en couleurs de plus en plus denses pour former finalement les éléments grossiers constitutifs du monde de la matière. Au contraire, les reconnaître comme nos propres manifestations lumineuses équivaut à les réintégrer instantanément au sein du Corps du vase, cette fois sous une forme actualisée grâce à cette prise de conscience de rigpa. C'est l'état d'éveil de Samantabhadra, le bouddha primordial. C'est ainsi qu'il est dit dans la Prière de Souhaits de Samantabhadra :

> Que tous les êtres qui vivent dans les trois sphères
> Prennent conscience du sens inexprimable de cette base.
> Moi aussi, qui suis Samantabhadra,
> J'ai compris par moi-même et au sein même de la base
> Le sens de cette base sans causes ni conditions.
> Du dedans et du dehors, je n'ai pas le défaut d'estimer l'un plus que l'autre,
> Et les ténèbres de l'ignorance ne m'ont jamais gagné,
> Si bien que nulle imperfection ne souille ce que je perçois.
> Je ne suis rien d'autre que le rigpa frais [12].

Quand, en pratiquant le franchissement du pic *(thögal)*, le yogi parvient au bout des quatre visions, il réintègre l'ensemble des manifestations lumineuses dans la sphère unique de rigpa, ce qui signifie un retour de la luminosité dans le Corps du vase de jouvence et l'actualisation de toutes les qualités dans l'état de bouddha. Longchenpa déclare à ce propos, dans *La Liberté naturelle de l'égalité* :

> Quand, de la sorte, vous êtes parvenu au terme de la base et de la voie, l'union rigpa-espace,
> La perfection de la base est la fruition spontanément accomplie depuis l'origine :
> Corps absolu pour soi-même et deux Corps formels pour le bien d'autrui.

Une fois ce plein éveil atteint, les qualités sont actualisées. Elles sont alors les qualités d'un bouddha, qu'il met spontané-

---

12. *kun-bzang smon-lam stobs-po-che*, trad. Patrick Carré.

ment au service des êtres sensibles selon leurs besoins. C'est ainsi que les Corps formels se déploient depuis le Corps du vase pour œuvrer à la libération des êtres. Une fois celle-ci accomplie, ils se résorbent au sein du Corps absolu et demeurent dans le Corps du vase, prêts à surgir à nouveau à la moindre sollicitation des êtres souffrants.

Les six Corps

Habituellement, on considère Trois Corps d'un bouddha : Corps absolu, ou *dharmakâya*, Corps de jouissance, ou *sambhogakâya,* et Corps d'apparition, ou *nirmânakâya*. Le premier, le Corps absolu, est sans forme, étant la dimension de vacuité d'un bouddha, l'ouverture à tous les possibles. Les deux autres sont les Corps formels, le Corps de jouissance étant la manifestation subtile et lumineuse des qualités des bouddhas, imperceptible pour les êtres ordinaires, et le Corps d'apparition étant la condensation de ces qualités en un corps physique propre à aider les êtres sensibles. Les Trois Corps sont un en essence, au-delà de toute réunion ou séparation. Le Corps absolu est comme un soleil dont la lumière est le Corps de jouissance et dont les rayons chaleureux et bienfaisants sont le Corps d'apparition. Comment pourrait-on les séparer ?

Leur inséparabilité constitue le quatrième Corps, le Corps d'essentialité, ou *svabhavikakâya*.

Rigpa, une fois réalisé, n'est plus sujet aux circonstances et demeure immuable au gré des événements, les intégrant tous dans sa dimension. Certes, au début du cheminement, le pratiquant n'a qu'un aperçu de rigpa, et celui-ci est, aux dires de Düdjom Rinpoché, « comme un bébé jeté sur le champ de bataille des pensées discursives ». Mais sa stabilisation par la pratique de la méditation l'établit pleinement sur le trône, tel un roi exilé qui reconquiert définitivement son royaume. Dès cet instant, il est impossible de régresser et de retomber dans l'ignorance. Le renversement du samsâra est définitif. L'immuabilité de rigpa dans sa plénitude est ici figurée par le cinquième Corps, le « *Corps du détenteur du vajra* », le vajra ou diamant étant le symbole de l'indestructibilité. Ce Corps est encore appelé « Corps adamantin immuable », *mingyour dordjéi kou*.

Les Trois Corps, inséparables dans le « Corps d'essentialité » et immuables en tant que « Corps du détenteur de vajra », constituent les cinq Corps dont il est question à la fin du paragraphe : « *Fais pénétrer de la sorte dans ton esprit le sens des cinq Corps.* »

Si l'on explique qu'en essence rigpa est vacuité mais qu'en sa nature il est luminosité, cela signifie que son énergie primordiale imblocable se manifeste en une lumière qui embrasse toutes choses. C'est pour cela qu'on le qualifie également de « Corps de lumière ». De ce fait, la nature de tous les phénomènes manifestés, grossiers ou subtils, éléments, etc., est luminosité. Leur réintégration par la pratique aboutit à la manifestation du Corps d'arc-en-ciel du yogi, ou Corps de lumière.

Les cinq Sagesses

« *Des Corps proviennent les Sagesses* », explique Vajradhara. De même que les cinq passions naissent au sein des cinq agrégats qui constituent l'individualité d'un « moi », les cinq Sagesses, qui sont l'aspect pur des passions, jaillissent des cinq Corps d'un bouddha.

« Sagesse » se dit en tibétain *yéshé*, « connaissance primordiale », que l'on peut définir comme « une connaissance qui demeure depuis toujours [en soi] ; la faculté cognitive vide et lumineuse qui réside naturellement dans l'esprit de tous les êtres ». Il existe cinq Sagesses qui sont donc cinq aspects de la connaissance primordiale propres à la nature de bouddha. Présentes en nous depuis toujours comme l'est le tathâgatagarbha dont elles sont des aspects, elles nous sont habituellement occultées par l'ignorance et « déguisées » sous l'aspect impur des cinq poisons de l'esprit discursif.

Quelles sont les cinq Sagesses ?

La faculté d'embrasser toutes choses au sein de l'espace sans limites, dans l'ouverture de la vacuité, est la Sagesse de l'espace absolu. Il s'agit de l'ignorance transcendée.

La faculté de voir clairement la réalité absolue de toutes choses est la Sagesse semblable-au-miroir. Elle correspond à l'aspect pur de la colère.

La faculté de voir sans partialité tous les phénomènes comme égaux au sein de l'espace absolu est la Sagesse de l'égalité. Elle est l'aspect pur de l'orgueil.

La faculté de distinguer clairement, sans mélange ni confusion, les phénomènes multiples est la Sagesse du discernement. Elle est le désir purifié.

La faculté d'être spontanément là, parfait, sans artifice ni effort, est la Sagesse de l'accomplissement, qui correspond à la jalousie purifiée.

Ces cinq Sagesses réunissent l'ensemble des facultés cognitives propres à rigpa, l'esprit éveillé.

Les cinq Luminosités

Les lumières proviennent à leur tour des Sagesses, comme le dit Vajradhara. Chacune de ces cinq Luminosités est caractérisée par une couleur et correspond à l'une des cinq Sagesses. Au niveau ordinaire, les cinq Luminosités se sont « condensées » ou « coagulées » sous l'action du karma en cinq éléments, d'abord subtils, puis grossiers, constituant alors le monde physique des phénomènes externes et la composition interne du corps. Réintégrés par la pratique, les éléments retournent à leur nature primordiale lumineuse et le corps physique grossier se dissout alors en lumière.

La lumière bleue symbolise l'immuabilité et la profondeur de rigpa. Le bleu, additionné de noir ou de blanc, demeure fondamentalement bleu. Il correspond à la Sagesse de l'espace absolu. C'est la couleur de l'élément espace ou éther, le cinquième élément qui n'est en fait que la matrice des quatre autres.

La lumière blanche symbolise la pureté de rigpa et sa clarté immaculée. Elle correspond donc à la Sagesse semblable-au-miroir. C'est la couleur de l'élément eau.

La lumière jaune symbolise les qualités et la générosité qui émanent de rigpa. Cette générosité est équanime et correspond donc à la Sagesse de l'égalité. C'est la couleur de l'élément terre.

La lumière rouge symbolise le pouvoir de la compassion qui embrasse toutes choses et répond aux besoins de chacun. Ce pouvoir correspond à la Sagesse du discernement. Le rouge est la couleur de l'élément feu.

Enfin, la lumière verte est la créativité sans obstacles, la perfection spontanée des activités éveillées, et correspond à la Sagesse de l'accomplissement. La couleur verte est celle de l'élément air.

Les cinq familles de bouddhas

Mis à part le système en cinq ou six Corps, les autres pentades, les cinq bouddhas, les cinq Sagesses, les cinq éléments, les cinq Luminosités, etc., entrent aisément dans la classification des cinq familles de bouddhas, chaque famille regroupant un certain nombre de caractéristiques concernant à la fois les êtres ordinaires plongés dans leur vision karmique et les êtres éveillés. L'éveil n'est pas uniforme. Selon les caractéristiques particulières à un individu, tendances émotionnelles, tempérament, etc., l'état d'éveil obtenu, bien qu'unique en tant que tel, sera lui-même caractérisé par des tonalités et des qualités spécifiques. C'est ainsi qu'un être dominé par le désir et le tempérament magnétique et ardent de l'élément feu pourra développer des qualités d'éveil liées à la famille du Lotus. D'autres manifesteront lors de leur éveil les qualités d'un bouddha de la famille du Joyau, etc. Dans un mandala, chaque famille correspond à une direction cardinale. On peut facilement réunir l'ensemble des caractéristiques des cinq familles de bouddhas en un schéma orienté.

Ce schéma montre l'orientation traditionnelle des mandalas. Celle-ci dépend de la position relative du pratiquant : si celui-ci est à l'extérieur, faisant face au mandala, la direction qui lui fait face est l'est du mandala. Dans le cas d'une représentation graphique verticale telle qu'une peinture de mandala suspendue, cette direction est est située en bas de la peinture, comme d'ailleurs sur notre schéma.

Au contraire, si le pratiquant se visualise lui-même au centre d'un mandala, ou s'il visualise son propre corps comme le mandala interne, l'est sera devant lui, le sud à sa droite, l'ouest derrière lui et le nord à sa gauche.

Dans chaque direction prend place une famille de bouddhas, qui symbolise un ensemble d'attributs et de qualités de l'énergie de l'éveil. Par exemple, à l'est du mandala se situe la famille

Vajra. Le bouddha qui la personnifie est Vajrasattva-Akshobhya. Son symbole est le vajra *(dordjé)*, qui représente la clarté pure et indestructible de l'esprit des bouddhas. Cette qualité existe déjà dans la colère, qui est l'affect négatif caractérisé par le tranchant et l'acuité. De fait, cette colère se transforme en Sagesse semblable au miroir. La lumière blanche associée à la famille vajra et à l'élément eau est utilisée pour l'activité d'apaisement, la première des quatre activités des éveillés, destinée à purifier les situations, apaiser les troubles et dissiper les obstacles.

Il en va de même pour chacune des autres familles de bouddhas.

Donc, si le yogi qui pratique la voie de la transformation se visualise comme la déité centrale du mandala, il est possible qu'il soit entouré de quatre déités ou de quatre groupes de

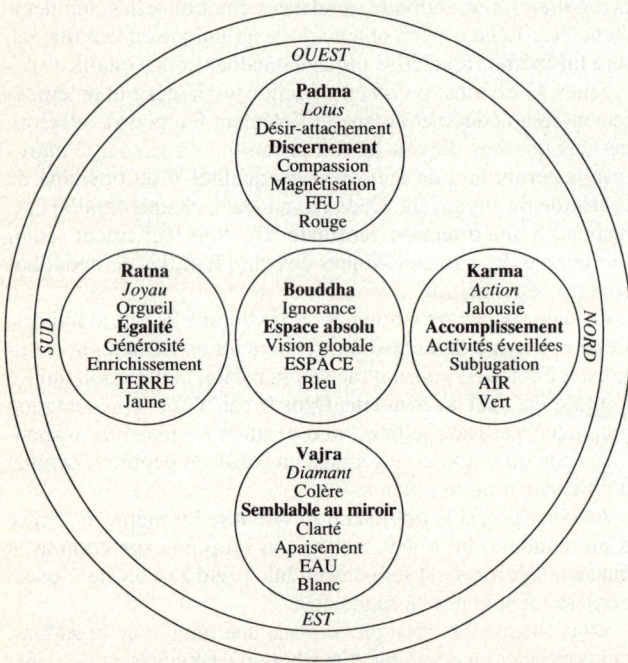

Diagramme des cinq familles de bouddhas.

déités qui représentent son entourage et ses activités. Chacune de ces déités revêtira généralement les couleurs, les attributs et les qualités propres à la famille qui correspond à sa position dans le mandala.

Chapitre VI

Alors, le Seigneur des Mystères se manifesta pleinement sous
   l'aspect de Vajrapâni et, mû par la grande compassion,
Pria en ces termes :
« Kyé ma ! Vaste espace, Vainqueur compassionné !
Enseigne-nous, je te prie, le grand trésor qui est source de
   l'Éveil ! »

Le Seigneur des Puissants lui répondit :
« Kyé ma ! Écoute, Détenteur du vajra,
Retiens bien mon enseignement !
Rigpa spontané, cette grande ambroisie de l'Éveil,
Est à l'exemple de ces substances divines, ces joyaux précieux :
Appliqué contre le froid, il devient chaleur ;
Appliqué contre le chaud, il devient fraîcheur ;
Opposé aux ténèbres, il devient clarté.
De la sorte, ce rigpa né de lui-même,
S'il est doté du sens de la réalisation,
Transmute les passions en aides à la Sagesse [1] :
Bien que naissent les passions, elles renforcent la Sagesse et
   il n'y a plus d'obscurcissements.

Kyé ho ! Seigneur des Mystères, retiens bien ceci :
Cette goutte d'ambroisie apparue d'elle-même [2]
Est à l'exemple du joyau qui clarifie l'eau :
Placé dans une eau boueuse, il en purifie la boue.
De même, si tu appliques ce précepte oral du contenu essentiel,

---

1. NGB : « ...transmute les passions en connaissance ».
2. NGB : « Le joyau né de lui-même, cette goutte d'ambroisie ».

Les passions ne pourront plus rien souiller.
Du marais des propensions karmiques naîtra le lotus de la
    Sagesse [3] ;
L'eau de la Sagesse lave toutes les passions [4],
Et le feu de la Sagesse fait brûler les propensions karmiques [5].
Dans le Corps joyeux de la Sagesse se manifeste le monde
    phénoménal :
S'il se résout à l'unique, les apparences s'élèvent en amies,
Et de l'espace non né brille la lumière de la Sagesse.
Ce qui existe en tous, personne ne le voit.
Incommensurable, pareil à l'espace céleste,
Éclat éblouissant semblable à la lumière du soleil,
Immuable à l'instar du Sumeru, roi des montagnes,
D'une profondeur incommensurable comme les abysses océa-
    niques,
Sans souillures, tel le lotus des marais,
On ne peut s'en saisir, à l'instar du reflet de la lune dans l'eau.
Apparition omniprésente, comme un prodige miraculeux dans
    le ciel,
Les couleurs au complet dans son éclat lumineux, comme l'arc-
    en-ciel,
Répandu partout comme le mandala de l'air,
Ininterrompu, sans croissance ni diminution, tel le cours d'un
    fleuve,
Portant tout en lui, comme le ventre du temps,
Émergeant comme autant de concepts variés, comme les appa-
    rences illusoires [6],
Il manifeste l'indivisibilité de la vacuité et de la clarté, tel un
    Champ pur.
Solide et ferme comme le diamant,
Devenu base universelle, semblable à un terrain égalisé,
Il accomplit complètement désirs et besoins, tel l'arbre qui
    exauce les souhaits [7].
Luminosité à l'éclat pur comme le miroir de la reine,

---

3. NGB : « ...naîtra la Sagesse ».
4. NGB : « Les propensions karmiques rassemblent la totalité des passions,
(comme) l'eau ».
5. NGB : « Et la Sagesse fait brûler toutes les propensions humaines ».
6. NGB : « Existant continuellement en tant qu'apparences illusoires ».
7. NGB : « Absolument parfait, comme l'arbre qui exauce les souhaits ».

Apode, il parcourt le ciel, tel le roi des oiseaux ;
Paré et apprêté comme la danseuse parée de colliers et d'un
    diadème,
Il transperce toutes choses, comme la flèche de longue portée.
Il réunit tout dans l'espace de la Sagesse, tel l'élément Eau,
Et consume passions et propensions karmiques, tel l'élément Feu.
Illustré par de tels exemples, il adhère au sens de la Sagesse,
Éternellement, immuable, Corps qui déploie la Sagesse,
Existant en toutes choses, secret en lui-même, il est révélé par
    les méthodes.
Immuable, rigpa qui réside en tous est le trésor de l'esprit d'éveil.
D'essence immuable, il demeure de la sorte en toutes choses ;
De nature lumineuse, il embrasse tous les êtres ;
Naturellement immobile, espace où se dilate l'éveil,
Vous qui gardez le lien sacré, emparez-vous-en ! »
Telle fut sa réponse.

Brandissant son vajra, Vajrapâni, Seigneur des Mystères,
    déclara :
« A la la ho ! J'ai fait pénétrer en mon cœur l'Intention de tous
    les Tathâgatas et ai trouvé le grand sens qui réside en moi ! »

Après s'être exprimé de la sorte, comme il brandissait son vajra,
Tous les domaines de l'univers du trichiliocosme [8] se rempli-
    rent de Corps de Tathâgatas,
Et tous les êtres sensibles qui virent de tels Tathâgatas atteigni-
    rent le parfait éveil manifeste.
Toutes les naissances dans les trois mauvaises destinées s'in-
    terrompirent et, à nouveau,
Le Seigneur des Mystères fit naître l'émerveillement en cha-
    cun des êtres et adressa cette prière au grand Vajradhara :
« Kyé kyé ! Vainqueur Vajradhara !
S'il en est ainsi du sens des exemples de rigpa,
Enseigne, je te prie, le sens des exemples d'ignorance ! »

Telle fut sa requête, à laquelle Vajradhara répondit ainsi :
« Merveille ! Écoute, Détenteur du vajra !

---

8. Tib., *stong-gsum* : selon le bouddhisme, un grand univers ou « trichiliocosme » comprend un milliard de mondes, soit $1\,000^3$ mondes.

Le samsâra immature et incompris [9]
Est à l'exemple de l'amalgame de mercure et de métal.
Ce dernier ne s'en libère pas et le moment de la délivrance ne
    se produit pas.
De même pour l'ignorance – amalgame de métal –, à quelle
    délivrance s'attendre ?
L'ignorance est semblable à l'eau qui collecte toutes choses.
La colère est un feu, tel le brasier de la fin des temps.
Le désir-attachement est comme boire de l'eau salée.
La stupidité est comme une maison vide plongée dans d'épaisses
    ténèbres.
L'orgueil et l'arrogance sont comme abattre une montagne.
La peur et les mauvaises intentions sont comme un dangereux
    et étroit précipice.
Les cinq poisons provoquent l'obscurcissement des Sagesses.
L'intellect est semblable à un voleur dans une maison vide [10].
Le souffle respiratoire est semblable à un singe des forêts [11].
L'esprit ordinaire est semblable à de la boue impure.
La base universelle est semblable à un porc.
La conscience est semblable à une plume emportée par le
    vent.
Le sujet-objet est semblable à un homme tombé sous le pouvoir
    d'une femme.
La diversité des karmas est semblable à des oiseaux se débat-
    tant dans un filet.
Les diverses souffrances sont comme des rides sur le fleuve.
Il n'y a aucun moyen de supporter les fruits des passions.
Puisque tu as créé ce piquet d'attache aux souffrances du
    samsâra,
Si tu t'y places sans t'en éloigner, tu finiras par t'en détacher.
Si tu abandonnes les phénomènes que tu as produits, tu accom-
    pliras la quiétude.
L'abandon de toute pensée conceptuelle est l'immobilité du lac
    de la Sagesse.
Si tu pratiques le roi du Mantra secret, les passions se trans-
    muteront en Sagesses :

9. NGB : « Le samsâra des pensées discursives et immatures ».
10. NGB : « L'intellect est semblable à une voleuse ».
11. Les quatre lignes qui suivent ne figurent pas dans NGB. Cette version se
poursuit par « La diversité... ».

De même que lever une lampe dans une maison vide illumine
les ténèbres,
Si tu brandis le flambeau de la Sagesse, l'ignorance deviendra
rigpa.
Si tu fais naître une telle réalisation dans ton esprit, toutes les
passions apparaîtront comme les amies de la Sagesse.
Par conséquent, fils de noble famille, unis les cinq passions
aux cinq Sagesses !
Unis les accumulations des trois impuretés à celles des trois
Sagesses !
Unis les manifestations des passions variées aux couleurs
variées des lumières sapientiales !
Merveille ! fils de noble famille, si tu reconnais cela, tu ne
seras plus obscurci par ces apparences impures.
Fils de noble famille ! si tu demeures dans la quiétude, les appa-
rences lumineuses de la Sagesse s'élèveront avec ampleur.
C'est pourquoi, sans compagnons, tu demeureras dans la soli-
tude. »

« Kyé ! Amis ! Le fruit de la parfaite bouddhéité authentique
ne dépend pas de la maturité ou de l'immaturité.
Par conséquent, ce sont les préceptes qui ne trouvent pas de
fruit par la méditation.
Kyé ! Amis ! La Vue de la parfaite bouddhéité authentique est
au-delà de toute expression.
Par conséquent, les bodhisattvas ne s'établissent pas dans le
Dharma.
Kyé ! Amis ! L'Intention de la parfaite bouddhéité authentique
ne saurait être recherchée ailleurs qu'en vous-même [12].
Par conséquent, considérez ce tantra comme les conseils oraux
du bouddha lui-même.
Reconnaissez la Sagesse non duelle de rigpa !
Devenez expert en ce rigpa débarrassé du sujet-objet !
Rassemblez dans l'espace unique toutes les manifestations de
rigpa, où qu'elles soient ! »

Ayant dit cela, il entra dans l'égalité du recueillement appelé
« l'amas lumineux qui diffuse partout ».

12. NGB : « Kyé ! Amis, vous vous exercerez selon ce tantra de l'Intention
des Bouddhas ».

Alors, les dâkinîs l'exhortèrent par des sons, des musiques et
  des chants variés,

Et, parmi elles, celle qui a pour nom « Celle qui a la Voix du
  Dragon noir » fit cette prière :

« Kyé ho ! O Grand Compatissant ! Éveille-toi de ton recueillement !

Enseigne, je te prie, les sublimes moyens à ceux des êtres des
  trois domaines qui sont entourés par un nombre croissant
  d'ignorances passionnelles [13] !

Sois, je t'en prie, le flambeau de l'enseignement pour longtemps en ce monde ! »

Cédant à sa prière, le Vainqueur sortit de son recueillement et
  manifesta quantité innombrable de Corps de Tathâgatas.

Les uns apparurent simplement sous la forme de Vajrapâni,
  d'autres sous la forme de Corps divins paisibles,

D'autres comme les Corps divins des mandalas entourant chacune des déités, d'autres enfin apparurent sous l'aspect de
  déités unies à leurs épouses.

Les dâkinîs en furent émerveillées et toutes ensemble lui adressèrent ces paroles :

« Kyé kyé ! Vainqueur Vajradhara !

Enseigne, nous t'en prions, les mots véridiques sur les Corps ! »

A cette requête, le Roi du Mantra secret répondit :

« Kyé kyé ! Écoutez, Maîtresses des éléments !

Le souverain de la Sagesse ne peut être décrit par les mots,

Le souverain rigpa est au-delà des mots,

Cependant, on l'illustre par le sens des mots,

Sens des mots qui sera exposé selon les critères non duels.

Quels sont donc les mots de vérité concernant les Corps ?

Puisque le contenu [de rigpa] est immuable, il est le Corps
  d'essence adamantine ;

Puisqu'il est parfait dans le non-né, il est le Corps libre de tout
  effort ;

Puisqu'il s'établit dans l'imblocabilité, il est le Corps du sans-
  effort ;

---

13. NGB : « ...qui sont enveloppés par cent passions ignorantes ! ».

Puisqu'il est libre des mots descriptifs, il est le Corps des
   disques vides ;
Puisqu'il est lumineux en lui-même, sans fabrications, il est le
   Corps de félicité lumineuse ;
Puisqu'il est sans substance ni matière, il est le Corps vide et
   sans attachement.
Puisqu'il ne choit pas dans les opinions partiales, il est le
   Corps qui révèle la Sagesse ;
Si vous le comprenez de la sorte, vous vous établirez dans
   l'état de grande félicité,
Et vous agirez sans distraction selon le sens de ces sept Corps.
Le rigpa essentiel est un trésor de félicité inépuisable.
Prenez de moi ce grand éveil sans souillures.
Dans les temps anciens où il n'y avait pas de "moi",
Apparurent depuis l'état non duel de rigpa le "connaissable"
   et le créateur de félicité.
Moi, je suis le Corps de grande félicité sans souillures, né de
   lui-même ;
J'ai intégré un Corps de lumière et me déploie dans les rayons
   du Verbe :
Voilà ce qu'on exprime par "rayons lumineux".
Je suis la Sagesse sans localisation, qui ne réside en aucune
   direction.
Dans mon Corps se manifestent le monde phénoménal et le
   flamboiement [14] de la grande félicité.
C'est ainsi que je suis établi dans la pâramitâ des moyens,
Lampe qui brille à l'infini, libre de toute pensée.
Débarrassé de la pensée, le monde phénoménal luit dans le
   Corps de félicité ;
Débarrassé de la pensée, rigpa, source du multiple, est un espace
   imblocable.
Infinie lumière du miroir de la réalité absolue qui tout illumine,
Dans l'état non duel, grande félicité et luminosité s'égalisent [15]. »

   Fin du sixième chapitre du grand tantra Miroir du Cœur de
Vajrasattva, l'épitomé très secret, lequel chapitre traite des
exemples illustrant l'ignorance et les Sagesses.

14. NGB : « ...et le flamboiement lumineux... ».
15. NGB : « Dans l'état non duel, Tathâgatas et luminosité s'égalisent ».

COMMENTAIRE

Métaphores

A la requête de Vajrapâni, le Seigneur des Mystères, Vajradhara expose les avantages de l'état de rigpa sur l'état de confusion qui nous habite ordinairement. Pour cela, il emploie un grand nombre de métaphores, afin de mieux cerner intuitivement ce qui dépasse l'intellect raisonneur. Toutes les mystiques emploient à profusion paraboles, métaphores et symboles, moyens les plus appropriés pour communiquer directement une connaissance qui dépasse le concept intellectuel ordinaire et s'adresse à l'intelligence du cœur.

Pour commencer, rigpa est désigné comme « *la grande ambroisie de l'Éveil* ». « Ambroisie » se dit *amrita* en sanscrit, « non-mort ». C'est le breuvage d'immortalité. Puisque rigpa est au-delà de la dualité qui fait naître l'existence phénoménale, il transcende la naissance et la mort qui sont le lot du samsâra. Puis rigpa est comparé aux « *joyaux magiques qui exaucent tous les souhaits* », c'est-à-dire capables de transmuter toute mauvaise situation en bonne. C'est un symbole bien connu de la mythologie indienne, une pierre précieuse qui a le pouvoir, quand on se concentre dessus, de réaliser tous les souhaits, cette pierre étant détenue par les nâgâs, les esprits des eaux profondes et de l'océan. Caché au fond de l'océan, le joyau symbolise cet éveil enfoui au plus profond de tous, pourtant doté des plus grands pouvoirs s'il est amené à la surface, c'est-à-dire reconnu. Il est donc utilisé habituellement pour qualifier les bouddhas à l'esprit omnipotent et l'état de bouddha qui délivre de tous les maux.

En détenant ce joyau magique qu'est rigpa, le pratiquant n'est plus le jouet des conditions extrêmes des passions. C'est pourquoi il est dit : « *Appliqué contre le froid, il devient cha-leur ; appliqué contre le chaud, il devient fraîcheur ; opposé aux ténèbres, il devient clarté.* » Ici, le froid, le chaud et les ténèbres sont des métaphores des trois poisons, colère, désir et ignorance. Mais, pour que cela soit possible, encore faut-il que rigpa soit « *doté du sens de la réalisation* », c'est-à-dire qu'il soit reconnu complètement après les présentations qui en sont faites par le maître. Au sein de rigpa, les passions s'élèvent comme auparavant, mais, comme le proclame Patrül Rinpoché dans le *Khépa Shrî Gyalpo* :

> Le mode d'émergence étant ce qu'il a toujours été, c'est le point clef du mode de libération qui fait la différence ! Sans lui, la méditation ne fait que prolonger la voie de l'illusion.

Ainsi donc, c'est le fait de demeurer sans distraction en rigpa qui fait la différence. En regardant directement tout ce qui s'élève dans l'esprit sans rien juger ni modifier artificiellement, toute émergence se libère naturellement, sans laisser de trace. C'est la méthode de l'autolibération qui vaut pour toute chose. Quand il en est ainsi, « *bien que naissent les passions, elles renforcent la Sagesse et il n'y a plus d'obscurcissements* ». C'est également ce que dit le *Khépa Shrî Gyalpo* avec force :

> Émergence et libération spontanées fluent sans interruption
> Et toute émergence est la nourriture crue du rigpa-vacuité.
> Tout mouvement est la créativité du Corps absolu souverain,
> Sans trace aucune, absolument pure, *A la la* !

Rigpa est également semblable à un purificateur : le simple fait de rehausser sa présence clarifie l'esprit ordinaire, « *à l'exemple du joyau qui clarifie l'eau : placé dans une eau boueuse, il en purifie la boue* ». Plus rigpa prend de la force et plus les passions en perdent, devenant même sa nourriture. Elles n'ont donc plus de pouvoir. Quant aux propensions karmiques, empreintes laissées dans la conscience par des éons d'habitudes confuses, elles sont brûlées instantanément par la réalisation de rigpa. Les maîtres du Dzogchen se plaisent à dire qu'un instant de présence de rigpa est plus absolutoire que des heures de pratiques assidues de purification. Quiconque demeure vraiment dans rigpa ne crée plus aucun karma.

« *Dans le Corps joyeux de la Sagesse se manifeste le monde phénoménal :*
S'il se résout à l'unique, les apparences s'élèvent en amies. »
Ces vers font écho à ceux, célèbres, de Longchenpa dans *La Liberté naturelle de l'esprit* :

> Toutes choses ne sont que des fantasmagories parfaites en elles-mêmes,
> Qui n'ont rien à voir avec bien et mal, adoption et rejet. Quel éclat de rire !

C'est là redonner aux manifestations de l'univers la dimension pure de leur origine. Bien que primordialement non nées, elles paraissent « nées » du dynamisme de la base, mais la conscience de la dimension unique primordiale les ramène à ce qu'elles sont vraiment : un jeu fantasmagorique d'apparences sans substance ni être-en-soi qui n'est que le déploiement ludique et joyeux de la Sagesse primordiale. Hélas ! « *ce qui existe en tous, personne ne le voit* », et nous prenons la plupart du temps la manifestation des phénomènes comme un monde sérieux et solide où s'affrontent bien et mal.

Nous trouvons dans le texte une série d'images classiques, clichés traditionnels qui illustrent les qualités de rigpa : il est d'un éclat pareil à « *la lumière du soleil* » ; son immuabilité est celle du mont Sumeru, « *roi des montagnes* », qui, dans la mythologie, est la montagne axiale de l'univers. Sa profondeur est celle des « *abysses océaniques* », sa pureté immaculée est celle du « *lotus des marais* », fleur d'une blancheur éclatante bien que née de la boue. Non duel, il ne peut être saisi comme un objet, de même qu'on ne peut attraper le « *reflet de la lune dans l'eau* ». Il est présent partout à la fois, tel un « *prodige miraculeux dans le ciel* », sa lumière se diffracte en cinq couleurs des cinq Sagesses, « *comme l'arc-en-ciel* ». Il embrasse toutes choses comme l'air qui est répandu partout, son flux ininterrompu est comparé au « *cours d'un fleuve* ».

« *Portant tout en lui, comme le ventre du temps* » : l'état de rigpa est au-delà de toute temporalité. C'est le « quatrième temps » qui est un non-temps, le temps de Samantabhadra, dont Longchenpa dit :

> L'intemporalité des trois temps est le temps de Samantabhadra.

Au niveau même de sa manifestation première, la Base s'exprime hors du temps. Le déploiement des manifestations lumineuses se produit dans le contexte de la « roue du temps éternel » propre au Corps de jouissance des bouddhas, où rien n'est jamais né et où rien ne périt. Cependant, dès que l'ignorance et l'illusion surgissent, le temps apparaît, et toutes les manifestations « se déroulent » désormais dans le temps, soumises à la naissance et à la mort, acolytes inévitables du temps dualiste. Le temps est comme un ventre dévorant qui assimile, digère et rejette le manifesté, lequel n'est qu'une construction illusoire sans être-en-soi. Ainsi, rigpa porte tout en lui, *« comme le ventre du temps »*, mais à la différence qu'il recèle toutes les potentialités et toutes les manifestations lumineuses dans leur perfection, non nées et donc immuables.

« Émergeant comme autant de concepts variés, comme les apparences illusoires » : l'esprit ordinaire, ses pensées, ses conceptualisations et ses émotions, tout cela n'est que le jeu de rigpa. Le reconnaître, c'est autolibérer toutes ces projections et réaliser que les apparences perçues sous le voile des concepts dualistes sont illusoires.

« Il manifeste l'indivisibilité de la vacuité et de la clarté, tel un Champ pur » : rigpa est à la fois pureté primordiale, ou vacuité, et présence spontanée lumineuse. Les Champs purs sont la « création » des bouddhas, une dimension vide et lumineuse, insubstantielle, destinée à recevoir et à aider les êtres à atteindre rapidement l'éveil. Les Champs purs sont donc la manifestation naturelle et spontanée de la compassion de rigpa.

Immuable, on le dit ici *« solide et ferme comme le diamant »*. En tant que base d'émergence, rigpa est à l'origine de tous les phénomènes du samsâra et du nirvâna, il est donc tel *« un terrain égalisé »*. *« L'arbre qui exauce les souhaits »* est un arbre mythologique qui déploie ses branches et ses fruits dans les royaumes des dieux. Son symbolisme est semblable à celui du « joyau qui exauce tous les souhaits ». *« Le miroir de la reine »* est celui de la reine du monarque universel, le *chakravartin*. Ce miroir est d'un éclat absolument pur, réfléchissant tout dans le moindre détail.

« Apode », c'est-à-dire sans prise, insaisissable par les concepts

dualistes, rigpa est tel « *le roi des oiseaux* » qui plane dans le ciel sans limites, l'espace de la réalité.

Il est cependant paré de toutes sortes d'ornements, sons, lumières, rayons, thiglés, manifestations de bouddhas des cinq Familles, etc., qui ne sont autres que le déploiement ludique de sa créativité, « *comme la danseuse parée de colliers et d'un diadème* ».

L'acuité de rigpa est appelée *zangthel*, terme technique qui évoque la capacité de pénétration, la percée sans obstacles et, simultanément, la transparence, la clarté. C'est l'image d'une « *flèche de longue portée* ».

Rigpa est ensuite comparé à l'« *élément eau* », qui a le sens symbolique de rassembler toutes choses au sein d'un même milieu. Du point de vue de rigpa, toutes choses sont réunies au sein de l'espace unique de la réalité absolue. Il est aussi, tel le feu, le purificateur par excellence, car demeurer dans l'état de rigpa transcende le karma et détruit des éons de tendances karmiques accumulées dans la conscience de base ordinaire. Pour cette raison, le Dzogchen est un « neuvième véhicule au-delà des causes et des effets » : l'état de conscience éveillée de rigpa franchit les barrières de notre réalité ordinaire, de notre monde ordinaire qui n'est que le reflet de nos habitudes karmiques. On passe à travers le miroir de l'illusion et la dimension du réel nous apparaît dans toute sa simplicité. Si l'on réalise instantanément l'éveil, toutes les bases de l'illusion, toutes les traces karmiques s'effacent, tout comme les impressions laissées par un mauvais rêve se dissipent au réveil.

En conclusion, il est dit que rigpa, bien qu'existant en toutes choses et résidant en tous les êtres, demeure « *secret en lui-même* ». C'est que, même s'il est présent depuis toujours en nous, nous sommes incapables de le voir et de le reconnaître sans la présentation directe qu'en fait le maître. C'est ainsi qu'il ne peut être que « *révélé par les méthodes* », bien qu'il soit immuable, lumineux, embrassant toutes choses, espace indestructible où les qualités de l'éveil ne demandent qu'à se déployer. C'est donc un trésor qui est enfoui en nous, ignoré, auto-secret. Une histoire traditionnelle relate la vie d'un pauvre mendiant qui dormait chaque nuit en posant la tête sur une pierre dure en guise d'oreiller. A sa mort, l'on découvrit que cette pierre était un diamant !

Ce trésor ne doit pas être recherché au loin, mais en soi. A ce propos, Patrül Rinpoché dit dans le *Khépa Shrî Gyalpo* :

> Si, au lieu de cela, on part à la recherche d'autres méthodes et enseignements avec un appétit et une avidité insatiables, on est tel celui qui a un éléphant chez lui et qui recherche ses empreintes dans la forêt. On se perd dans une recherche mentale sans fin et la libération ne se produira jamais.

En l'occurrence, le lien sacré consiste à ne pas se disperser dans de vaines recherches, à ne plus se fuir soi-même, mais à demeurer au contraire fermement non distrait dans la reconnaissance de notre vraie nature. C'est l'unique manière de s'emparer du trésor.

La question suivante concerne l'ignorance, les passions et les mécanismes du samsâra, ce cercle vicieux des habitudes mentales. Vajradhara exemplifie tous ces aspects de l'illusion et de la souffrance à l'aide de métaphores parlantes.

Ainsi, le samsâra est comparé à un « *amalgame de mercure et de métal* ». Le mercure produit avec la plupart des métaux une combinaison appelée amalgame, sorte d'alliage d'où l'on ne peut plus séparer le métal, à moins de chauffer le mélange pour volatiliser le mercure.

La nature du samsâra est telle : bien que chacun des êtres sensibles ait la nature de bouddha, aucun d'entre eux n'a la capacité de dissiper l'illusion qui la recouvre d'un voile. L'une des caractéristiques de l'existence dans le samsâra est cette incapacité à distinguer l'illusion de la réalité. Toutes les qualités de l'individu, son intelligence, sa clarté, son courage, sa générosité, etc., sont sous le pouvoir de l'ignorance et des passions. Ses buts les plus nobles n'échappent aucunement aux limitations de cet esclavage. Il est fréquemment dit que tous les êtres aspirent à une seule et même chose, le bonheur, mais que leurs actes et leurs comportements sont à l'opposé de leur but, parce que gouvernés par l'ignorance et l'égoïsme. S'arracher au samsâra signifie renverser l'illusion, reconnaître sa vraie nature en toute conscience et y conformer ses actes. C'est ce qui sous-tend la pratique des six *pâramitâs*, les six actions transcendantes des bodhisattvas. Ces actions, la générosité, l'éthique, la patience, l'enthousiasme, la méditation et la connaissance suprême, ne sont « transcendantes » que grâce à la présence de la dernière d'entre elles, *prajñâ*, la « connaissance suprême », l'intuition fondamentale de la nature de bouddha qui procure la vision pénétrante. La prise de conscience de *prajñâ* est le levier, le feu qui libérera l'individu de l'amalgame samsârique. Brandie par Mañjushrî, personnification de la Sagesse, c'est l'épée enflammée qui tranche le dualisme et dont l'éclat dissipe les ténèbres.

Parmi les métaphores employées, quelques-unes méritent des éclaircissements. Ainsi, *« l'intellect est semblable à un voleur dans une maison vide »* signifie que l'intellect samsârique est un genre d'ignorance intelligente qui s'affaire et élabore des concepts vides et distrayants, volant l'attention nécessaire à la libération. Cependant, à y regarder de plus près, il n'a rien à voler et ses préoccupations se dissipent dans la vacuité. Cela ne signifie pas qu'il faille devenir idiot pour atteindre l'éveil, mais qu'à l'ordinaire l'intellect est un puissant ministre au service de l'ignorance et de la distraction samsârique.

« Le souffle respiratoire est semblable à un singe des forêts » : le singe symbolise les mouvements rapides et désordonnés du souffle. On le compare également à un cheval fou et aveugle supportant le cavalier de l'esprit. La forêt représente l'infinité des canalicules pulmonaires et les canaux où pénètre le souffle. Il est dit, dans le *Longchen Nyingthik,* que *« l'énergie [du souffle] qui se disperse en chacun des canalicules apparaît dans les objets des cinq portes et est porteuse des actes qui produisent le karma et les passions ».* Ce qui signifie que le souffle est lié à l'esprit et au fonctionnement des cinq sens, et qu'un souffle incontrôlé est source de perturbations passionnelles. Les canaux sont reliés au corps, le souffle à l'énergie de la parole. Tous deux sont liés à l'esprit. Quand l'un est perturbé, les autres le seront immanquablement. La pratique vise à prendre le contrôle de l'esprit, mais elle s'appuie fréquemment sur des techniques mettant en œuvre le contrôle du souffle et des canaux du corps.

« L'esprit est semblable à de la boue impure » : l'esprit ordinaire, *sem*, est celui qui produit les pensées discursives. Celles-ci constituent son aspect dynamique, son mouvement, mais aussi le système de brouillage le plus efficace qui soit pour occulter notre état naturel. Les pensées discursives nom-

breuses, les unes rapides, les autres plus lentes, grossières ou subtiles, sont comme une masse nuageuse qui obscurcit le soleil intérieur. Cela peut aussi être comparé à de la boue dans de l'eau. L'agitation mentale met la boue en suspension et l'eau en est toute troublée. Qu'on laisse reposer l'eau trouble et la boue se déposera par décantation, l'eau retrouvant sa limpidité initiale. La méditation de la quiétude, *shiné*, consiste précisément à apaiser les pensées discursives pour atteindre le calme mental nécessaire à la vision profonde.

« *La base universelle est semblable à un porc* » : voilà qui peut paraître surprenant. Il s'agit en fait de la conscience de base universelle, *alayavijñâna* ou *kunshi namshé* en tibétain, abrégé fréquemment en *kunshi*, ce qui peut prêter à confusion avec la base primordiale à l'origine des manifestations du samsâra et du nirvâna. Nous ne sommes pas à ce niveau primordial mais bien à celui de la conscience ordinaire, dont le substratum est l'*alayavijñâna*, la conscience de base réceptacle de toutes les imprégnations karmiques. On peut comparer cette conscience réceptacle à un film en chambre noire où s'impriment les images photographiques des karmas successifs. Ces images latentes ne prendront vie qu'à la révélation du film, mais, en attendant, elles sont minutieusement enregistrées par la pellicule. Telles sont les imprégnations ou empreintes karmiques sur la conscience de base. Un jour, les circonstances secondaires permettront leur développement et le karma enregistré s'accomplira en un résultat. On compare ici cette conscience de base à un porc qui se serait roulé dans la fange et qui porterait sur son corps les traces des souillures.

« *La conscience est semblable à une plume emportée par le vent* » : La conscience, ou *namshé*, « principe conscient », est la conscience ordinaire, sujette aux émotions, à la cogitation et aux soucis. D'ordinaire, bien que nous tenions la stabilité de la conscience pour acquise, nous n'en sommes absolument pas maîtres. Il n'est que de s'asseoir un petit moment sur un coussin afin de méditer pour s'en rendre compte. Notre esprit est agité par maintes pensées, s'affaire à poursuivre des idées auxquelles succèdent des émotions et des élaborations de tout genre. Bref, l'esprit est sans cesse agité, ne connaissant que de très rares moments de répit. Pratiquer la méditation assise, c'est tout d'abord un moyen de constater le fonctionne-

ment confus de l'esprit. Ensuite, on utilise des techniques de
fixation de l'attention qui permettent peu à peu de ramener
l'esprit chez lui, en l'empêchant de se laisser distraire et
emporter par la discursivité, telle « *une plume emportée par le
vent* ». Quand on parvient à l'apaiser tant soit peu, on découvre
que l'esprit est clair et spacieux. On peut difficilement entrer
dans la pratique du Dzogchen si l'on n'a pas suffisamment
entraîné cet esprit rétif à plus de souplesse grâce à la méditation assise. Rigpa est bien au-delà de l'esprit ordinaire, mais
ce dernier constitue habituellement un écran opaque rendant
impossible la percée de la vision claire. Patrül Rinpoché ne
déclare-t-il pas :

> La nature de l'esprit, le visage de rigpa est présenté au moment
> même de la dissolution de l'esprit conceptuel. En effet, au sein
> du tumulte des pensées illusoires, les pensées grossières qui
> s'élèvent poursuivent les objets des perceptions et obscur-
> cissent le vrai visage de l'esprit lui-même. Aussi, même si
> la nature de l'esprit était présentée [par le maître], on ne la
> reconnaîtrait pas. Par conséquent, avant toute chose, il faut per-
> mettre à ces pensées grossières et discursives de se déposer [16].

« *Le sujet-objet est semblable à un homme tombé sous le
pouvoir d'une femme* » : en tibétain, nous l'avons vu, le sujet
est *dzinpa*, « celui qui saisit », et l'objet *zoungwa*, « ce qui est
saisi ». On ne peut être plus clair : le sujet-objet est au cœur
de l'attachement dualiste. C'est le résultat direct de l'ignorance. Il est non seulement le sentiment de différence et de
séparation, mais aussi le grand ordonnateur des émotions
négatives : la croyance dualiste en un sujet, un « moi », et des
objets « autres » fait naître toutes les passions telles que désir-
attachement, jalousie, colère, haine, orgueil, etc. Il en découle
la souffrance qui s'intensifie avec l'augmentation de l'attachement et de la saisie des objets. La croyance en la dualité sujet-
objet cristallise donc notre vision karmique d'un monde objectif et réel. Mais la poursuite d'un bonheur et d'une sécurité
dans ce monde évanescent et qui n'a pas plus de réalité qu'un
rêve prolongé est pure illusion. Il en est ainsi d'un homme

---

16. *dpal-sprul rin-po-che : mkhas-pa shrî rgyal-po*, commentaire du *tshig-
gsum gnad-brdeg*, traduit par Sogyal Rinpoché, Rigpa.

follement épris, fasciné, mais dont les sentiments ne correspondent pas tout à fait à la réalité.

« *La diversité des karmas est semblable à des oiseaux se
débattant dans un filet* » : la cristallisation d'un monde réel sous
l'emprise de la croyance dualiste aboutit, nous venons de le voir,
au jaillissement d'une foule de passions qui nous poussent à
agir. Ce type d'action conditionnée et ses conséquences sont
appelés *karma*. Karma désigne donc la loi des causes et des
effets, lorsque ces derniers sont engendrés par des êtres sensibles. Nous créons à chaque instant de notre vie quantité de karmas, les uns négatifs, les autres positifs ou neutres selon qu'ils
engendrent de la souffrance pour autrui ou non. Tous laissent
des traces dans notre conscience de base, les « empreintes » ou
« propensions karmiques », qui sont à l'origine de nos comportements conditionnés ultérieurs. On s'en doute, une loi aussi
simple engendre une quantité de karmas individuels et même
collectifs innombrables et intriqués. Il est dit traditionnellement
que seul un bouddha peut comprendre le karma d'un individu,
tant il est complexe. « *Les oiseaux* » sont nos actions, « *le filet* »
est la trame inextricable de nos conditionnements karmiques,
et, tant que l'on n'a pas compris le mécanisme du karma et la
responsabilité de nos actes, il est impossible de s'en libérer.

« *Les diverses souffrances sont comme des rides sur le
fleuve* » : l'existence conditionnée, ou devenir, est comparée à
un fleuve qui semble toujours le même et dont l'eau, cependant,
n'est jamais la même. De même, lorsque l'on voit un film, tout
semble s'écouler continuellement et s'enchaîner, alors qu'il
s'agit d'une succession d'images distinctes qui se déroulent à
grande vitesse pour créer cette illusion de permanence. C'est
précisément ce sentiment de continuité et de permanence qui
nous plonge dans la croyance que notre vie a une cohérence
propre, liée à un « moi » défini et existant réellement. En fait,
tout phénomène est transitoire, et notre vie n'est qu'une succession de situations éphémères, fragiles, de transformations
subtiles ou brutales, de croissances et de dégénérescences,
de petites naissances et de petites morts. Quand des coupures
brutales se produisent, telles que la rupture d'une relation, la
mort d'un être cher ou la maladie, nous ressentons une souffrance, comme un réveil brutal d'un état hypnotique où tout
semblait bien aller. En réalité, ces ruptures de l'apparente

continuité sont telles des rides sur le fleuve de la vie, simples rappels de l'impermanence que notre inertie quotidienne tente d'abolir. Ce sont, pour le pratiquant, autant d'occasions de « lâcher-prise » et de renoncement au samsâra. C'est ainsi que grâce à la pratique, les ennemis et les mauvaises circonstances deviennent des aides à la réalisation spirituelle.

Sinon, *« il n'y a aucun moyen de supporter les fruits des passions »*. Cela simplement parce que les fruits karmiques des passions, lorsqu'ils surgissent, doivent être acceptés comme tels et non comme une injustice scandaleuse. Mais le karma n'est inéluctable que lorsque nous demeurons passifs à son égard. Comprendre le karma signifie accepter les difficultés que nous traversons comme des conséquences du passé, mais aussi prendre conscience de nos actes présents et cesser d'agir en aveugles. Là réside notre libre arbitre, dans notre choix d'être ou non responsables de nos actes.

Brefs conseils de pratique

Ensuite, le texte aborde les remèdes au samsâra, sous forme de brefs conseils de pratique.

« Puisque tu as créé ce piquet d'attache aux souffrances du samsâra, si tu t'y places sans t'en éloigner, tu finiras par t'en détacher » : ce conseil paraît un peu obscur au premier abord, mais il s'inscrit directement dans le cadre des méthodes du Dzogchen. Puisque nous sommes les créateurs de notre karma, *« ce piquet d'attache au samsâra »*, se révolter contre la souffrance, accuser Dieu, le monde ou autrui ne sert à rien. C'est comme se débattre, tirer sur la corde qui nous attache au piquet et nous étrangler un peu plus. Il est possible au contraire de se placer directement au cœur de la souffrance ou de la tempête émotionnelle, d'accepter et de traverser sans fuir, en lâchant prise de tout espoir et de toute crainte. Si l'acuité de notre vision pénétrante est suffisante, nous découvrons l'œil du cyclone, une zone de calme limpide où toute la confusion s'auto-libère. Quand le yogi du Dzogchen trouve ainsi la force de s'arrêter sans plus s'agiter, de regarder en face son esprit en ces moments difficiles et intenses, il possède un moyen privilégié pour faire surgir rigpa dans toute sa force.

C'est également le sens des lignes suivantes. Tout le point de la pratique consiste à faire surgir rigpa dans toute sa nudité et sa vivacité, le tirer de l'étui d'un état d'esprit tantôt confus, tantôt abattu ou de morne neutralité. Il s'agit d'« extraire rigpa à nu ». Alors, *« de même que lever une lampe dans une maison vide illumine les ténèbres »*, toute confusion se libérera spontanément.

Cette autolibération des passions et des pensées est l'essence de la pratique du *trekchö*. Elle fut décrite par Vimalamitra, et à sa suite par Patrül Rinpoché en ces termes :

> Au début, dès que la pensée surgit, la libération naît simultanément. Et puisque le yogi reconnaît la véritable nature des pensées qui s'élèvent, la libération est semblable à la rencontre d'un vieil ami.
> Au milieu, toutes les pensées qui surgissent sont autolibérées comme un serpent qui se déroule.
> Finalement, puisque toutes les pensées qui surgissent sont libérées, elles n'apportent ni tort ni bienfait au yogi du Dzogchen, étant semblables à un voleur qui entre dans une maison vide.

A ce stade, l'autolibération est spontanée et mérite le qualificatif de « liberté naturelle ».

Quand le texte dit : *« Unis les cinq passions aux cinq Sagesses ! Unis les accumulations des trois impuretés à celles des trois Sagesses ! Unis les manifestations des passions variées aux couleurs variées des lumières sapientiales ! »*, il ne s'agit pas de les unir artificiellement, mais de reconnaître leur identité dans la non-dualité. Il n'y a, par conséquent, rien à rejeter comme dans les véhicules du renoncement, rien à transformer comme dans le tantrisme. Il suffit de reconnaître l'émergence dans la condition de rigpa, l'état naturel, et tout s'y libère spontanément. C'est ainsi que *« les trois impuretés »*, c'est-à-dire l'ignorance, la colère et le désir, ne sont pas différentes des expériences des trois Sagesses – l'absence de pensées, la clarté et la félicité qui surviennent au cours de la pratique. Mais encore est-il nécessaire de vivre ces expériences au sein de rigpa sans se laisser distraire par elles, sinon elles redeviendraient les trois impuretés.

Pour parvenir à ce résultat de la pratique, il est indispensable

d'affirmer la Vue de rigpa par un entraînement méditatif pratiqué en retraites, étape nécessaire à la stabilité. Ce n'est qu'après
avoir stabilisé la Vue par la méditation que l'on peut véritablement envisager l'intégration dans l'action quotidienne. Que
peut-on bien intégrer en effet, sans l'acquis de cette stabilité ?
Et le texte de conclure : « *C'est pourquoi, sans compagnons,
tu demeureras dans la solitude.* »

Vajradhara déclare ensuite que l'actualisation ou fruition de
la bouddhéité ne dépend nullement de la maturité ou de l'immaturité. En effet, nous l'avons vu, la nature de bouddha ou
tathâgatagarbha demeure en nous depuis toujours, dans toute
sa perfection. Seule l'ignorance nous voile sa réelle présence
et nous fait penser qu'une hypothétique bouddhéité doit être
atteinte à coups d'efforts et de purification.

Quant à la Vue, elle doit être reconnue par l'expérience
directe de rigpa, et cela dépasse toute expression, description
verbale ou représentation. La bouddhéité n'est pas à rechercher
dans un ailleurs. Elle est en nous et nous seuls pouvons la
réaliser. C'est toute la différence doctrinale avec les religions
où Dieu est transcendant par rapport à ses créatures. Ici, point
de Sauveur extérieur, point de Rédemption, mais la possibilité
de se libérer de l'ignorance et des mécanismes de la souffrance
et de réaliser l'état naturel, la Bouddhéité omnisciente et sans
limites.

Les sept Corps

Après cette déclaration, Vajradhara entre dans un recueillement, c'est-à-dire un samâdhi, ou état d'absorption méditative,
dont il sera tiré par l'appel pressant des dâkinîs, « celles qui
vont de par l'espace », les êtres célestes féminins, inspiratrices
des yogis. Il s'en éveille en manifestant un mandala d'émanation qui jaillit de son propre Corps de jouissance comme autant
de formes de Vajrapâni, le bodhisattva de l'énergie qui détient
les secrets, et de déités paisibles. Les dâkinîs profitent de cette
occasion pour le questionner sur les sept Corps dans leur
essence. Ces sept qualificatifs n'ont rien à voir avec les des-
criptions habituelles en trois, quatre ou cinq Corps. Il s'agit

d'une autre manière d'exprimer les qualités de rigpa quand il apparaît sous forme manifeste dans les Trois Corps.

Ainsi, son immuabilité est appelée *« Corps d'essence adamantine »*, le diamant étant le symbole de l'indestructibilité. Sa perfection primordiale n'est pas née d'un quelconque effort et n'est pas le fruit d'une progression laborieuse. Elle est présente depuis toujours, et l'on parle de *« Corps libre de tout effort »*. Son activité est incessante et sans empêchement ; elle a donc lieu sans aucun effort, spontanément. C'est le jeu de la créativité dynamique de rigpa qui se déploie naturellement : *« Corps du sans-effort »*. Rigpa est au-delà de toute description verbale, mais il se manifeste clairement et concrètement dans les visions sous forme de thiglés, les disques vides et lumineux. Il est donc *« Corps des disques vides »*. Sa luminosité jaillit de lui-même, sans artifice extérieur. Elle lui est intrinsèque. Et ce jeu lumineux est aussi tourbillon de félicité : *« Corps de félicité lumineuse »*. Bien qu'il apparaisse sous la forme concrète de thiglés et de lumière, il est dépourvu d'être-en-soi et de substance matérielle. Rien en lui n'est susceptible d'attachement : il est *« Corps vide et sans attachement »*. En rigpa, il n'y a aucune place pour les opinions partiales qui ne sont qu'un développement de la pensée discursive de l'esprit ordinaire, *sem*. Seule la sagesse non duelle s'exprime, et c'est un *« Corps qui révèle la Sagesse »*.

Demeurer dans rigpa conduit immanquablement à déployer de telles qualités, c'est pourquoi le texte dit que *« le rigpa essentiel est un trésor de félicité inépuisable »*.

Vajradhara conclut dans un style épique et mythique, en révélant qu'il est la personnification de rigpa. Il est fréquent de trouver dans les tantras de telles déclarations où l'éveil, rigpa, se présente sous la forme d'une déité qui parle à la première personne. C'est un style typique de ce genre littéraire, qui pourrait laisser penser à quelques-uns que le Dzogchen n'est pas exempt de théories éternalistes ou de la notion d'un dieu personnel. Ainsi, le tantra principal du *Dzogchen semdé*, « Le Roi qui Crée Tout », *Küntché gyalpo*, entièrement écrit à la première personne, a parfois été sujet à de telles interprétations [17]. Il n'en est rien, bien entendu. Pour s'en convaincre, il suffit de

17. Cf. Mme E. Dargyay dans plusieurs articles sur le *Küntché gyalpo*.

lire Longchenpa, qui montre que le Dzogchen s'inscrit dans
le courant philosophique de la vacuité, même s'il insiste sur la
luminosité et les qualités positives de cette vacuité. Il serait
plus juste de dire que, une fois réalisée la vacuité du soi et des
phénomènes, on s'affranchit définitivement de tout contexte
éternaliste ou nihiliste et que, ayant franchi ce seuil, on découvre
l'espace de la réalité absolue, d'une richesse infinie.

« *Dans les temps anciens où il n'y avait pas de "moi"* » ne
signifie pas qu'il y eut un temps « avant la chute » dans le dualisme, dans la croyance au « moi » et au monde extérieur. Le
temps appartient de toute manière au domaine conditionné du
samsâra, là où il y a naissance et mort. Ces « *temps anciens* »
sont une métaphore pour désigner l'état primordial sans dualité, état qui est « hors temps ». Cet état primordial est l'état de
Samantabhadra, le bouddha primordial en Corps absolu. Il en
jaillit « *le connaissable* », c'est-à-dire les manifestations lumineuses dont il est le créateur. Mais en l'absence de l'ignorance
il n'y a pas de scission sujet-objet et la félicité qui accompagne
ces manifestations lumineuses est non duelle. C'est ainsi qu'au
sein de la dimension du Corps divin se déploie l'énergie du
Verbe qui devient l'ensemble du monde phénoménal, dans la
grande félicité non-duelle. Il est bien dit que rigpa est « *source
du multiple* », mais dans l'absence de discursivité. Il est alors
l'espace imblocable de la réalité qui englobe toutes choses
dans la non-dualité.

Chapitre VII

Puis le Seigneur des Mystères fit encore cette requête :
« Kyé kyé ! Vainqueur Vajradhara !
Enseigne, je te prie, le mot de vérité *Dzogchen.* »

Le Grand Seigneur des Puissants répondit :
« Kyé kyé ! Écoute, Détenteur du Vajra !
Voici l'énoncé véridique du véhicule de la Grande Perfection :
Dzok, car dans l'état sans action de rigpa, les Sagesses sont au
    complet ;
Dzok, car dans la méditation sans discursivité, la Sagesse
    immaculée est parfaite ;
Dzok, car dans l'action sans artifices, la dilatation des Sagesses
    est complète[1] ;
Dzok, car dans la vue sans affirmation ni négation, la Sagesse
    non discursive est parfaite ;
Dzok, car dans la fruition sans objet, les vingt-cinq Sagesses
    sont au complet ;
Dzok, car au centre de votre cœur, Corps et Sagesses sont au
    complet ;
Dzok, car dans la vacuité, la Sagesse à l'éclat insubstantiel de
    rigpa est au complet ;
Dzok, car dans l'espace sans naissance, les cinq Luminosités
    non mêlées[2] brillent toutes au complet.

Pa, car dans la vacuité-luminosité, il n'y a pas de distraction ;
Pa, car se manifestant dans la non-action[3] ;

1. NGB : « ...le mandala des Sagesses est complet ».
2. NGB : « ...et imblocables... ».
3. NGB : « car manifestant concrètement l'action et son auteur ».

Pa, car dans la luminosité, il n'y a pas de saisie ;
Pa, car [la Grande Perfection est] dotée du fruit ultime.

Tchen, car au-dessus de tous les véhicules ;
Tchen, car dans le sens ultime n'existe aucune distraction ;
Tchen, car lampe de Sagesse à la cime de toutes les vues ;
Tchen, car non-distraction dans la clarté, à la cime de toutes les méditations ;
Tchen, car spontanéité sans artifices à la cime de toutes les actions [4] ;
Tchen, car clarté spontanée sans attachement à la cime de tous les fruits ;
Tchen, car dans l'immuabilité, [la Grande Perfection] s'exerce sans obstacles [5] ;
Tchen, car dans l'absence de saisie, elle s'exerce sans obstacles [6] ;
Tchen, car dans l'absence de saisie, elle brille sans discursivité ;
Tchen, car dans l'absence de désir, elle brille sans attachement ;
Tchen, car dans l'inexprimable, elle manifeste la grande félicité ;
Tchen, car l'éveil absolument pur est l'essence qui se dilate à l'infini ;
Tchen, car rigpa, libre de tout effort et de toute action, est insubstantiel ;
Tchen, car sans se départir de l'état de grande félicité, elle s'établit dans l'égalité [7] ;
Tchen, car sans se départir du contenu de l'essence, elle s'établit dans l'égalité ;
Tchen, car elle existe dans tout ce qui n'est pas sphère d'activité de la saisie ;
Tchen, car elle est l'essence de tout ce qui n'est pas fondé sur les mots et les écrits.

Po, car [la Grande Perfection] se pare des déités des vingt-cinq Sagesses de rigpa ;
Po, car elle se pare des cinq lumières pures des Sagesses ;

4. NGB : « ...à la cime de tous les inexistants ».
5. NGB : « ...elle brille sans obstacles ».
6. Ne figure pas dans NGB.
7. NGB : « ...car équilibrée, sans s'attacher au niveau de la grande félicité ».

Po, car chaque lumière se pare de rayons ;
Po, car elle s'établit dans l'égalité des trois accumulations
   indivisibles.

Comme on ne régresse pas des Trois Corps, [rigpa] détient la
   pleine mesure du Fruit ;
Comme il ne choit pas dans les opinions extrêmes, il est doté
   de la pleine mesure de la Vue ;
Comme il n'y a pas de discursivité au sein de la clarté, il est
   doté de la pleine mesure de la Méditation.
Comme il surgit de lui-même, sans artifices, il est doté de la
   pleine mesure de l'Action.
Cet éveil insubstantiel de grande félicité immaculée
Ne peut être atteint par la saisie, à l'instar de la lune dans l'eau.
Puisque tout ce qui est nécessaire s'y trouve au complet, il est
   comme un trésor de richesses.
Rigpa, l'esprit d'éveil, est sans naissance depuis toujours ;
L'espace de rigpa, non né, immortel,
Est l'espace où les cinq sortes de thiglés sont au-delà de toute
   union ou séparation :
Sans ignorance ni tromperie est l'excellent thiglé de la base ;
Immuable et d'une absolue pureté est l'excellent thiglé de la
   voie ;
Les obstacles une fois dissipés au sein de la non-discursivité
   de rigpa, voici l'excellent thiglé paré d'ornements ;
Sans allées ni venues est l'excellent thiglé à la cime de l'excel-
   lence ;
Sans naissance ni mort est l'excellent thiglé de l'espace absolu.
Telles sont les cinq sortes de thiglés
Que l'on peut encore subdiviser en dix sortes
Exposées ainsi :
Le thiglé sans tromperie du bien
Et le thiglé du bien sans impuretés
Sont le contenu de la base ;
Quel est donc le contenu de la voie ?
Le thiglé absolument pur et sans attachement
Et le thiglé des terres et des voies [8],
Tel est le contenu de la voie.

---

8. NGB : « Et le thiglé sans Terre ni karma ».

Quels sont donc les thiglés du fruit [9] ?
Le thiglé complètement mûr qui dissipe les obstacles,
Le thiglé qui dissipe les ténèbres [10],
Le thiglé qui renverse les apparences [11],
Le thiglé suprême ou parvenu à la cime,
Le thiglé qui brille des cinq lumières non mêlées,
Et le thiglé de présence spontanée des sept Corps.
C'est ainsi que les cinq thiglés s'unissent [12] aux cinq Corps,
Et leur division en dix est reliée aux dix Époux et Épouses.
Comment donc la Sagesse en surgit-elle ?
Sachez qu'elle le fait de cinq en cinq. »
Telle fut sa réponse.

Alors, le Seigneur des Mystères fit cette requête :
« Merveille ! Vainqueur à la grande compassion,
Enseigne, je te prie, ce mode de division ! »

A sa demande, il fut répondu de la sorte :
« Merveille ! Écoute, Seigneur des Mystères !
Dans les cinq Sagesses mêmes, il y a cinq groupes de cinq,
Reconnais donc qu'il y a vingt-cinq Sagesses.
Quelles sont-elles donc ?
Les voici :
La Sagesse de l'espace et la Sagesse de l'espace absolu, deux ;
La Sagesse de l'espace absolument pur et la Sagesse du grand
    espace, deux ;
La Sagesse non duelle de tous les espaces, ce qui fait cinq en
    tout.
ME SU [phénomènes composés et réalité absolue] [13]
La Sagesse semblable au miroir et la Sagesse du grand miroir,
    deux ;
La Sagesse de la luminosité sans discursivité et la Sagesse de
    l'éclat pur sans discursivité [14], deux ;

9. Cette ligne est absente du NGB.
10. *Idem.*
11. *Idem.*
12. NGB : « ...purement... ».
13. NGB : « MANÂ ».
14. NGB : « ...et la Sagesse de la colère non discursive, deux » remplace « la
Sagesse de l'éclat pur sans discursivité ».

La Sagesse de la grande absence d'attachement à la clarté, ce qui fait cinq en tout.
HĀ HATA [lever des apparences]
La Sagesse de l'égalité et la Sagesse de l'égalité imbloquée, deux ;
La Sagesse de l'égalité immobile et la Sagesse de l'égalité imblocable, deux ;
La Sagesse de l'égalité qui ne réside nulle part, ce qui fait cinq en tout.
MALA [rigpa-vacuité]
La Sagesse du discernement et la Sagesse qui révèle complètement tous les contenus, deux ;
La Sagesse qui éveille instantanément la réalisation et la Sagesse qui élimine [illumine] complètement tous les ennemis [sons], deux [15] ;
La Sagesse de la compréhension qui ne réside ni dans les sons ni dans les mots, ce qui fait cinq en tout.
KOSHU [clarté-vacuité] [16]
La Sagesse qui accomplit les actions et la Sagesse qui accomplit toutes les actions, deux ;
La Sagesse qui ne réside pas dans les actes et la Sagesse qui abandonne les actes, deux ;
La Sagesse qui tranche tous les superflus, ce qui fait cinq en tout.
DHI MU A [non-dualité des apparences et de la vacuité] [17]
Fils de noble famille, au moment même où tu sauras avoir réalisé un tel contenu [18],
Il en jaillira des rayons :
Rayons semblables au soleil et à la lune,
Rayons semblables à des lucioles,
Rayons semblables au feu rougeoyant,
Qui se manifestent accompagnés du rayonnement des apparences.

Fils de noble famille, au moment même où tu reconnais cela, quand tu as réalisé et compris un tel sens, cela s'appelle : "Voici ce qu'une fois j'ai entendu".

15. Double problème orthographique non résolu : élimine *(bsal)* ou illumine *(gsal)* ; ennemi *(dgra)* ou son *(sgra)*.
16. NGB : GO SHRU.
17. NGB : DHI MA A.
18. Cette ligne ne figure pas dans NGB.

Un fois que rigpa s'est levé, sans toutefois demeurer non distrait
dans un tel sens, vient la réalisation par soi-même, en soi-même,
et l'on appelle cela : "Voici ce qu'une fois il a été enseigné"[19].

Puisque, ayant reconnu cela, on l'enseigne ensuite à une assemblée de disciples dévoués, on dit alors : "Voici ce qu'une fois
j'ai enseigné."

Kyé ! Amis ! Enseignez de la sorte aux êtres qui s'établissent
dans cet enseignement !

Le fils de noble famille qui a une telle compréhension passera
dans l'au-delà de la souffrance.

Kyé ! Fils de noble famille, à un tel être humain viendront des
signes précurseurs. Quels sont-ils ?

S'il est laissé seul, il est heureux,

Son corps étant comme une fleur de coton, il se sent léger,

Il ne désire pas la compagnie des hommes,

Il a l'impression de voler dans le ciel,

Mais quand cessent ces perceptions, il n'est attaché ni aux pensées pures[20], ni au corps, ni à la vie.

Puisque émergent des perceptions pures[21],

Son esprit ne plonge dans aucune perception particulière.

Il manifeste une conscience claire sans paresse,

Et par cette conscience demeure paisible.

S'il est en compagnie, il est heureux,

Ceux qui sont pleins de passions turbulentes ne peuvent l'af-
fecter,

Et quand bien même s'élèveraient des passions, il ne s'y attache
jamais conceptuellement.

Les belles formes n'éveillent en lui aucun attachement,

Les formes disgracieuses n'attisent pas sa colère.

Grâce au pouvoir de son recueillement, ne naît pas en lui la
conscience de la faim et de la soif.

S'il est en compagnie des hommes, il résoudra tout désaccord
dans l'harmonie.

Tels sont les signes qui prédisent qu'il passera dans l'au-delà
de la souffrance.

---

19. NGB : « Quand apparaissent ceux qui ne sont pas encore établis dans le
sens ultime, celui qui est son propre maître surgit, disant "voici ce qu'une fois
j'ai enseigné". »
20. NGB : « ...aux pensées de joie,... ».
21. Ne figure pas dans NGB.

Parmi ceux qui passent au-delà de la souffrance, [on distingue] deux catégories :

Les Samyaksambuddhas

Et les Abhisambuddhas.

Les Samyaksambuddhas sont des bouddhas qui ne laissent aucun résidu corporel.

Les Abhisambuddhas sont ceux pour qui se manifestent lumières, sons, reliques, Corps, séismes, etc.

La lumière elle-même prend deux aspects :

Celle qui surgit comme une demeure de lumière

Et celle qui se tient en hauteur, surgissant à la manière d'échelonnements.

Si elle surgit à la manière d'une demeure de lumière,

On obtiendra la stabilité après cinq jours et l'on s'éveillera pleinement comme un Abhisambuddha.

Si elle surgit à la manière d'un escalier de lumière,

On obtiendra la stabilité après sept jours, après quoi l'on s'éveillera pleinement comme un Abhisambuddha.

Les sons sont également de deux types :

S'ils se produisent à la manière d'un grondement prolongé ['ur],

On obtiendra la stabilité après sept jours et l'on s'éveillera pleinement comme un Abhisambuddha.

S'ils se produisent comme un bruit puissant, l'on s'éveillera pleinement comme un Abhisambuddha au bout de quatorze jours.

Il existe cinq sortes de reliques :

Celles de couleur bleue indiquent que l'on s'éveillera pleinement comme un Abhisambuddha en naissant dans le Champ pur de Vairocana ;

Celles de couleur blanche indiquent que l'on s'éveillera pleinement comme un Abhisambuddha en naissant dans le Champ pur de Vajrasattva ;

Les jaunes, que l'on s'éveillera dans celui de Ratnasambhava ;

Les rouges, dans celui d'Amitâbha ;

Et les vertes, dans celui d'Amoghasiddhi.

Si elles apparaissent de toutes les couleurs, on s'accomplira spontanément au niveau des cinq Corps.

Il existe aussi deux sortes de Corps :
Les Corps paisibles
Et les Corps courroucés.
S'il se manifeste un Corps paisible, à peine ces apparences-ci
   auront-elles cessé que l'on aura déjà obtenu la stabilité.
Mais on ne sera pas capable d'émettre des Corps d'apparition.
S'il se produit un Corps courroucé, ayant obtenu en cet instant
   même la stabilité,
On sera capable de manifester des Corps d'apparition après
   vingt et un jours.
Si ces signes ne se produisent pas, il est impossible qu'ils ne
   surviennent pas de la sorte à la fin de la vie suivante.
Alors se produiront lumières, sons, reliques, Corps et finalement perles résiduelles comme il a été dit. »

*

Fin du septième chapitre du Grand Tantra, l'épitomé très
secret, le Grand Tantra du Miroir du cœur de Vajrasattva, qui
expose ce que sont les signes et les attributs.

Le terme « Dzogpachenpo »

Ce chapitre commence par l'exposé du sens du terme *Dzog-pachenpo*, c'est-à-dire le mot *Dzogchen* développé. Cependant, il est très curieux de voir ce terme expliqué syllabe par syllabe. *Dzog* signifie « complet, parfait », *tchen* signifie « grand », mais les particules nominalisatrices *pa* et *po* sont strictement grammaticales en tibétain et ne signifient rien en elles-mêmes. Cela fait resurgir le problème de l'origine de ce tantra. Le colophon à la fin du texte nous dit que « *Vimalamitra révéla ces mots qu'il avait lui-même traduits* ». Mais traduits de quelle langue, rien ne nous le dit avec certitude. Il peut s'agir du sanscrit si le texte a jamais existé en cette langue, ou bien d'une de ces langues dites « des dâkinîs » ou de l'Oddiyâna, langues codées des royaumes du nord-ouest de l'Inde, qui servent habituellement à la révélation de textes termas ou à la constitution de mantras spéciaux. En sanscrit, Dzogpachenpo se dit *Mahâsandhi*. Certains textes nous indiquent qu'en langue de l'Oddiyâna le vocable correspondant serait *Santimaha*. Quel que soit l'idiome de départ supposé, le vocable pour « *Grande Perfection* » a bien quatre syllabes. Si l'on compare *Mahâsandhi* et *Santimaha*, on remarque entre le sanscrit et la langue dite « de l'Oddiyâna » une inversion de *mahâ* qui signifie « grande », et de *sandhi/santi*, « complet, perfection ». A ce titre, la formation *Santi maha* avec l'adjectif en second correspond à celle du tibétain *dzogpa chenpo*. On peut donc imaginer un texte originel en cette langue où le mot *santimaha* aurait été expliqué mystiquement syllabe par syllabe, ce qui expliquerait pourquoi le texte tibétain aurait lui-même suivi fidèlement cette méthode, bien qu'en cette dernière langue *pa* et *po* n'aient pas de sens en eux-mêmes.

La définition du Dzogchen telle qu'elle est donnée dans le texte est des plus claires. *Dzog*, « perfection », ne signifie pas qu'il y ait jamais eu quelque chose à parfaire, mais que tout est complet depuis toujours au sein de l'état de Grande Perfection. *Tchen*, « grande », signifie qu'il s'agit du véhicule ultime et de la Vue la plus élevée, au-delà de toutes les opinions partiales et extrêmes. Sa grandeur tient aussi, comme il est dit un peu plus loin, de sa Méditation qui consiste à demeurer dans la clarté de la Sagesse sans distraction ni discursivité, et de son Action qui est la spontanéité dénuée de tout artifice.

Les thiglés

« *L'espace de rigpa, non né, immortel,*
Est l'espace où les cinq sortes de thiglés sont au-delà de toute
   union ou séparation. »

Cette déclaration nous conduit à définir précisément ce qu'on entend par *thiglé*. Il existe deux grands contextes où l'on parle de thiglé. Le premier est celui du yoga tantrique et le second, celui du Dzogchen. Il est nécessaire de bien distinguer ce que l'on entend par thiglé dans les deux cas.

Dans le système tantrique, le corps subtil du yogi est décrit sous l'aspect de trois entités :

– *tsa*, les canaux subtils, sont des sortes de conduits énergétiques creux dépourvus de sang ou de moelle véhiculant les souffles et les énergies. Très nombreux dans le corps – on parle de soixante-douze mille canaux –, trois d'entre eux sont particulièrement importants : le canal central, *tsa ouma* ou *avadhutî*, dans l'axe vertical au centre du corps, et les canaux de droite et de gauche, *kyangma* et *roma*, qui le flanquent de chaque côté. Le canal central est parsemé de nœuds de ramifications secondaires, les *chakras* ou roues ;

– dans les canaux circulent donc les souffles, *loung* ou *prâna*, qui sont les véhicules actifs de l'esprit et dont les mouvements conditionnent la venue des pensées discursives et des émotions. Ces souffles animent également tous les mouvements internes du corps et sont indispensables à la vie de celui-ci. On en distingue cinq sortes principales ;

– les *thiglés,* ou gouttes essentielles, sont les éléments de l'énergie subtile et essentielle de l'être vivant. Bien que répartis dans le corps entier, ils sont particulièrement concentrés au centre du cœur, où ils sont supports de vie. Il existe deux sortes de thiglés fondamentaux dans la formation de l'être : une goutte blanche qui provient du père et une goutte rouge qui vient de la mère. Lors de la conception, lorsque sur le plan physique l'ovule est fécondé, il se produit au niveau subtil l'union de la goutte blanche et de la goutte rouge, qui « piège » le principe conscient de l'être à naître. De ce nucleus va naître l'ensemble des canaux subtils et des gouttes essentielles qui vont se répartir dans l'ensemble du corps. Quand le corps est complètement achevé, on parle volontiers d'une goutte rouge localisée vers le centre ombilical, à deux doigts dessous, et d'une goutte blanche située au sommet de la tête. Selon le Kalachakra, il s'agit en fait de lieux de concentration privilégiés, les gouttes rouges étant disséminées vers le bas du corps tandis que les blanches se trouvent dans la partie supérieure du corps.

De tout cela il faut retenir que les thiglés rouge et blanc sont appelés « bodhicitta rouge et blanche » dans le tantrisme. La pratique du yoga s'appuie en effet sur eux pour l'atteinte de l'éveil et la réalisation du Corps de diamant. Il faut toutefois savoir que contrairement aux gouttes originelles qui perdurent la vie entière, les thiglés du corps sont susceptibles de dégradation. Ils ne sont produits que durant la jeunesse, cessent d'être renouvelés vers la trentaine et décroissent en nombre et en qualité à partir de trente-cinq ans. Cette perte des thiglés est d'ailleurs accélérée par les abus sexuels, la maladie, la prise de drogues, la consommation de tabac et d'alcool, une vie déréglée. Par conséquent, les pratiques de yoga doivent être commencées le plus tôt possible, dans de bonnes conditions d'hygiène de vie et poursuivies longuement en retraite pour porter leurs fruits. A partir d'un certain âge, elles sont certes purifiantes et salubres, mais il est difficile d'atteindre le plein éveil par leur secours. C'est pourquoi il est dit que ces thiglés sont des « thiglés relatifs » qui dépendent des circonstances, de la santé et de l'âge.

Dans le Dzogchen, il est également question de canaux, de souffles et de thiglés, mais il est indispensable d'en comprendre la différence. Le canal dont on se soucie réellement est le canal de cristal qui relie le cœur au cerveau, puis aux yeux. Ce canal se situe à l'intérieur même du canal central *tsa ouma* dont il est fait mention dans le tantrisme. Ce canal spécifique, lui-même subdivisé en quatre canaux très subtils, constitue la voie d'émergence des thiglés situés dans le cœur. Ce sont ces thiglés qui deviendront l'objet des visions du thögal. Dans le Dzogchen, on insiste sur leur apparence visuelle et on les décrit principalement comme de petits disques vides et lumineux à enceinte quinticolore. On doit donc traduire dans ce contexte le mot *thiglé* par « disque lumineux » et non par « goutte essentielle ». Lors du développement des visions, ce sont ces thiglés qui vont grandir jusqu'à contenir des formes de déités.

Il existe plusieurs différences notables entre les thiglés du tantrisme et ceux dont on parle dans le Dzogchen. D'une part, les thiglés du tantrisme sont bien le support subtil de la pratique, ils font parfois l'objet de visualisations de la part du yogi, mais ils ne sont jamais décrits comme une manifestation concrète de rigpa apparaissant dans l'espace lors de visions lumineuses. D'autre part, ils sont sujets à détérioration, ce qui n'est aucunement le cas des thiglés dont on parle dans le Dzogchen. Ces derniers, de même que les canaux dans lesquels ils se trouvent, sont dits « absolus ». Ils ne dépendent pas de l'âge du pratiquant ni de son état de santé. Ce sont les supports de rigpa qui est au-delà de la naissance et de la mort.

C'est ainsi que Jigmé Lingpa déclare dans le *Longchen Nyingthik* :

> ... Quand on prend appui sur les canaux et les souffles au niveau grossier, les forces créatrices d'obstacles et les méprises sont fort nombreuses. A partir du moment où l'on prend un tel appui, il faut considérer l'âge et l'amplitude de la force des éléments. Ici, comme on abandonne le niveau grossier, du seul fait qu'on les relie par les trois immobilités, les canaux et les souffles de la Sagesse au niveau absolu sont au-delà de l'effort d'un quelconque maintient, et puisqu'on en fait sa voie, tout ce qui est grossier s'éteint...

Selon le Dzogchen, le mot thiglé peut être glosé de différentes manières. Ainsi, dans le tantra *Drönma barwai gyü* :

Thig signifie la rectitude immuable qui, depuis l'origine, est dénuée d'artifices. *Le* est la perfection naturelle des manifestations dans leur grand déploiement.

Longchenpa définit ainsi la Lampe des disques vides dans le *Thekchok dzö* :

> Puisque ces cercles lumineux qui sont présents spontanément sont immuables, *Thig* ; puisqu'ils se dilatent en embrassant l'espace, *Le* ; comme on ne peut identifier en eux aucune substance, ils sont dits *tongpa*, vides. Et comme ils brillent de la luminosité spontanée du vide, on parle de lampe, *drönma*.

Il décrit dans le même texte ce qu'est un thiglé :

> Un thiglé est la quintessence colorée de la luminosité naturelle entourée d'une enceinte circulaire de cinq lumières.

Selon une autre glose fréquente, *thig* signifie la vacuité ou la pureté primordiale, *le* signifie la luminosité ou la conscience éveillée.

Même si des termes identiques n'ont pas le même sens dans le tantrisme et le Dzogchen, il n'en demeure pas moins un certain nombre d'analogies ou de ponts. On peut donc concevoir que le mot thiglé désigne bien une quintessence énergétique dans les deux voies, mais dans un domaine relatif, donc encore conditionné, au niveau du tantrisme et dans le domaine de la réalité absolue lorsqu'il s'agit du Dzogchen.

Dans le texte du tantra, il est question de cinq sortes de thiglés. Cette classification se retrouve dans un autre tantra, le *Drönma barwai gyü*, qui décrit quatre d'entre eux et leur localisation dans les quatre canaux très subtils :

> Au centre du corps de tous les êtres sensibles,
> Dans le palais de joyaux du cœur
> Se trouvent des canaux par milliers,
> Mais quatre d'entre eux sont éminents :
> Le grand canal d'or Kati,
> Le canal pareil à un fil de soie blanche,
> L'enroulement dans le subtil
> Et la cavité de cristal.
> [Les thiglés] demeurent principalement à l'intérieur de ces quatre canaux,

> Y chevauchant le cheval des souffles.
> Ni en tant que jaillissement, [force de] pénétration et émergence naturelle,
> Ni dans l'essence même des visions,
> Jamais ils n'ont été élaborés.
> L'excellent thiglé de la base,
> L'excellent thiglé de la voie,
> L'excellent thiglé à la cime de l'excellence,
> Et l'excellent thiglé paré d'ornements
> Résident à l'intérieur de ces canaux.

Il est ensuite question d'une classification en dix, selon la tripartition Base, Voie et Fruit. Il existe ainsi de nombreux systèmes de classification plus ou moins clairs, dont l'intérêt pratique est parfois difficile à discerner.

Par contre, quand il est dit à la fin du paragraphe : « *Comment donc la sagesse en surgit-elle ? Sachez qu'elle le fait de cinq en cinq* », nous avons là une allusion au mode de déploiement des Sagesses ou des thiglés au sein des bouquets lumineux, ou *tsombou*, lors du développement visionnaire.

Nous avons vu que les Sagesses étaient au nombre de cinq, mais chacune d'entre elles peut donner naissance à cinq Sagesses plus subtiles, agencées de la même manière dans l'espace, ce qui fait vingt-cinq Sagesses en tout. C'est un déploiement qui se fait de cinq en cinq et qui est décrit comme tel dans certains textes de pratique. On peut également voir cela dans des représentations peintes de grands mandalas complexes. Ce mode de développement peut être figuré par le dessin ci-contre.

C'est ainsi qu'à la requête qui lui est faite d'enseigner ce mode de division Vajradhara répond : « *Dans les cinq Sagesses mêmes, il y a cinq groupes de cinq ; reconnais donc qu'il y a vingt-cinq Sagesses.* »

Un mot encore sur les thiglés et leur déploiement. Il peut arriver d'en contempler spontanément, mais cela n'en fait pas une pratique authentique pour autant. Il est probable que certains animaux en voient aussi. Aucune vision, aucune expérience mystique ne certifie la réalisation ou l'éveil. Quand on regarde la télévision, la contemplation de l'image peut certes fasciner, mais n'a rien d'illuminant ! Or la venue de visions peut fort bien ressembler à cela. Dès que l'on contemple un

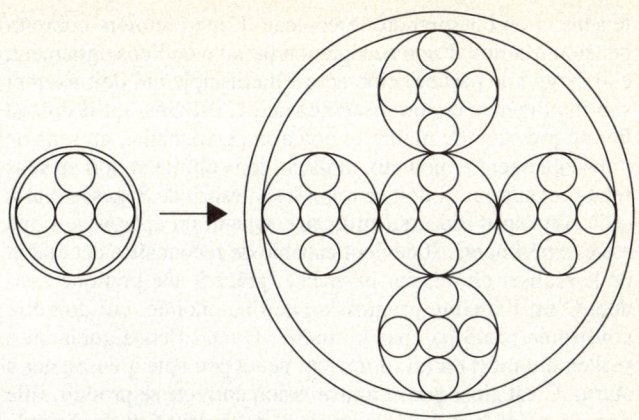

Déploiement en « bouquet » (tsombou).

phénomène comme un sujet regardant un merveilleux objet, la distraction et le dualisme sont là. Plus l'expérience visionnaire nous semble merveilleuse, plus l'émotion est forte, plus nous risquons de nous attacher à l'expérience et de la prendre pour un éveil authentique. Ce n'est pourtant qu'un attachement subtil de plus. Il peut même arriver que l'on s'habitue à l'expérience et que l'on soit distrait simultanément. Tout cela montre l'importance de stabiliser une authentique pratique de trekchö avant de prétendre pratiquer thögal. Il ne s'agit pas d'une pratique « gadget », mais d'une voie abrupte qui mène à un véritable éveil. Cet éveil engage l'être entier. Ce n'est pas une distraction psychédélique, mais un engagement total pour toute la vie qui est requis. Si l'on prend de tels enseignements à la légère, on s'expose à de graves difficultés psychologiques et mentales. Beaucoup trop d'Occidentaux veulent connaître les choses intellectuellement pour pouvoir spéculer à leur aise. « C'est intéressant », disent-ils, et ils passent à autre chose. Or rien ne peut être accompli dans ces conditions, tous les maîtres le répètent inlassablement.

Il est ensuite question des différentes étapes de compréhension et d'intégration de l'enseignement. Dans un premier temps, le maître donne l'enseignement et l'on doit s'efforcer d'en pénétrer le sens, d'en comprendre le contenu. Cette première compréhension n'a rien d'une acceptation passive de l'enseignement, elle exige une participation active du disciple qui doit exercer son intelligence et son discernement. C'est ainsi qu'il doit se fier au message du maître et non à sa personnalité, au sens de l'enseignement et non aux mots, au sens ultime et non au sens relatif, et surtout, il doit se relier à son esprit de Sagesse plutôt qu'à son esprit discursif ordinaire. Quand un aperçu de rigpa a été expérimenté, il devient capable de reconnaître cet état et de le réaliser en lui, par lui-même, grâce à une pratique assidue. C'est l'atteinte progressive de l'autonomie, qui doit être confirmée pas à pas par le maître. Quand l'enseignement a réellement mûri en lui, il devient peu à peu apte à enseigner à autrui. C'est ainsi que la transmission correcte se produit. Elle dépend avant tout de l'ouverture et de la dévotion du disciple qui doit considérer son maître de manière pure.

Les signes d'accomplissement

Vajradhara décrit alors quels sont les signes qui permettent de reconnaître qu'un être est sur le point d'atteindre l'éveil. C'est là le portrait d'un saint homme véritable qui a traversé toutes sortes d'expériences bonnes et mauvaises au cours de sa pratique, mais dont la stabilité et l'intégration sont à présent parfaites. Les signes de la réalisation sont multiples et abondamment décrits dans de nombreux traités de pratique. D'une manière simple, il existe des signes du corps, de la parole et de l'esprit.

Ainsi, parmi les signes du corps, certains signes sont ressentis par le pratiquant tel se sentir léger *« comme une fleur de coton »*. Cette sensation de légèreté, *« il a l'impression de voler dans le ciel »*, est un signe de purification du corps et des canaux. On parle même de signes de rajeunissement du corps. Au niveau de la parole, le yogi accompli deviendra, dit-on, comme un muet. Mais lorsqu'il ouvrira la bouche, ses paroles seront sages et utiles à tous. Il est des exemples de maîtres qui ont cessé complètement de parler à la fin de leur vie. La parole est liée au souffle et quand celui-ci est parfaitement maîtrisé la respiration est à peine perceptible. C'est le signe que les souffles karmiques se sont naturellement dissous dans le canal central et que seul demeure le souffle de la Sagesse. Quant à l'esprit, il n'est plus agité par les pensées discursives ou les passions, pour la raison que l'on vient d'invoquer, l'esprit discursif étant étroitement lié aux souffles karmiques. Au contraire, des bouffées de connaissances non apprises surgissent fréquemment de l'esprit de Sagesse. De plus, un tel être n'est plus l'esclave de ses perceptions, il n'est donc attaché *« ni aux pensées pures, ni au corps, ni à la vie »*, en un mot, à aucune expérience. Quant à la compagnie des hommes, il ne la souhaite pas mais il est heureux en leur présence. En particulier, rien venant d'eux ne le perturbe, si bien qu'il a la capacité d'arbitrer leurs désaccords.

Longchenpa décrit quelques-uns de ces signes dans le *Lama Yangtik* :

> Votre corps sera léger comme de la laine, les mouvements de votre respiration seront imperceptibles et votre esprit demeurera en recueillement dans la clarté [...]. De par les circonstances d'un esprit qui ne s'agite plus, vous serez utile à autrui et tout ce que vous direz se transformera en enseignement. Les mots erronés ne vous viendront plus et vous serez tel un muet. Surgiront par bouffées spontanées des mots sur divers sujets [...]. De même que l'esprit qui est uni au corps ne connaît pas d'obstacles, le corps sera sans entraves [...]. Votre esprit étant purifié, vous n'aurez plus besoin de nourriture ni de vêtements et vous serez capables de demeurer dans la méditation d'égalité des mois, voire des années. Vous dirigerez votre souffle là où vous le désirerez. Même si survenaient des assassins, ni peur ni terreur ne naîtraient en vous. Les passions n'émergeront plus dans votre continuum mental.

Mais il souligne bien qu'avant d'atteindre une telle stabilité :

> Ces signes peuvent surgir n'importe quand lors de la maîtrise des points cruciaux préliminaires du corps, de la parole et de l'esprit et durant la pratique principale quand vous méditez sur la luminosité.

Il donne alors le conseil suivant :

> N'ayez à leur égard ni espoir ni crainte, ni rejet ni acceptation, car s'il en était ainsi, ils deviendraient des obstacles démoniaques.

En effet, si de tels signes affectent le pratiquant, s'il s'y attache avec orgueil, c'est bien entendu le signe qu'il n'a pas atteint la réalisation finale et qu'il s'accroche à ses expériences méditatives. C'est un des plus grands dangers sur la voie, susceptible d'égarer le yogi et de le faire dévier du but ultime.

Un pratiquant réalisé ne réagit plus à de tels signes, comme il est dit dans un texte de pratique du *Dzogchen longdé* :

> C'est à cet instant que vous réaliserez que le sujet qui s'accroche aux apparences n'a pas non plus d'existence réelle. D'ailleurs, que ces signes surviennent ou non, cela ne vous fera ni chaud ni froid !

Un pratiquant qui parvient à ce niveau réalise ce que l'on appelle les quatre confiances, décrites par Longchenpa dans le *Lama Yangtik* :

> Il y a deux confiances vers le haut : être dépourvu de l'espoir d'obtenir en cette vie le statut supérieur de bouddha et de la crainte de ne pas l'obtenir. Les deux autres concernent les niveaux inférieurs : être débarrassé de la crainte de chuter dans le samsâra et de l'espoir d'en être délivré sans y choir.

Les manières d'atteindre l'éveil

Lorsqu'un yogi accompli meurt, il est dit qu'il entre en parinirvâna, dans « l'Au-delà de la souffrance ». Cette entrée en nirvâna est le plein éveil, l'atteinte de la bouddhéité. Il peut y entrer de deux manières. La première est celle des Samyaksambuddhas, en tibétain *yangdakpar dzokpai sangyé*, « les Parfaits Bouddhas authentiques ». Ce sont les bouddhas qui ne laissent « aucun résidu corporel », c'est-à-dire aucun support matériel tel que reliques, etc.

> Ce sont ceux qui ont développé les qualités des suprêmes bouddhas d'une manière définitive et irrévocable, et qui atteignent le grand nirvâna qui ne réside dans aucun des deux extrêmes de l'éternalisme et du nihilisme. Ils ont totalement purifié les ténèbres des deux obscurcissements, intellectuels et émotionnels, et fait épanouir le lotus de l'omniscience [22].

---

22. Définition du *bod-rgya tshig-mdzod chen-po*.

Le second mode d'atteinte du plein éveil est celui des Abhisambuddhas, en tibétain *Ngönpar dzokpar sangye*, « Les Parfaits Bouddhas manifestes », c'est-à-dire ceux qui manifestent des signes visibles pour tous lors de leur passage en parinirvâna : prodiges lumineux, arc-en-ciel, pluie de fleurs, tremblements de terre, bruits, etc. Ces éveillés laissent également des reliques derrière eux, objets de vénération.

Dans le *Yéshé Lama*, Jigmé Lingpa cite l'exemple de Longchenpa :

> Quant au second mode d'éveil, celui des Abhisambuddhas, Longchenpa, « Rayons immaculés », le Roi des Vainqueurs, en a montré promptement tous les signes sans exception au grand Charnier forestier de Tchimp'ou : des deux types de luminosité, la demeure lumineuse est apparue ; des deux types de sons, celui du grondement « our » ; et des deux types de Corps, il a manifesté celui d'un Courroucé. [Sont apparues] des reliques indestructibles et aussi des perles colorées. Enfin la terre a tremblé par sept fois selon les six sortes de mouvements : grondement, grondement complet, mouvement, grand mouvement, secousses et secousses complètes.

Dans la biographie de Longchenpa, on trouve cet événement merveilleux décrit en détail :

> Alors, au milieu du dix-huitième jour du mois de Gyal [23] de l'année Lièvre-Eau, il demanda à ceux de ses disciples qui étaient devant lui, tel Wösel rangdröl, de sortir préparer une offrande et quand ce fut fait il leur demanda de rester ; « A présent, puisque je quitte ce corps illusoire décrépit, demeurez en méditation sans faire aucun bruit ».
> Il prit alors la posture du Corps absolu « semblable au lion assis [24] » et alla rejoindre la Terre d'extinction primordiale [25]. A cet instant, le ciel pur fut pénétré d'une tente d'arcs-en-ciel et une pluie de fleurs se produisit. Bien que l'on fût en hiver,

23. *rgyal zla-ba* : le mois dont la pleine lune tombe dans la constellation de rgyal, c'est-à-dire le douzième mois du calendrier tibétain.
24. *chos-sku'i bzhugs-stangs* : « la posture du Corps absolu », encore appelée *sen-ge lta-bu'i bzhugs-stangs*, « la posture semblable au lion », est l'une des trois postures yogiques de la pratique de thod-rgyal.
25. *gdod-ma'i zad-sai* : il s'agit de l'Éveil dans le Corps absolu, qui est pureté primordiale *(ka-dag)* et où s'éteignent *(zad)* tous les phénomènes *(chos)*.

la terre se réchauffa et l'on vit pousser les feuilles et s'épanouir les roses. De nombreux signes merveilleux se manifes-
tèrent simultanément. On entendit une musique céleste sans
savoir si elle provenait de l'intérieur ou de l'extérieur des
habitations. Pendant les vingt-cinq jours où l'on conserva son
corps intact et où l'on exécuta sans discontinuer des cérémo-
nies d'offrandes, des parfums délicieux et indicibles pareils au
santal et au camphre imprégnaient tout l'espace.

Puis l'on déposa le corps dans un stûpa funéraire, et la terre
trembla par trois fois. Pendant la crémation se produisaient
des étincelles et il en surgissait d'innombrables et minuscules représentations de bouddhas tels qu'Amitâyus. Dans les
cendres, le cœur, la langue et les yeux du maître furent retrouvés intacts – signe que son corps, sa parole et son esprit
étaient parfaitement purifiés dans le Triple Corps –, ainsi que
son cerveau incorruptible, des petites concrétions comme des
pierres de couleur blanche et jaune, de minuscules perles des
cinq couleurs, innombrables – signe de son atteinte des cinq
Corps et des cinq Sagesses. Certaines de ces perles avaient le
pouvoir de se reproduire par elles-mêmes par scissiparité.

Dans le tantra sont même spécifiés différents signes indica-
teurs du moment de l'atteinte de l'éveil. Ainsi, selon que la
lumière manifestée prend la forme d'une demeure de lumière
ou d'un échelonnement lumineux, cela signifie que le yogi en
recueillement stabilise son état en cinq jours dans le premier
cas, en sept dans le second. De même, les sons manifestés peuvent être différents : il est dit qu'un grondement prolongé est
signe de l'atteinte de l'éveil en sept jours, et qu'un bruit sec
comme un puissant claquement signifie l'éveil en quatorze
jours.

Les reliques peuvent être de différentes couleurs selon
que l'éveil se produit en l'une ou l'autre des cinq familles de
bouddhas. Dans le cas de Longchenpa, on a vu qu'elles étaient
de toutes les couleurs, signe qu'il s'est accompli spontanément
« au niveau des cinq Corps ».

Certains Abhisambuddhas manifestent au niveau du sambhogakâya ou Corps de jouissance, un Corps divin paisible,
d'autres un Corps courroucé. Seuls ces derniers manifesteront
des Corps d'apparition en vingt et un jours. Il semble qu'il y
ait là une différence dans le processus de l'éveil.

Tous ces signes se produisent normalement pour les yogis

complètement réalisés en cette vie. Certains cependant n'atteignent pas complètement ce niveau à leur mort, mais il est dit que pour eux ces signes se produiront nécessairement à la fin de la vie suivante.

Dans le Dzogchen, on parle plus communément de l'atteinte du Corps d'arc-en-ciel. Les Samyaksambuddhas correspondraient alors à un Corps d'arc-en-ciel complet, sans résidus, et les Abhisambuddhas à un Corps d'arc-en-ciel partiel avec signes extérieurs et résidus corporels tels que les *ringsel*, perles de couleur retrouvées dans les cendres lors de la crémation.

Il semble qu'il ne faille voir dans ces différents modes de passage en nirvâna aucune différence quant au niveau de réalisation atteint. Il s'agirait plutôt de variantes liées à des circonstances particulières, comme la nécessité de manifester ou non des signes pour intensifier la foi des disciples, etc.

Chapitre VIII

Alors, le Vainqueur proclama ces paroles à l'intention de son entourage :
« VAJRA MANU SHASARI SANDHI DARPA A A[1]. »
Et quand il eut prononcé cela, l'assemblée en prit à cœur le sens véritable.

Alors retentirent ces paroles :
« BUDDHA SARVA DHATHIM DHATHIM A LAM KAM BHA IHA IHA OM ÂH HÛM ANA[2]. »

Ayant prononcé ces paroles, il disparut.

Alors, le Seigneur des Mystères pria en ces termes :
« Kyé ma kyé hud ! Demeure par compassion ! »

A ce moment retentit ce son dans le ciel :
« SHA SA MA 'a APÂ'aSHAMA AGAPA A OM ÂH HÛM », puis
« VAJRAPÂNI SARVADDHA HA NI E BHASAPADHADHA HA HA HÛM HÛM A A[3]. »
Ce son retentit, puis tout cessa[4].

---

1. NGB : « VARJAMANU SHAPARI SANTIDARPA ANG ».
2. Dans NGB, après ce mantra vient directement : « SHRASAMA 'a ANAN OM ÂH HÛM », et dans le paragraphe suivant, le mantra débute par « VAJRAPÂNI... ».
3. NGB : « VAJRAPANI SARVA DHAHANA EBHASADHADHA HÛM HÛM A A ».
4. Ne figure pas dans NGB.

Alors, les Bodhisattvas tels que Garab Dordjé, « le Joyeux Revenant », et les Six Munis adressèrent ces paroles au Seigneur des Mystères :
« Si le maître s'en va dans l'invisible, comment fera-t-on saisir ce tantra ? »

Et le Seigneur des Mystères répondit :
« Quant au nom de ce tantra,
Retenez qu'il se nomme "Miroir du Cœur de Vajrasattva".
Retenez encore de ce grand tantra qu'il révèle la manifestation !
Retenez qu'il a encore pour nom "le Grand qui délivre le sens de toutes choses [5]".
Retenez qu'il s'appelle "le Grand Tantra qui comble l'Intention (des bouddhas)".
Kyé ! Assemblée des Munis ! *(Sont présents Garab Dordjé, Indra, Thakzangri, le Sage des Asuras...)*
Ce merveilleux grand tantra secret est difficile à manifester dans le monde !
Pour cette raison, prenez complètement soin de cette essence des enseignements !
Emportez-la dans l'espace sans naissance de tous les contenus !
Enseignez-la de la même manière aux êtres sensibles à venir !
Faites-leur reconnaître la lampe de la voie de l'éveil !
Réunissez tous les phénomènes dans l'inexprimable !
De tous les tantras, c'est le grand tantra mère intranscriptible
Que vous emporterez dans le grand tantra de votre propre rigpa !
Emportez tous les âgamas dans ce grand âgama originel que l'on ne peut dévoiler !
Emportez toutes les upadeshas dans l'indicible !
Emportez tous les accomplissements à atteindre dans l'absence d'acte et d'acteur !
Emportez toutes les activités dans la grande [activité] suprême sans artifices !
Emportez toutes les méditations dans la grande clarté sans attachement !
Emportez toutes les vues dans la transparence perçante qui ne s'attache nulle part !

5. NGB : « Le grand sens de toutes choses ».

Emportez tous les fruits dans la grande certitude unique de la
Sagesse !

Englobez-les tous dans l'unique espace qui n'a pas de demeure !

Rejetez en bloc toutes les activités samsâriques !

Accoutumez [les êtres] aux visions de la Sagesse !

Et quand s'élève la Sagesse, faites-la-leur reconnaître !

Faites-leur savoir qu'il s'agit là de l'essence de tous les enseignements !

Dans le bardo, faites-leur reconnaître leurs propres perceptions !

Faites-leur reconnaître tous les phénomènes de la base sous le
triple mode de l'essence, de la nature et de la compassion !

Faites-leur reconnaître tous les phénomènes de la voie comme
les cinq Corps et les cinq Sagesses !

Faites-leur reconnaître tous les phénomènes de la fruition
comme le fruit irréversible des Trois Corps !

Faites-leur reconnaître tous les phénomènes de l'essence comme
vides !

Faites-leur reconnaître tous les phénomènes de la nature spontanée comme étant lumineux !

Faites-leur reconnaître que tous les phénomènes de l'énergie
de compassion embrassent l'ensemble des êtres sensibles !

Faites-leur reconnaître tous les phénomènes de la Sagesse
comme sans interférences !

Faites-leur reconnaître tous les phénomènes lumineux dans
l'absence d'attachement !

Faites-leur reconnaître que tous les phénomènes de rayonnement sont sans dispersion ni convergence !

Faites-leur reconnaître que tous les phénomènes de rigpa sont
dénués d'esprit discursif et de "soi" !

Pareillement, emportez tous les phénomènes dans l'imblocabilité !

Amenez l'imblocabilité à se manifester partout !

Intégrez la manifestation omniprésente dans le sans-naissance !

Intégrez le sans-naissance dans l'absence d'allées et venues !

Intégrez l'absence d'allées et venues dans la non-dualité !

Intégrez la non duelle clarté dans la grande liberté ultime !

Et pareillement, intégrez tous les phénomènes sans aucunement conceptualiser ni penser !

Intégrez la totalité des phénomènes dans l'essence qui est clarté sans distraction ! »

Ayant dit cela, le Seigneur des Mystères disparut.
Alors, de l'espace retentit ce son :
« VAJRAPÂNI DHATU SHIHIRI MAHÂSANDHI DHARMA KAYA RATNA MALA A SING A DHATU SHA A DHADU SHAMALA A A U [6]. »

Fin du huitième chapitre du Grand Tantra du Miroir du Cœur de Vajrasattva, qui traite de la finalité du tantra.

Alors, les assemblées de Dâkinîs énoncèrent ces conseils à leurs entourages respectifs :
« Allumez le feu de ce tantra ! Soyez les exécutrices de ceux qui corrompent leur lien sacré ! »

A ce moment résonna cette fière clameur :
« RAGMO SAMAYA SNYING PHYUNG BHYO BHYO. »

Et s'étant exprimées de la sorte, [les Dâkinîs] disparurent.
Alors, les bodhisattvas Mahâsattvas, les fils de devas, ceux qui dissipent les concepts erronés, etc.,
Les six grands Munis et tout leur entourage d'êtres non humains s'en réjouirent et les louèrent. »

*

Ce qu'on appelle « Tantra du Miroir du Cœur de Vajrasattva », le tantra très secret et très caché qui établit clairement la Grande Perfection, fut révélé concrètement sous forme de précieux conseils par le « le Jeune Héros à la force athlétique » au Seigneur des Mystères et aux assemblées des différentes familles, dans le charnier du Volcan flamboyant.

Ainsi s'achève le grand tantra secret.

GYA GYA GYA Triple Sceau !
ITHI

6. NGB : « VAJRAPANI DHADU SHIHI MAHASATI DHAMA KALA RADNAMALA AHID ADHADU SHA Â MA LA MA A A U », ce qui semble être une formule corrompue.

*

COLOPHON

Le Grand Érudit Vimalamitra enseigna ces sons spontanés.
Que les protecteurs des mantras les protègent !

Il en existe un commentaire, « l'Ornement [de Joyaux ?] »,
qui en expose le sens. Dans le Miroir du Cœur sont quatre
mères et fils.

Vertu ! Vertu ! Vertu !

COMMENTAIRE

Mantras

Ce dernier chapitre s'ouvre sur la proclamation de plusieurs mantras. Le premier d'entre eux, tel que la glose interlinéaire l'explique, révèle l'essence de Vajrasattva lui-même.

Ce mantra est

« VAJRA MANU SHASARI SANDHI DARPA A A. »

Il signifie : « Vajrasattva (VAJRA) se manifeste comme la naissance d'un prodige magique de la réalité absolue (MANU). Il est la connaissance suprême, vacuité et immuabilité (SHA-SARI), rigpa absolument pur (SAN) qui se déploie à la manière de l'apparition de tous les Paisibles et Courroucés depuis la réalité absolue sans naissance (DHI). Il est au-delà de toutes les caractéristiques de phénomènes complexes (DARPA), sans naissance et inconcevable (A A). »

Vajrasattva, « l'Être adamantin », est en effet la personnification du Corps de jouissance des bouddhas. En tant que tel, il est le jaillissement lumineux, le prodige magique qui émerge de Samantabhadra, le Corps absolu de pureté primordiale, vacuité dont la dimension est appelée « réalité absolue ». Vajrasattva est donc rigpa dans son double aspect, la pureté primordiale vide et immuable et la présence spontanée qui s'exprime dans le déploiement des cent Déités paisibles et courroucées. Parce qu'il contient en lui ces cent Déités, il est le « chef de tous les mandalas ». Et, malgré tout, ce déploiement dans le multiple n'est pas duel, il demeure un avec l'état primordial, étant l'expression diversifiée de la Sagesse des bouddhas. Il est donc non né et au-delà de tout concept de multiple.

Le deuxième mantra, « BUDDHA SARVA DHATHIM DHA-THIM A LAM KAM BHA IHA IHA OM ÂH HÛM ANA », peut être traduit de la sorte :

« La Sagesse des bouddhas (BUDDHA) est la Finalité de tous les phénomènes, au-delà de tout énoncé (SARVA) ; elle est l'accumulation croissante de mérites (DHA) et leur dissolution au sein de la réalité absolue non née, dans l'espace absolument pur (THIM). C'est l'égalité [des phénomènes], rigpa libre de naissance et de mort, immuable dans les trois temps (DHATHIM). Rigpa immuable est l'indivisibilité de l'espace et de la Sagesse (A). Rigpa est le cœur de la Sagesse permanente dans tous les temps (LAM) ; il existe en tous (KAM), bien qu'il soit difficile d'en comprendre le sens (BHA), le cœur du sens ultime étant débarrassé des désignations (IHA), sans saisie (IHA). OM illustre le sens du Mahâyoga, ÂH celui de l'Anuyoga et HÛM celui de l'Atiyoga. Dans le sans-naissance, cela semble naître (ANA). »

En effet, au niveau de l'éveil, tous les phénomènes ne sont que le jeu en déploiement de la Sagesse des bouddhas, car alors ils échappent à tout énoncé conceptuel. Leur multiplicité est comme l'accumulation croissante de mérites. Ainsi, lorsque se développent les trois premières visions du thögal, vision de la réalité manifeste, accroissement des expériences visionnaires et paroxysme de rigpa, on compare ce processus visionnaire à l'accumulation méritoire des autres véhicules. Lorsque arrive la quatrième vision, l'ensemble des phénomènes grossiers ou subtils se résout dans la simplicité. C'est l'épuisement des phénomènes au sein de la réalité absolue, la réintégration ou « reploiement » au sein de l'espace de pureté primordiale. On réalise alors l'égalité de tous les phénomènes, qu'ils appartiennent au samsâra impur ou au nirvâna, puisqu'ils n'ont jamais quitté rigpa, immuable dans le passé, le présent et le futur et au-delà de toute naissance ou mort.

Rigpa est l'indivisibilité de l'espace et de la Sagesse : la Sagesse primordiale se déploie au sein de l'espace absolu, mais, en fait, l'un et l'autre constituent une même réalité sous deux aspects : clarté et vide, Samantabhadra uni à Samantabhadrî, rien de tout cela n'est en réalité dissociable. Rigpa est donc au cœur, au centre de la Sagesse qui transcende les trois temps. C'est le principe d'éveil, le tathâgatagarbha qui demeure en chacun des êtres sensibles, bien que par ignorance il leur semble difficile d'en réaliser la présence. Cette présence transcende tout concept intellectuel et toute désignation, on ne peut la reconnaître qu'au travers de l'expérience directe que proposent les trois véhicules finaux, le Mahâyoga, l'Anuyoga et l'Atiyoga.

Le premier et le second mantra sont prononcés par Vajradhara lui-même, dans sa forme manifestée. Puis il disparaît dans l'invisible. A ce moment, Vajrapâni, le Seigneur des Mystères, lui fait la requête de demeurer par compassion pour tous les êtres. C'est un son pur surgi de l'espace qui prend la forme de deux autres mantras.

Le mantra suivant est moins aisé à traduire d'une manière linéaire. En voici donc le sens brut selon la glose interlinéaire : « SHA (l'être même de la connaissance suprême) SA (la réalité absolue immuable) MA (la manifestation sans artifices de la base) 'a (la Sagesse du vide) APÂ'aSHAMA (d'où provient encore) AGAPA A (l'être même de la connaissance suprême est vide et immuable en "naissant" au sein du A sans naissance ; le rigpa-vacuité s'accomplit instantanément, non-dualité équanime de la réalité absolue sans artifices) OM ÂH HÛM (ce sont à nouveau les trois lettres qui condensent le contenu libre de toute union ou séparation de la création, la perfection et la grande perfection. Tous les phénomènes incessants n'ont pas d'existence et sont le prodige magique qui naît du sans-naissance ; Atiyoga, Anuyoga et Mahâyoga). ».

Le dernier mantra, « VAJRAPÂNI SARVADDHA HA NI E BHASAPADHADHA HA HA HÛM HÛM A A », peut se traduire ainsi :
« Rigpa qui émerge en tant que Sagesse (VAJRA) est imblocable au sein de la vacuité (PÂNI). Tout (SARVA) s'y résume en un unique contenu (DDHA), dans la non-dualité de l'espace et des Sagesses (HA). Telle est l'essence des enseignements (NI) que vous retiendrez (E) ! Atteignez ainsi l'au-delà de la souffrance au sein de l'espace absolu sans naissance ! Emportez tout au sein du rigpa sans naissance, au-delà de l'union et de la séparation (BHASAPADHADHA HA HA HÛM HÛM A A) ! »

Quand les deux derniers mantras ont été énoncés, tout s'évanouit au sein de l'indifférencié.

L'essence du tantra

A cet instant, l'assemblée des Bodhisattvas, qui compte parmi ses rangs Garab Dordjé, le premier maître du Dzogchen au niveau du Corps d'apparition, se joint aux six Munis, c'est-à-dire aux six sages, les bouddhas consacrés à chacune des six destinées du samsâra, pour une requête ultime : « *Si le maître s'en va dans l'invisible, comment fera-t-on saisir ce tantra ?* »

C'est maintenant Vajrapâni qui leur répond, en sa qualité de Seigneur des Mystères et de détenteur principal de la transmission des tantras. Il exhorte la noble assemblée à comprendre l'importance du tantra et lui enjoint de prendre soin de l'enseignement qui s'y trouve.

Il présente ce tantra comme le grand tantra qui révèle la manifestation, qui explique le sens de toutes choses et qui comble l'Intention des éveillés. Il est « *difficile à manifester dans le monde* ». En effet, selon la tradition tibétaine, les bouddhas n'enseignent les tantras et le Dzogchen qu'en de très rares occasions. L'époque que nous vivons fait partie d'une période cosmique dite « ère fortunée » où des bouddhas diffusent l'enseignement, et nous sommes plus particulièrement à la fin de cette ère, dans la lie des temps, période trouble mais encore riche en enseignements ultimes. En particulier, il s'agit de l'époque où les enseignements du Dzogchen vont flamboyer et se répandre. Il semble en effet qu'il s'agisse du mode d'enseignement le plus approprié à une époque difficile, où le temps est compressé et facilite peu un enseignement graduel ou trop lourdement ritualisé. Selon les prophéties attribuées à Padmasambhava, la montée des passions, des perturbations mentales et de la souffrance sera de plus en plus forte, et seuls les enseignements tantriques et le Dzogchen permettront de s'en affranchir.

Ainsi, Vajrapâni exhorte l'assemblée à prendre soin de ces enseignements, mais il dit aussi : « *Enseignez-les de la même manière aux êtres sensibles à venir ! Faites-leur reconnaître la lampe de la voie de l'éveil !* »

Pour ce faire, il leur conseille d'intégrer tous les enseignements, âgamas, upadeshas, vues, méditations, modes d'action,
etc., à la compréhension ultime et non duelle que donne la Vue
du Dzogchen. C'est ainsi que les activités se résoudront en la
grande activité suprême sans aucun artifice, que Longchenpa
décrit ainsi :

> Agissez en tant que Samantabhadra, car s'il subsiste partout le
> bien et le mal, ce n'est pas l'action vraie. Sachez qu'elle est
> libérée de l'adoption et du rejet comme de l'espoir et de la
> crainte [7] !

Toutes les méditations se ramèneront à demeurer dans la
clarté de rigpa sans attachement. Toutes les vues reviendront à
demeurer dans l'état de *zangthel*, qui désigne à la fois une
transparente clarté et la capacité de percer à vif les perceptions.
Tous les fruits de la pratique en reviennent à posséder la certitude inébranlable et irrévocable que la Sagesse est établie en
soi.

L'enseignement selon ce tantra

Quand il en est ainsi, il n'en faut pas moins veiller au
moindre de ses actes. C'est pourquoi il est sage, avant d'avoir
la capacité réelle d'intégration, d'écarter toute préoccupation
et toute activité samsârique. Longchenpa a dit à ce propos :

> Aux grands yogis qui atteignent cette nature innée, on enseigne
> directement l'absence de cause et de résultat, de vertu et de
> vice. Tel est le cas pour Padmasambhava, Vimalamitra, Tilopa,
> etc. Mais à nous-mêmes qui avons de cela quelque compré-
> hension intellectuelle, à moins que par familiarisation nous
> n'en ayons une expérience directe, on explique que, sans avoir
> peur au sein de l'état naturel, il faut cependant prendre garde
> aux actes et à leurs résultats les plus infimes.

Il énonce ensuite la manière de guider les êtres selon l'enseignement Dzogchen. Après avoir abandonné les activités samsâ-

---

7. Cf. Longchenpa, *op.cit.*, p. 322.

riques, ce qui correspond aux préliminaires spéciaux du Dzog-chen où l'on disjoint samsâra et nirvâna en épuisant les comportements samsâriques, le disciple doit être amené progressivement à reconnaître la Sagesse et ses manifestations visionnaires. Pour cela, le maître lui présente directement rigpa par les *ngotrö*, puis lui fait reconnaître qu'il s'agit là de l'*« essence de tous les enseignements »*. Cette présentation peut être faite à l'occasion des différents bardos. Ainsi, dans les bardos de la mort, il est possible de guider la conscience du défunt et de lui faire reconnaître sa vraie nature par la lecture des *thödröl* tels que le *Bardo Thödröl,* « la Libération par l'écoute dans le bardo », où l'on insiste sur le fait que les visions ne sont que les projections du défunt, ses propres perceptions.

Le point central de l'enseignement Dzogchen tient en un mot : « reconnaissance ». Il ne suffit pas en effet de recevoir un enseignement avec la compréhension intellectuelle, il n'est pas non plus suffisant de se voir présenter rigpa, encore faut-il pouvoir le reconnaître directement, l'identifier sans se four-voyer. Beaucoup de débutants confondent les expériences méditatives, qui sont parfois très fortes, avec l'état de rigpa. L'expérience, qu'elle soit de clarté, de non-discursivité ou de félicité, peut être un puissant moyen d'entrer dans l'état de rigpa mais peut aussi nous en égarer ! Il faut être à même de différencier rigpa de ses propres manifestations, car si cela n'est pas fait, ces manifestations nous entraîneront inévitable-ment dans la distraction et la discursivité.

L'une des plus grandes tâches du maître consiste donc à pous-ser le disciple à préciser sa connaissance de rigpa, de manière à établir en lui la certitude de cet état. Il le fait par l'enseigne-ment des *men ngak*, les préceptes spéciaux qui ont l'avantage de montrer directement les points cruciaux de la pratique. Le disciple est ainsi amené chaque fois à expérimenter directe-ment la véracité de ces conseils avant de recevoir les suivants. De tels préceptes nécessitent un suivi et ne se trouvent dans aucun livre. Ils appartiennent à la transmission de bouche à oreille.

Quand la reconnaissance de rigpa est établie par la pratique de la méditation, le disciple acquiert la certitude de la voie. Il ne lui reste alors qu'à demeurer en rigpa pour que toutes les pensées, émotions et perceptions se libèrent sur place : c'est la confiance dans la méthode de libération, « l'Action » selon le Dzogchen, qui consiste à « intégrer » tous les phénomènes dans l'essence de rigpa.

A la fin de ce discours, Vajrapâni disparaît à son tour dans l'espace. Il en surgit un son, le son de la réalité absolue, qui énonce ce mantra final : « VAJRAPÂNI DHATU SHIRIRI MAHÂSANDHI DHARMA KAYA RATNA MALA A SING A DHATU SHA A DHADU SHAMALA A A U », qui signifie, selon la glose : « Sans naissance au sein de l'espace du Déten- teur de Vajra, incessante (VAJRAPÂNI DHATU), la voie des bouddhas (SHIRIRI) est la voie immuable (MAHÂSANDHI) du Corps absolu dénué de toute expression (DHARMA), au-delà de la souffrance (DHATU), dans la dimension semblable à un précieux joyau (RATNA). [Elle consiste en] l'absence de dis- traction dans l'égalité, l'absence d'artifices intellectuels (MALA) et l'absence d'attachement à la clarté de rigpa dans l'état du Corps absolu (A SING).

La clarté non conceptuelle dans l'état de rigpa (A) est la Sagesse imblocable qui réunit tout dans la non-dualité (DHATU) ; c'est la connaissance suprême qui réunit tout dans la vacuité sans naissance (SHA), égalité sans artifice (A DHADU SHAMALA). Elle est Corps absolu sans naissance (A), Corps de jouissance immortel (A) et Corps d'apparition qui se mani- feste sans naissance ni mort (U). » Le corps du tantra s'achève sur ce mantra. .

La formule de protection finale

Tout tantra ou texte de pratique du Dzogchen est confié à la garde des protecteurs. Ce genre de texte recèle en effet un enseignement de haut niveau qu'il convient de protéger de toute déviation ou de toute mauvaise utilisation. Le rôle de gardien est dévolu aux déités protectrices. Les protecteurs principaux sont des manifestations d'êtres éveillés sous des formes généralement courroucées. Tel est le cas d'Ekadzati, la principale protectrice du Dzogchen. Elle est une émanation de la dâkinî Guhyajñâna qui gouverne l'immense assemblée des matrikas ou mamo, les dâkinîs courroucées liées aux éléments naturels. Ces dernières sont des déités mondaines sous le contrôle de leur reine, Ekadzati.

Il existe aussi nombre de déités mondaines ou locales qui ont été subjuguées par Vajrapâni et Padmasambhava. Elles ont offert l'essence de leur cœur au Dharma et constituent l'assemblée des protecteurs assermentés.

Dans le texte, les matrikas sont exhortées à accomplir leur tâche de protection :

« Allumez le feu de ce tantra ! Soyez les exécutrices de ceux qui corrompent leur lien sacré ! »

Cette redoutable harangue nous prévient en fait des dangers qui surviennent si l'on détourne un enseignement spirituel de son propos.

L'enseignement du Dzogchen concerne l'esprit, qui est l'élément central et le plus intime de l'individu. On peut ne pas comprendre de quoi il s'agit. Dans ce cas, d'autres types d'enseignements plus graduels sont susceptibles de prendre le relais. Mais il se peut que l'on développe des vues fausses sur le sens de l'enseignement, soit que l'on rejette avec mépris toutes les autres voies, soit que le Dzogchen soit le prétexte au développement de l'orgueil et à l'attachement aux expériences. C'est là le genre de reproche qu'un jour Droukpa Künleg adressa à un Dzogchenpa suffisant :

> Vous êtes quelques-uns à vous dire adeptes du « Grand Achèvement », mais au lieu de parler de la contemplation et de la méditation profondes, primordialement pures, vous vous délectez avant tout de petits exploits miraculeux d'un moment, et vous dites : « Oh, un arc-en-ciel devant mes yeux ! Un bruit retentissant dans mon oreille ! Une odeur de pet devant mon nez ! » Il ne semble pas que vous ayez réfléchi au sens de l'enseignement [8] !

Tout pratiquant peut être tenté par ces travers, cela fait partie des embûches qu'il rencontrera sur la voie. Il ne doit toutefois pas s'y arrêter. Fréquentes et normales sont les erreurs, mais la sincérité, la présence de l'enseignement, du maître et de la pratique sont là pour lui permettre d'en sortir. Parfois, les obs-

---

8. *Vie et Chants de 'Brug-pa Kun-legs le yogin*, traduit du tibétain et annoté par R. A. Stein, Paris, Maisonneuve et Larose, 1972, p. 58.

tacles sur la voie prennent la forme de dépression, de doutes, de difficultés sans nombre, de la levée d'ennemis imprévus, mais la confiance dans le maître et l'enseignement sont une aide précieuse pour les surmonter.

Il arrive cependant que la cristallisation d'une attitude négative ou d'une incompréhension nuise véritablement à l'enseignement. Enseigner selon sa propre compréhension biaisée en s'entourant de disciples, dénigrer les autres, détourner l'enseignement de son but libérateur à des fins de pouvoir ou d'argent, rechercher et ne retenir que le côté spectaculaire des expériences spirituelles, isoler certaines pratiques pour les utiliser hors de leur contexte, telles sont quelques-unes des corruptions possibles du lien sacré.

De tels comportements mettent non seulement en péril la lignée de l'enseignement mais aussi celui qui s'y adonne. Telle est la teneur de l'avertissement fréquent en fin de texte : « *Si cet enseignement était révélé à des réceptacles impurs, la punition des dâkinîs surviendrait.* »

En fait, protecteurs et dâkinîs ne sont pas des êtres vengeurs. Extérieurement, ils assument des formes courroucées pour préserver l'enseignement des obstacles externes, protéger et avertir le pratiquant quand il se fourvoie.

Intérieurement, ils personnifient la vigilance du pratiquant, celle qui mène à l'éveil. Les vrais ennemis de l'enseignement sont les armées de l'ignorance, émotions perturbatrices, concepts et pensées discursives. Invoquer les protecteurs signifie secrètement recentrer son attitude et mettre fin aux comportements erronés : les protecteurs et les dâkinîs courroucées sont les exécuteurs de l'ignorance et de la discursivité.

*

COLOPHON

On appelle colophon la notice finale de l'auteur, du traducteur ou de l'éditeur qui donne quelques indications sur l'origine d'un texte et les circonstances de sa parution. Le colophon s'accompagne généralement d'une formule de bon augure et d'une dédicace à tous les êtres. Il n'est pas un seul texte de littérature religieuse tibétaine qui n'ait son colophon. Ce petit texte de conclusion donne souvent de précieux renseignements aux exégètes.

Ici, le colophon, extrêmement concis, nous révèle que Vimalamitra est l'initiateur de ce tantra au Tibet. C'est en effet la tradition que Vimalamitra soit à l'origine de la transmission des dix-sept tantras du *Dzogchen Men ngak dé*. Ce texte aurait été traduit par ses soins, mais bien qu'il comporte un titre sanscrit, comme la plupart des textes fondamentaux du bouddhisme tibétain, cela ne prouve pas l'existence d'un original sanscrit. Certains indices, comme « la queue du yak » dans le deuxième chapitre, sembleraient contraires à cette hypothèse et laisseraient pencher pour une composition himalayenne ou tibétaine. D'autres cependant, comme l'explication syllabe par syllabe du mot *Dzogpachenpo* au chapitre VII, permettent de penser à un original en langue sanscrite, indienne ou avoisinante, comme nous l'avons déjà évoqué. Le domaine de l'exégèse historique des textes religieux tibétains est extrêmement difficile. Partout, l'on se heurte à l'histoire traditionnelle où il n'est pas question de prouver ce qui est avancé comme vrai. Jean-Luc Achard, dans ses recherches, a montré que le *Longdrouk*, l'un des dix-sept tantras, datait très probablement de la fin de l'époque royale, soit entre le VIIIe et le Xe siècle. Si c'est le cas, il est probable que la plupart des textes de cette collection sont de même date et la paternité de Vimalamitra est très plausible. Mais rien n'indique l'existence de textes antérieurs en sanscrit ou en langue de l'Oddiyâna par exemple. Il est vrai, cependant, que les quelques formules mantriques rencontrées dans le texte sont des hybrides de sanscrit et d'une autre langue dite « de l'Oddiyâna » ou « des dâkinîs ». Aucune étude sérieuse n'a été faite à ma connaissance sur ces langages mystérieux que l'on retrouve partout dans la littérature *terma* et dans les tantras de l'école des Anciens.

Le colophon signale en outre l'existence d'un commentaire que je n'ai pu identifier, « l'Ornement » *(bkra-bkod)*. Il est dit aussi que le Miroir du Cœur comprend un texte mère et trois fils. Le texte mère est le tantra proprement dit, les trois textes fils sont les suivants : le *Shoungdön Drelpa*, « Le Commentaire du sens du traité » ; le *Sangwai döndü*, « L'Abrégé du contenu secret », et le *Sangwai gyapyik*, « L'Écrit caché ». Ce sont des traités appendices.

Le colophon s'achève sur l'exclamation Vertu ! *(dge'o)* trois fois répétée, qui exprime le souhait que beaucoup de vertu et de positivité découle de l'enseignement de ce tantra.

La libération spontanée
des tendances karmiques
par la pratique quotidienne
des Déités paisibles
et courroucées du bardo

Introduction

Ce texte est extrait du *Karling Shitro*, le Cycle des Déités Paisibles et Courroucées de Karma Lingpa, dont le titre complet est *Zabchö shitro gongpa rangdröl*, « Le profond Dharma de l'Esprit de Sagesse des Paisibles et des Courroucés qui libère spontanément ». L'ensemble du cycle est un *terma*, un trésor qui fut redécouvert au XIVe siècle par Karma Lingpa. L'un des textes du cycle est extrêmement célèbre en Occident : il s'agit du *Bardo thödröl*, « La Libération par l'Écoute dans le bardo », plus connu sous le pseudo-titre de « Livre des morts tibétain » que lui donna Evans-Wentz lorsqu'il en publia la traduction en 1927. Depuis lors, ce texte a été retraduit plusieurs fois et largement diffusé. Cependant, on sait encore trop rarement que ce texte n'est qu'un élément d'un ensemble plus vaste et que, pris isolément, il ne saurait révéler sa pleine valeur ni sa signification profonde.

On ne connaît pas la date exacte de naissance de Karma Lingpa, lui-même fils d'un autre grand tertön, Nyida Sangyé. On sait seulement qu'il est né à Khyer droup dans la contrée du Dagpo, au Tibet central, durant le sixième cycle sexagénaire, c'est-à-dire entre 1326 et 1386. Conformément à une prophétie, c'est à l'âge de quinze ans qu'il mit à jour le cycle du *Zabchö shitro gongpa rangdröl*, ainsi que celui du *Thoukjé chenpo padma shitro,* « Le Grand Compatissant accompagné des Paisibles et Courroucés du Lotus », en les tirant de la montagne Gampogar, au Dakpo. Mais, tandis qu'il enseigna le second cycle à quatorze disciples, il ne transmit le premier qu'à son propre fils, Nyima chödjé, en lui faisant promettre de ne transmettre ce cycle qu'à une personne à la fois, ce jusqu'à la troisième génération. Karma Lingpa mourut jeune, n'ayant pu trouver la compagne spirituelle qui lui était indispensable pour continuer son œuvre.

Ce n'est donc qu'un siècle et demi après sa découverte que l'enseignement du cycle du *Karling Shitro* commença à se répandre plus largement.

Le Karling Shitro

Le cycle, qui comprend deux gros volumes, contient un ensemble de textes concernant les cent Déités paisibles et courroucées. Ces textes appartiennent essentiellement à l'Anuyoga et au Dzogchen. On y trouve des textes de transmission de pouvoir, notamment celle des Paisibles et Courroucés, et un ensemble de Présentations de rigpa, ou *ngotrö*, des instructions sur la pratique Dzogchen de *trekchö* et *thögal*, un groupe de sâdhanas tantriques ou « pratiques d'accomplissement », des pratiques de yoga interne en relation avec les canaux, les souffles et les gouttes essentielles, des pratiques de confession et de purification, des prières de souhaits et, bien sûr, un ensemble important de textes concernant les bardos et la mort. Dans ce dernier groupe, on trouve le *bardo thödröl* lui-même, mais aussi des textes attenants ou préparatoires, comme le *Tchite tsenma rangdröl*, « La Libération spontanée des signes et présages de la mort » – texte qui décrit tous les signes d'une mort imminente ou prochaine, tels que signes physiques, présages dans les rêves, etc., afin que le yogi averti se prépare au passage –, le *Tchilou jikpa rangdröl*, « Le Rachat de la mort, qui libère spontanément les craintes » – texte qui expose les pratiques pour éviter une mort imminente lorsque celle-ci dépend de circonstances évitables ou de maladies causées par des démons –, et le fameux *Takdröl*, « La Libération par le port », où il est enseigné comment confectionner et consacrer un diagramme circulaire, ou *yantra*, où sont inscrits tous les mantras des Paisibles et Courroucés autour du chant du vajra et d'une petite image de Samantabhadra au centre. Une fois consacré, ce yantra doit être placé sur le cœur du défunt. Il a le pouvoir de libérer la conscience par le simple fait d'être « porté » sur le corps.

Une autre pratique remarquable de ce cycle est le *Nédren*, qui signifie « diriger en un lieu ». Dans cette pratique, le maître convoque la conscience du défunt, la fixe dans un support – une image représentant le défunt –, puis la purifie des tendances karmiques qui la poussent à renaître dans de mauvaises destinées, avant de lui présenter rigpa à l'aide d'un miroir. Si cela ne suffit pas, il procède alors au transfert de conscience dans un champ pur et détruit ensuite le support devenu inutile par le feu.

Le bakchak rangdröl

Le texte qui suit s'appelle le *Tchötchö bakchak rangdröl*, « La pratique quotidienne qui libère spontanément les propensions karmiques ». Il est intéressant à plusieurs titres.

Il s'agit d'un sâdhana dans le style de l'Anuyoga, où l'on met l'accent sur la présence spontanée du mandala que l'on visualise en soi-même. Sâdhana, en tibétain, *droupthap*, signifie « moyen de réalisation ». C'est un moyen habile des tantras qui consiste à se visualiser soi-même sous la forme d'une déité dont on a préalablement reçu la transmission de pouvoir. La phase de visualisation ou « phase de développement », *kyérim*, est plus ou moins élaborée selon qu'on se trouve dans le cadre du Mahâyogatantra ou de l'Anuyogatantra. Dans le Mahâyoga, la visualisation est progressive, en plusieurs étapes techniques bien précises. Dans l'Anuyoga, on la dit « présente dès que l'on y pense » ou « comme un poisson qui saute hors de l'eau ».

Ici, dès que la présence de votre propre rigpa est établie sous la forme de Vajrasattva, vous entrez dans la description et l'établissement du mandala interne du corps, c'est-à-dire de l'ensemble des cent Déités paisibles et courroucées qui constituent le corps de diamant du yogi.

Le yogi se visualise comme Vajrasattva parce qu'il est, comme nous l'avons déjà dit, la personnification du mandala entier des Paisibles et des Courroucés. Vajrasattva est « l'Être adamantin », La pureté immuable de l'esprit. Comme tous les troubles du corps ou de la parole sont liés aux perturbations émotionnelles de l'esprit et aux traces karmiques qui s'inscrivent dans la conscience, Vajrasattva est le bouddha de la purification et de la guérison par excellence. Son mantra principal est le mantra de cent syllabes, chacune de ces syllabes correspondant à l'une des cent Déités paisibles et courroucées. Ce mantra, l'un des plus usités, est récité en toutes occasions ; chaque fois qu'une faute est commise, lors des pratiques de confession ou de purification et au quotidien. Selon le tantra de la Confession immaculée, cité dans le *Kunzang Lamé Shaloung* :

> Le mantra de Cent Syllabes est la quintessence de l'Esprit de tous les Sugatas, purifiant de toute détérioration et rupture, de tout voile conceptuel. C'est la confession suprême. Récité cent huit fois de suite, il répare toutes les détériorations et ruptures et délivre de la chute dans les trois mondes inférieurs. Le yogi qui en fera sa pratique quotidienne sera, de son vivant, considéré par tous les bouddhas des trois temps comme leur suprême fils et ces derniers le protégeront. A sa mort, n'en doutez pas, il deviendra l'aîné des Fils des Sugatas [1].

Voici à présent sa signification d'après Düdjom Rinpoché :
OM (La plus excellente exclamation de louange)
VAJRASATVA SAMAYAM (du lien sacré de Vajrasattva)
ANUPALAYA VAJRASATVA (O Vajrasattva, protégez le lien sacré)
TVENOPRATISHTHA DHIDDHO ME BHAVA (Puissiez-vous demeurer fermement en moi)
SUTOSHYO ME BHAVA (Donnez-moi complète satisfaction)
SUPOSHYO ME BHAVA (Croissez en moi)
ANURAKTO ME BHAVA (Soyez bienveillant)
SARVA SIDDHI ME PRAYACCHA (Accordez-moi tous les accomplissements)
SARVA KARMA SUCA ME (Montrez-moi tous les karmas)

1. Dans *Le Chemin de la Grande Perfection*, Patrül Rinpoché, Éditions Padmakara, 1987, p. 285-286.

CITTAM SHRÎ YAM KURU (Rendez mon esprit bon, vertueux et de bon augure)

HÛM (Essence du cœur de Vajrasattva)

HA HA HA HA (Les quatre étapes de la voie de l'accomplissement, les quatre transmissions de pouvoir, les quatre joies et les quatre Corps)

HO (L'exclamation de joie d'un tel accomplissement)

BHAGAVAN SARVA TATHÂGATA VAJRA (O Bienheureux qui personnifiez tous les Tathâgata de diamant)

MA ME MUNCA (Ne m'abandonnez pas)

VAJRI BHAVA (Accordez-moi la réalisation de la nature de vajra)

MAHÂSAMAYASATVA (Grand Être du Samaya)

Â (Faites-moi un avec vous) [2].

Pour l'autoguérison, la pratique de Vajrasattva est des plus importantes. Dans ce cas, il est recommandé de visualiser Vajrasattva blanc brillant au-dessus de soi et d'imaginer que pendant que l'on récite les Cent Syllabes, un flot d'ambroisie lumineuse s'écoule de Vajrasattva, pénètre par le sommet de la tête et emplit progressivement le corps entier en commençant par le haut. Cette ambroisie draine les impuretés, les émotions conflictuelles, le karma négatif, les blocages, les maladies et les entraîne vers le bas. La terre s'ouvre pour l'accueillir. Tout au fond de la faille, ceux envers qui nous avons des dettes karmiques reçoivent, en réparation, ce nectar. Finalement, quand tout est purifié, notre corps devient cristallin et lumineux, et Vajrasattva se fond en nous, indifférencié de notre véritable nature. Une fois devenu nous-mêmes Vajrasattva, nous pouvons réciter son mantra court, OM VAJRA SATTVA HÛM, en émettant des rayons lumineux qui purifient l'environnement et guérissent ceux qui en ont besoin. Cette pratique simple peut être faite par tous, à la seule condition d'en avoir

2. Les Tibétains prononcent généralement ce mantra ainsi, avec les coupures de rythme : OM BENZER SATTO SAMAYA/MANUPALAYA/BENZER SATTO TENOPA/TISHTHA DRITO ME BHAVA/SOUTOKAYO ME BHAVA/SOUPOKAYO ME BHAVA/ANOURAKTO ME BHAVA/SARVA SIDDHI ME PRAYATCHA/SARVA KARMA SOUTSA ME/TSITTAM SHRI YANG KOUROU/HOUNG HA HA HA HA HO/BHAGAVAN SARVA TATHAGATA/BENZER MA ME MOUNTSA/BENZRI BHAVA/MAHA SAMAYASATTO AH.

reçu la lecture d'un pratiquant. Elle ne nécessite pas de transmission de pouvoir et est incluse dans les préliminaires tantriques classiques.

Déités et archétypes

Dans le *Bakchak rangdröl*, le yogi se visualise immédiatement et instantanément sous la forme de Vajrasattva, selon la méthode directe de l'Anuyoga. Une fois établi dans cette dimension pure, il se concentre sur le mandala interne des Paisibles et Courroucés. Le but principal de cette pratique consiste en un entraînement à la visualisation de chacune des déités, pour une familiarisation qui est en même temps purificatrice et d'une grande utilité après la mort.

On peut se demander si les cent Déités paisibles et courroucées, telles qu'elles sont décrites dans les textes tantriques et Dzogchen, apparaissent à tous les êtres après leur mort, quelle que soit leur culture d'origine. La réponse se doit d'être circonstanciée. Si l'on dit que ces cent Déités personnifient les énergies d'éveil du tathâgatagarbha qui demeure chez tous les êtres sensibles, il faut admettre leur présence chez tous, mais rien ne nous dit sous quelle forme elles se manifestent. La forme sous laquelle elles sont décrites traditionnellement est certes un peu connotée culturellement, mais pas tant que cela. Leur couleur, reflet de leur qualité énergétique pure, leur aspect et leurs symboles peuvent prétendre à l'universalité. Seuls quelques attributs vestimentaires et le style de représentation traditionnelle sont à proprement parler orientaux. Il s'agit, ne l'oublions pas, de formes pures surgies de la vacuité, qui participent essentiellement du Corps de jouissance et du Corps d'apparition naturel. L'une des caractéristiques du Corps de jouissance est la richesse des qualités éveillées et leur capacité à se manifester sous de multiples formes. Ces formes variées sont perçues par les grands méditants qui en rapportent ensuite la description pour les êtres humains qui vont méditer dessus. Selon Namkhaï Norbu Rinpoché, quand une déité est figurée avec une tête taurine, par exemple, cela ne signifie pas que la déité ait réellement une tête de taureau en tant que telle, mais que sa forme s'en rapproche suffisamment pour qu'on la décrive aux hommes comme telle. On peut également parler de formes archétypales, car, selon les travaux de C. G. Jung, il est évident que les formes des déités sont perçues selon les critères archétypaux de l'inconscient collectif. Si nous avons tous un fond d'images symboliques archétypales en nous, les manifestations de nos énergies les plus intimes prendront la forme de ces images universelles.

Beaucoup ont été frappés, à propos de certaines déités courroucées féminines à tête d'animal, de leur ressemblance avec des divinités égyptiennes. Même lorsque le contexte culturel est différent, un certain nombre d'images et de symboles reviennent comme un leitmotiv.

Il existe encore un autre élément, moins connu. Beaucoup de maîtres reconnaissent que, si l'on n'a pas reçu la transmission de pouvoir et le sâdhana d'une déité ou d'un groupe de déités comme les Paisibles et Courroucés, il est impossible d'en percevoir les manifestations telles qu'elles sont décrites traditionnellement. Autrement dit, pour les contempler, il est nécessaire d'avoir été mis en contact préalablement avec ces énergies intimes et aussi de s'être familiarisé à les visualiser et à réciter leurs mantras. Ainsi, les visualisations et récitations de mantras orientent ces énergies d'éveil universelles en des manifestations bien définies. Traditionnellement, il est dit que la transmission de pouvoir « plante la graine » de la réalisation et que la pratique tantrique « fait mûrir » les accomplissements. Il s'agit bien de cela, car on ne peut pas faire grand-chose d'énergies informelles ou non stabilisées. Il en est ainsi du bardo de la réalité absolue, période où les Déités paisibles et courroucées sont censées apparaître au défunt : en réalité, seuls les yogis qui ont pratiqué le thögal et se sont familiarisés avec les visions de déités, comme ceux qui sont experts dans les pratiques de visualisation du kyérim, sont capables de percevoir les formes divines et de s'unir à elles. Les êtres ordinaires perçoivent tout au plus des sons, des lumières, des couleurs éblouissantes dont ils ne supportent pas la vue, et qui passent à la vitesse d'un éclair. Ils n'ont aucune chance d'en réaliser la nature véritable.

Le but de la pratique est moins d'atteindre un état éveillé que de provoquer sa reconnaissance effective, puisque seule l'ignorance nous voile la nature de bouddha qui gît en nous. Les déités du mandala ne sont rien d'autre que les aspects manifestes de cette nature. Dans le bardo de la réalité, le défunt, libéré des contraintes du corps, voit surgir « devant lui » ce déploiement du mandala intérieur. S'il opère la reconnaissance des déités, il réalise du même coup qu'il s'agit de sa propre nature éveillée en manifestation. S'il se détend dans cet état de reconnaissance, il s'unit aux formes divines, ce qui revient à réaliser rigpa.

Les étapes du sâdhana du Bakchak rangdröl

Tout sâdhana comprend trois parties : une phase préliminaire, le corps principal de la pratique et la conclusion avec la dédicace.

La phase préliminaire

Ici, la phase préliminaire est classique. Elle débute par un hommage à Samantabhadra, le bouddha primordial, dont les Paisibles et Courroucés sont l'émanation. Elle se poursuit par la prise de refuge caractéristique de toute pratique bouddhiste, refuge dont l'objet principal est le mandala des Paisibles et Courroucés. Dans la prise de refuge, le pratiquant met sa confiance dans les bouddhas, dans la pratique et dans le but ultime de l'atteinte de l'éveil. Simultanément, il engendre la compassion pour tous ceux qui souffrent.

Suit une prière en dix branches ou sections, qui est une extension de la classique prière en sept branches de l'accumulation de mérites. Ce type de pratique préliminaire est écrit dans le style des tantras externes, notamment du Kriyayoga. Il s'agit de convoquer les déités devant soi. Pour cela, on les invite comme des hôtes de marque, on les prie de siéger, on fait des prosternations puis des offrandes. Puis l'on se confesse en leur présence de tous nos actes négatifs, on se réjouit de tous les mérites accumulés dans le passé, le présent et de ceux à venir, on leur fait la requête d'enseigner, de ne pas s'évanouir dans le nirvâna mais de continuer à œuvrer pour les êtres sensibles, et finalement l'on dédie le mérite accumulé au bien de tous les êtres.

L'accumulation de mérites ou « actes vertueux » dégage une

somme de positivité qui facilite la progression spirituelle ultérieure. L'accumulation de Sagesse, qui constitue ici le corps principal du sâdhana, purifie, clarifie et éveille l'esprit. Le tantrisme ne conçoit pas de pratiquer l'une sans l'autre : les deux accumulations sont comme deux ailes nécessaires à l'envol.

La partie principale

Elle débute par le mantra des Paisibles et celui des Courroucés, placés ici comme un rappel de la présence spontanée de rigpa.

Le mantra des Déités Paisibles, OM ÂH HÛM BODHICITTA MAHÂSUKHA JNÂNADHÂTU ÂH, s'explique ainsi : OM ÂH HÛM sont les trois syllabes du Corps, du Verbe et de l'Esprit de tous les bouddhas. BODHICITTA est l'esprit d'éveil, rigpa ; MAHÂSUKHA signifie « grande félicité », JNÂNADHÂTU est l'espace de la Sagesse, ÂH...

Celui des Courroucés est OM RULU RULU HÛM BHYO HÛM, où le son RULU est celui de la réalité absolue ou dharmata ; HÛM est la syllabe des Courroucés masculins et BHYO celle des Courroucées.

Instantanément, le yogi fait surgir son rigpa vide et lumineux et assume l'apparence de Vajrasattva. Ce dernier est décrit sous sa forme blanche habituelle, le blanc immaculé étant le symbole de la pureté inaltérable. Il porte un vajra dans la main droite, devant son cœur, ce qui symbolise rigpa dans son aspect de pureté primordiale. Dans sa main gauche, il tient une cloche, symbole féminin des apparences vides. Sa tiare comprend les cinq bouddhas des cinq familles, ce qui signifie qu'il est le chef du mandala entier. Dans le cœur de la déité se trouve une syllabe HÛM verticale, entourée de la guirlande du mantra des cent syllabes.

Le yogi récite alors le mantra. Il accomplit *trodou*, l'émission de rayons lumineux qui jaillissent du mantra, se répandent dans l'univers, purifient l'ensemble des êtres et des manifestations et viennent ensuite se réabsorber dans son cœur, chargés des bénédictions des bouddhas.

Il procède alors à l'évocation et à la visualisation du mandala des Paisibles et Courroucés à l'intérieur de son Corps adamantin.

La pratique décrit d'abord le mandala des Paisibles dans le cœur, puis celui des Vidyâdharas à la gorge et enfin celui des Courroucés dans la tête. Pour chacun de ces niveaux, chaque déité est présentée en son lieu, dans le corps du yogi. Quand le mandala entier a défilé, un texte de prière rappelle qu'à la mort les déités s'extériorisent et se manifestent devant le défunt. Vient ensuite une supplique aux déités afin qu'elles conduisent l'esprit vers l'éveil, en lui évitant des renaissances douloureuses dans le samsâra. Bien que le style soit celui d'une prière d'appel, il ne faut pas oublier qu'il s'agit en vérité de reconnaître dans les déités la manifestation de la créativité de notre propre rigpa.

La conclusion

La conclusion est brève. Elle est constituée d'une prière de souhait, *mönlam*, qui pourrait être accompagnée d'autres prières de même type, comme celles qui accompagnent le *bardo thödröl*. Enfin, comme toute pratique, elle doit être achevée par une dédicace des mérites à tous les êtres, dédicace qui ne figure pas dans le texte mais doit être ajoutée.

Le mandala des Paisibles

Situé au niveau du cœur, dans la *citadelle des joyaux*, le mandala des Déités paisibles apparaît sous la forme d'un disque lumineux ou thiglé des cinq couleurs, où se déploient les formes des bouddhas. L'un des tantras du *Khandro Nyingthik* précise :

> Dans leur aspect essentiel, ce sont des corps ténus, à peine de la taille de graines, et dans leur aspect de Sagesse, elles se présentent comme autant de petites lampes [3].

Les Déités paisibles correspondent à l'état de quiétude de l'esprit, les Courroucés représentant plutôt l'aspect de mouvement de l'esprit. Manifestations des cinq Sagesses de rigpa, les déités jaillissent toutes du couple primordial Samantabhadra-Samantabhadrî.

Pour expliquer la signification des déités, j'ai utilisé essen-

---

3. Cf. *mkha'-'gro snying-thig* : '*bras-bu yongs-rdzogs rgyud-kyi tika gsal-byed dri-med snying-po*.

tiellement un autre texte du cycle, le *Gya tchak dikdrip rang-dröl*, « L'Hommage aux cent, qui libère spontanément actes négatifs et obscurcissements ».

Samantabhadra personnifie le Corps absolu de tous les bouddhas. On l'appelle « le père de tous les bouddhas », parce que tous en proviennent. Bien que n'ayant en réalité aucune forme, il est représenté nu, parce que sans élaborations ni ornements, et bleu comme le ciel, cette couleur étant symbole de profondeur, d'espace et d'immuabilité.

Il est en union avec Samantabhadrî, « la mère qui engendre tous les bouddhas des trois temps ». Celle-ci est blanche comme le cristal, étant la pureté immaculée de tous les phénomènes. Elle est la personnification de l'espace absolu où se déploie le jeu phénoménal.

Il en jaillit les bouddhas des cinq familles. Les cinq bouddhas principaux sont l'aspect pur des cinq agrégats du « moi ». Leurs cinq épouses sont l'aspect pur des cinq éléments. Au centre, représentant la famille Bouddha, Vairocana, la forme, est uni à Dhâtishvarî, l'élément Espace. Aux quatre points cardinaux sont répartis les quatre autres bouddhas unis à leur épouse et flanqués chacun de deux bodhisattvas masculins et de deux bodhisattvas féminins. Les huit bodhisattvas masculins symbolisent les huit consciences. Les huit bodhisattvas féminins sont les huit déesses d'offrandes qui personnifient les cinq objets des sens et les trois temps.

Dans les quatre directions se trouvent les quatre portes du mandala, gardées par les quatre gardiens unis aux quatre gardiennes des portes. Essentiellement, les quatre gardiens personnifient la purification des vues fausses, tandis que les quatre gardiennes sont les quatre incommensurables, les quatre aspects de la compassion.

Cet ensemble comprend en tout trente-six déités, qui sont toutes dans le cœur. Les six dernières déités se répartissent le long de l'axe vertical du canal central, du sommet de la tête au lieu secret, la dernière d'entre elles étant située à la plante des pieds. Ce sont les six Sages ou Munis qui personnifient la purification des six destinées du samsâra. Ils sont localisés en des lieux du corps subtil où s'accumulent les propensions karmiques des diverses renaissances.

Bouddha	**Direction**	**Couleur**	**Attributs**	**Agrégat**	**Famille**	**Sagesse**	**Épouse**

Tableau 1. Les cinq bouddhas et leurs épouses

Bouddha	Direction	Couleur	Attributs	Agrégat	Famille	Sagesse	Épouse
Vairocana	Centre	Blanc	roue + cloche	forme	Bouddha	Espace absolu	Dhvâtish-varî (Espace)
Vajrasattva	Est	Bleu	vajra + cloche	conscience	Vajra	Semblable au miroir	Buddha-locanâ (Terre)*
Ratnasam-bhava	Sud	Jaune	joyau + cloche	sensation	Ratna	Égalité	Mamakî (Eau)*
Amitâbha	Ouest	Rouge	lotus + cloche	perception	Padma	Discerne-ment	Pandara-vâsinî (Feu)
Amogha-siddhi	Nord	Vert	double-vajra + cloche	formations karmiques	Karma	Tout-Accom-plissante	Samayatârâ (Air)

Tableau 2. Les huit bodhisattvas masculins

Bodhisattva	Direction	Couleur	Attributs	Conscience	Accompagnant
Kshitigarbha	Est	Blanc	jeune pousse + cloche	conscience de l'œil	Vajrasattva
Maitreya	Est	Blanc	arbre aux nâgâ + cloche	conscience de l'ouïe	Vajrasattva
Samantabhadra	Sud	Jaune	épis + cloche	conscience olfactive	Ratnasambhava
Akashagarbha	Sud	Jaune	épée + cloche	conscience du goût	Ratnasambhava
Avalokiteshvara	Ouest	Rouge	lotus + cloche	conscience du toucher	Amitâbha
Mañjushrí	Ouest	Rouge	épée + cloche	conscience mentale	Amitâbha
Nivarana-vimshkambhin	Nord	Vert	livre + cloche	conscience base-de-tout	Amoghasiddhi
Vajrapâni	Nord	Vert	vajra + cloche	conscience mentale entachée de passions	Amoghasiddhi

206

Tableau 3. Les huit bodhisattvas féminins

Déesse	Direction	Couleur	Attributs	Objet des sens	Accompagnant
Lâsyâ	Est	Blanche	miroir + cloche	formes	Vajrasattva
Pushpâ	Est	Blanche	fleur	concept de « passé »	Vajrasattva
Malyâ	Sud	Jaune	rosaire	concept de phénomènes composés	Ratnasambhava
Dhupâ	Sud	Jaune	coupe d'encens	odeurs	Ratnasambhava
Ghirtî	Ouest	Rouge	roue	sons	Amitâbha
Alokâ	Ouest	Rouge	lampe	concept de « futur »	Amitâbha
Gandhe	Nord	Verte	conque	concept de « présent »	Amoghasiddhi
Nirtî	Nord	Verte	nourriture	goûts	Amoghasiddhi

Porte	Gardien	Gardienne	Couleur	Vue fausse purifiée	4 Incommensurables
Est	Vijaya		Blanc	Éternalisme	
Est		Angkushâ (« crochet »)	Blanche		Compassion
Sud	Yama		Jaune	Nihilisme	
Sud		Pâshâ (« lasso »)	Jaune		Amour
Ouest	Hayagrîva		Rouge	Vue du « moi »	
Ouest		Shringkhalâ (« chaîne »)	Rouge		Joie
Nord	Amrita		Vert	Attachement aux caractéristiques	
Nord		Ghantâ (« cloche »)	Verte		Équanimité

Tableau 4. Les quatre Gardiens et les quatre Gardiennes des portes

Tableau 5. Les six Munis ou Sages des six destinées					
Muni	Lieu	Couleur	Attribut	Destinée purifiée
Indra	Roue du sommet de la tête	Blanc	piwang (instrument à cordes)	monde des dieux (orgueil)
Vemacitra	Roue à la racine de la gorge	Vert	Armure	monde des asuras (jalousie)
Shâkyamuni	Roue du cœur	Jaune	bol à aumônes	monde humain (désir)
Dhruvasimha	Roue de l'ombilic	Bleu	livre	monde animal (stupidité)
Jvâlamukha	Roue du lieu secret	Rouge	caissette de joyaux	monde des esprits avides (avarice)
Dharmarâja	Roue de la plante des pieds	Noir	eau ignée	mondes infernaux (colère/haine)

A présent, le mandala des Paisibles est au complet, comprenant quarante-deux déités en tout.

Le mandala des Vidyâdharas

Situé dans le chakra de la gorge, « la roue de jouissance », intermédiaire entre le mandala des Paisibles et celui des Courroucés, le mandala des Vidyâdharas n'est pas compté dans les « cent Déités ». Vidyâdhara, *rigdzin* en tibétain, signifie « détenteur de rigpa ». Nous avons vu que les Paisibles sont reliés au calme mental et à l'expérience de non-discursivité, tandis que les Courroucés sont liés au mouvement et à la clarté. Les Vidyâdharas correspondent à l'énergie du verbe, qui relie corps et esprit, et à l'expérience de félicité. Leur forme est semi-paisible, semi-courroucée, ce que l'on nomme parfois « forme joyeuse ». Ils symbolisent également le maître en tant que détenteur de rigpa dans la tradition du tantrisme. Dans l'école ancienne, on admet quatre sortes de Vidyâdharas, qui personnifient quatre niveaux d'accomplissement : *nammin rigdzin*, « le Vidyâdhara pleinement mûri », *tséwang rigdzin*, « le Vidyâdhara qui a pouvoir sur la vie », *tchakchen rigdzin*, « le Vidyâdhara du Grand Symbole », et *lhundroup rigdzin*, « le Vidyâdhara de présence spontanée ». Dans le mandala, on trouve une cinquième sorte de Vidyâdhara, « le Vidyâdhara établi dans les terres », c'est-à-dire dans les dix terres que gravissent les bodhisattvas jusqu'à l'éveil. Dans le mandala de la Gorge sont donc décrits cinq Vidyâdharas en union avec les cinq Dâkinîs des cinq Familles de Bouddhas. Les Dâkinîs, « celles qui se meuvent dans l'espace », sont l'aspect féminin de l'éveil.

210

Vidyâdhara	Direction	Couleur	Attributs	Dâkinî
Pleinement mûri	Rayon central de la roue	Quinticolore	hachoir + coupe crânienne	Dâkinî de Sagesse rouge
Établi dans les Terres	rayon est	Blanc	hachoir + coupe crânienne	Dâkinî blanche
Qui a Pouvoir sur la Vie	rayon sud	Jaune	hachoir + coupe crânienne	Dâkinî jaune
Grand Symbole	rayon ouest	Rouge	hachoir + coupe crânienne	Dâkinî rouge
Spontanément Accompli	rayon nord	Vert	hachoir + coupe crânienne	Dâkinî verte

Tableau 6. Le mandala des Vidyâdharas dans le chakra de la gorge

Le mandala des Courroucés

Les Déités courroucées sont l'expression du dynamisme des cinq Sagesses. Autrement dit, elles jaillissent des Paisibles et se déploient dans la tête, dans ce que l'on nomme le « Palais de conque du cerveau ». Puisqu'elles sont la manifestation dynamique de l'énergie de créativité – ou *tsel* – des Sagesses, on les qualifie encore de « reflet de la Sagesse des Paisibles ». Dans le tantra du *Khandro nyingthik*, il est dit :

> De par l'énergie créatrice [des Paisibles] apparaissent les formes des cinquante-huit Buveurs de sang dans la citadelle du Palais de conque du cerveau. Là, parées de la luminosité propre aux cinq Sagesses, elles se présentent comme autant de lampes, sous la forme de petits corps semblables à des graines.
> Selon le *Longsel :* « A l'intérieur du cœur résident les déités à l'aspect paisible, unies à leurs épouses, et dans le Palais de conque, les déités à l'aspect courroucé. » De telles localisations ne sont pas le produit de spéculations. Omniprésentes depuis l'origine, elles se manifestent comme la clarté naturelle [4].

Les Déités courroucées se déploient en plusieurs groupes répartis dans le Palais de conque. Le « noyau » du mandala est constitué des cinq Herukas unis à leurs épouses, les Krodhîshvarî, tous jaillis du Heruka primordial, le « Heruka Suprêmement Grand », qui n'est autre que Samantabhadra. Ce sont les aspects terribles des cinq bouddhas paisibles et de leurs épouses. Environnés de flammes, les Herukas ont trois têtes, six bras et quatre jambes. Ils ont des ailes de diamant acérées et sont couronnés d'un diadème de crâne. Ils portent les ornements macabres ou parures des charniers. Leurs épouses s'unissent passionnément à eux, la jambe gauche repliée enlaçant leur taille et le bras droit autour de leur cou. De la main gauche, elles leur présentent une coupe crânienne emplie de sang, qui n'est autre que celui du « moi » illusoire. C'est pour-

---

4. Cf. *mkha'-'gro snying-thig : 'bras-bu yongs-rdzogs rgyud-kyi tika gsal-byed dri-med snying-po.*

Heruka	Direction	Couleur	Têtes D – C – G	Attributs D (h, m, b) G (h, m, b)	Épouse	Paisible correspondant
						Tableau 7. Les six Herukas et leurs épouses
Heruka suprêmement grand	Centre	Marron foncé	Blanc Marron Rouge	(vajra, trident, tambourin) (cloche, coupe crâne, lacet)	Krodhîshvarî	Samantabhadra
Buddhaheruka	Centre	Lie-de-vin	Blanc Lie-de-vin Rouge	(roue, hache, épée) (cloche, soc, coupe crâne)	Buddhakrodhîshvarî	Vairocana
Vajraheruka	Est	Bleu sombre	Blanc Bleu Rouge	(vajra, coupe crâne, hache) (cloche, coupe crâne, soc)	Vajrakrodhîshvarî	Vajrasattva

Ratnaheruka	Sud	Jaune foncé	Blanc / Jaune foncé / Rouge	(joyau, khatamka, massue) (cloche, crâne, trident)	Ratnakrodhî-shvarî	Ratna-sambhava
Padmaheruka	Ouest	Rouge foncé	Blanc / Rouge foncé / Bleu	(lotus, khatamka, bâton) (cloche, coupe crânienne, tambourin)	Padmakrodhî-shvarî	Amitâbha
Karmaheruka	Nord	Vert foncé	Blanc / Vert foncé / Rouge	(épée, khatamka, bâton) (cloche, coupe crânienne, soc charrue)	Karmakrodhî-shvarî	Amogha-siddhi

quoi l'on nomme également les Herukas « Buveurs de sang ».

Les Herukas se trouvent au centre du Palais de conque, orientés selon les quatre directions. En s'éloignant progressivement du centre du mandala vers la périphérie vont se répartir en cercles concentriques, différents groupes de déités courroucées féminines situées dans les quatre directions cardinales et dans les quatre directions intermédiaires.

Le premier groupe de huit déités est celui des Gaurî. Le second groupe est celui des huit Pishacî à têtes d'animaux.

Vient ensuite celui des quatre gardiennes des portes, qui portent le même nom que dans le mandala des Paisibles, mais sont dotées à présent de têtes animales.

Puis, dans quatre canaux situés à la périphérie du Palais de conque sont répartis quatre groupes de six Yoginîs, chacun des groupes représentant une des quatre activités : apaisement, accroissement, magnétisation et subjugation.

Enfin, aux portes extérieures du palais se trouvent quatre autres gardiennes des portes.

En omettant le couple primordial du Heruka Suprêmement Grand et de son épouse, Krodhîshvarî, il y a bien cinquante-huit Déités courroucées dans ce mandala.

Il est bon de rappeler ici que la profusion d'attributs macabres des Courroucés, ainsi que leur nom générique de « Buveurs de sang », ne doivent ni choquer ni incliner à quelque morbidité. Les Courroucés sont des manifestations terribles parce qu'elles correspondent à de puissantes émotions. Leur symbolisme est lié à la transmutation de nos terreurs et répulsions instinctives, et non à une complaisance dans l'horreur.

Tableau 8. Les huit Gaurî

Gaurî	Direction	Couleur	Attributs D/G
Gaurî	Est	Blanche	Cadavre-massue-coupe crânienne
Caurîmatrika	Sud	Jaune	Arc et flèche
Pramoha	Ouest	Rouge	Bannière victoire de makara
Vetalî	Nord	Noire	Vajra et coupe crâne
Pukkasî	Sud-Est	Orangée	Dévore entrailles
Ghasmarî	Sud-Ouest	Vert foncé	Vajra remuant sang dans coupe crânienne
Candhalî	Nord-Ouest	Jaune pâle	Cœur et cadavre qu'elle dévore
Shmashanî	Nord-Est	Bleu foncé	Sépare la tête d'un cadavre

Tableau 9. Les huit Pishacî

Pishacî	Direction	Couleur	Tête	Attributs
Simhamukhâ	Est	Marron	Lionne	Cadavre en bouche
Vyaghrimukhâ	Sud	Rouge	Tigresse	Bras croisés
Srigalamukhâ	Ouest	Noire	Renarde	Dévore entrailles
Shvanamukhâ	Sud	Bleu foncé	Louve	Déchire cadavre
Gridhramukhâ	Sud-Est	Jaune paille	Vautour	Cadavre sur l'épaule
Kangkamukhâ	Sud-Ouest	Rouge foncé	Milan	Porte grand cadavre
Kakamukhâ	Nord-Ouest	Noire	Corbeau	Brandit coupe crâne et lame courbe
Ulumukhâ	Nord-Est	Bleu clair	Hibou	Vajra

217

Gardienne	Direction	Couleur	Tête	Attributs
Angkushâ	Est	Blanche	Tigresse	Crochet et coupe crânienne
Pâshâ	Sud	Jaune	Truie	Lasso et coupe crânienne
Shringkhalâ	Ouest	Rouge	Lionne	Chaîne et coupe crânienne
Ghantâ	Nord	Verte	Serpentine	Cloche et coupe crânienne

Tableau 10. Les quatre Gardiennes des portes du Palais de conque

Tableau 11. Les six Yoginîs du canal périphérique oriental

Yoginî	Activité	Couleur	Tête	Attributs
Rakshasî	Apaisement	Blanche	Yak	Vajra
Brâhmî	Apaisement	Jaune paille	Serpent	Lotus
Mahâdevî	Apaisement	Vert pâle	Panthère	Trident
Lobhâ	Apaisement	Bleu pâle	Singe	Roue
Kumarî	Apaisement	Rose	Ours féroce	Courte lance
Indrânî	Apaisement	Blanche	Ours brun	Lacet d'entrailles

	Tableau 12. Les six Yoginîs du canal périphérique méridional				
Yoginî	**Activité**	**Couleur**	**Tête**	**Attributs**	
Vajra	Accroissement	Jaune	Truie	Rasoir	
Shântî	Accroissement	Orangée	Makara	Vase	
Amritâ	Accroissement	Orangée	Scorpion	Lotus	
Candrâ	Accroissement	Jaune pâle	Faucon	Vajra	
Dandâ	Accroissement	Vert jaune	Renarde	Bâton	
Râkshasî	Accroissement	Jaune foncé	Tigresse	Coupe crânienne emplie de sang	

Tableau 13. Les six Yoginîs du canal périphérique occidental

Yoginî	Activité	Couleur	Tête	Attributs
Bhakshinî	Magnétisation	Rouge et verte	Vautour	Massue
Ratî	Magnétisation	Rouge	Jument	Grand tronc humain
Mahâbalâ	Magnétisation	Rouge pâle	Garuda	Bâton
Râkshasî	Magnétisation	Rouge pâle	Chienne	Vajra
Kâmâ	Magnétisation	Rouge	Huppe	Arc et flèche
Vasurakshâ	Magnétisation	Rouge et verte	Cerf	Vase

221

Tableau 14. Les six Yoginîs du canal périphérique septentrional

Yoginî	Activité	Couleur	Tête	Attributs
Vâyudevî	Subjugation	Vert bleuté	Louve	Étendard
Nârî	Subjugation	Verte et rouge	Chienne	Pieu
Vârâhî	Subjugation	Vert sombre	Truie	Lasso de dents enfilées
Nandâ	Subjugation	Verte et rouge	Corbeau	Peau d'enfant
Mahâhastinî	Subjugation	Vert sombre	Éléphant	Grand cadavre
Varunadevî	Subjugation	Vert bleuté	Serpent	Nœud coulant de serpents

Tableau 15. Les quatre Gardiennes des portes externes

Gardienne	Porte	Attributs
La Blanche à tête de coucou	Orientale	Crochet
La Jaune à tête de chèvre	Méridionale	Nœud coulant
La Rouge à tête de lion	Occidentale	Chaîne en fer
La Verte à tête de serpent	Septentrionale	Cloche

Telles sont les cinquante-huit Déités Courroucées, ou soixante si l'on compte parmi elles le Suprêmement Grand Heruka.

Pour conclure, il faut signaler que l'ordre d'apparition des Déités paisibles et courroucées, tel qu'il est indiqué dans cette pratique, suit point par point celui du *bardo thödröl*, « Le Livre des morts », qui appartient au même cycle. Il s'agit en effet d'une pratique d'entraînement et de familiarisation à ces manifestations, afin qu'après la mort le yogi soit à même de les reconnaître.

Les pratiques des Paisibles et des Courroucés font le lien entre les pratiques du Mahâyoga ou de l'Anuyoga et celles de *thögal* dans le Dzogchen. Mais, alors que dans le tantrisme il faut s'entraîner à visualiser ces Déités qui personnifient le tathâgatagarbha en nous, elles apparaissent spontanément au sein des visions dans la pratique de *thögal* ou de l'obscurité, sans aucun effort artificiel de notre part, hormis le fait d'en avoir reçu la transmission de pouvoir auparavant.

Dans le cadre des enseignements *Men ngak dé* reliés au *thögal*, le bardo de la réalité absolue est présenté comme le simple prolongement cohérent et logique des visions du *thögal* expérimentées durant la vie. Il y est décrit d'une manière sensiblement différente à celle du *Karling Shitro*. Ainsi, avec la vision de la claire luminosité qui clôt les phases dissolutoires du premier bardo de la mort, le bardo de la réalité absolue se lève. On explique alors que ce sont tout d'abord les Courroucés qui apparaissent, suivis, dans la phase suivante, des Paisibles. A la fin du processus apparaissent les déités toutes ensemble. Cette façon de voir est celle des dix-sept tantras du *Dzogchen Men ngak dé*, de Longchenpa, de Jigmé Lingpa et de Tselé Natsok Rangdröl [5].

---

5. Cf. Tsele Natsok Rangdröl, *The Mirror of Mindfulness*, Shambhala, 1989, p. 50-52, et aussi Sogyal Rinpoché, *Le Livre tibétain de la vie et de la mort*, « Les quatre phases de la Dharmata », p. 360-365, Paris, La Table ronde, 1993.

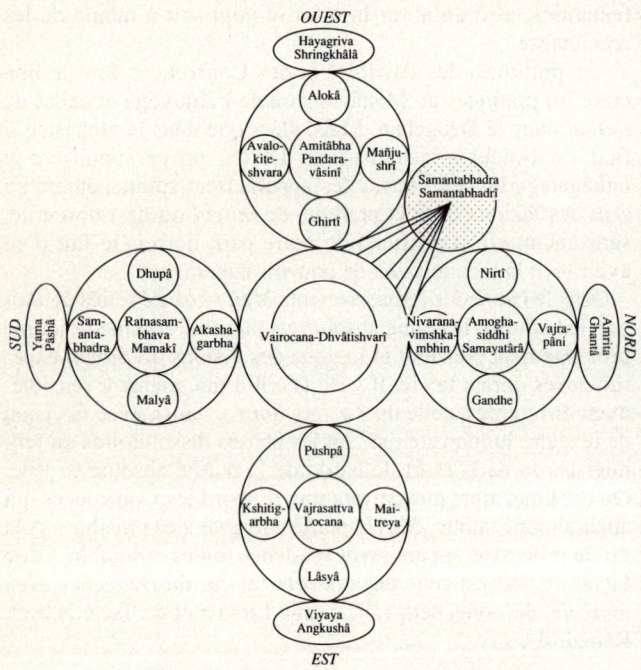

OUEST

Hayagriva
Shringkhâlâ

Alokâ

Avalo-
kite-
shvara

Amitâbha
Pandara-
vâsinî

Mañju-
shrî

Samantabhadra
Samantabhadrî

Ghirtî

SUD

Yama
Pâshâ

Dhupâ

Sam-
anta-
bhadra

Ratnasam-
bhava
Mamakî

Akasha-
garbha

Malyâ

Vairocana-Dhvâtishvarî

Nirtî

Nivarana-
vimshka-
mbhin

Amogha-
siddhi
Samayatârâ

Vajra-
pâni

Gandhe

Amrita
Ghantâ

NORD

Pushpâ

Kshitig-
arbha

Vajrasattva
Locana

Mai-
treya

Lâsyâ

Viyaya
Angkushâ

EST

Le mandala des Paisibles dans le cœur

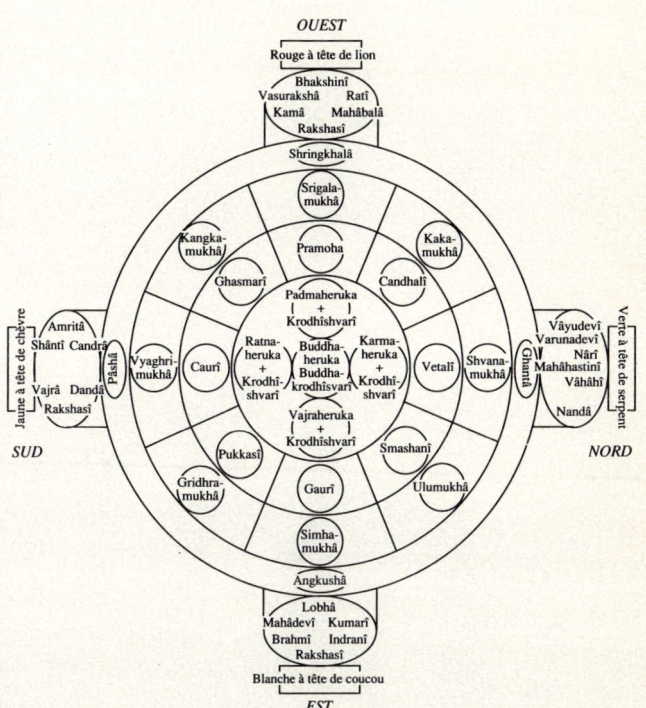

Le mandala des Courroucés

La pratique quotidienne qui libère spontanément des tendances karmiques

selon le Profond Dharma de l'Esprit de Sagesse des Paisibles et Courroucés qui libère spontanément

Préliminaires

Hommage

A Samantabhadra, au Grand Suprême, aux Déités Paisibles et
  Courroucées,
A l'Assemblée qui réunit les cent éminentes familles,
Je rends hommage respectueusement afin qu'après avoir déli-
  vré tous les êtres du bardo,
Vous les établissiez dans le Triple Corps !

*Êtres fortunés au bon karma et pleins de foi, vous méditerez
et réciterez cette pratique quotidienne extrêmement claire qui
réunit les Paisibles et les Courroucés, sans jamais l'oublier
dans les trois temps* [6].
  *Pour commencer, voici les dix branches de l'accumulation :
les objets du refuge sont le Triple Joyau et les Cent Déités, que
vous visualiserez dans le ciel devant vous. Dites alors :*

---

6. C'est-à-dire ne pas en oublier le souvenir (passé), ne pas oublier de pratiquer au quotidien (présent) et ne pas oublier qu'elle prépare à la mort et à la
libération (futur).

Le refuge

Aux confins du ciel sont d'infinis Champs purs
Où résident les Sugatas, les Vainqueurs Paisibles et Courrou-
   cés innombrables,
Les Trois Précieux Joyaux rares et sublimes, les déités Yidam
Et l'océan des dâkinîs accompagnées de l'assemblée des Pro-
   tecteurs assermentés.
Dès maintenant et jusqu'à ce que j'atteigne l'éveil,
Je prends refuge en eux avec respect, sans jamais m'en séparer.

L'invitation

Dans l'immensité infinie de l'espace absolu
Résident, innombrables, les Corps d'apparition de la connais-
   sance, des moyens et de la compassion,
Les Paisibles et les Courroucés des dix directions et des quatre
   temps.
Afin d'œuvrer au bienfait des êtres, venez en ce lieu, je vous prie !

La requête de siéger

Dans ce mandala de la Sagesse – l'absolue pureté primordiale
   du monde phénoménal –,
Sur des trônes de joyaux supportés par des lions et d'autres
   animaux,
Reposent des lotus avec soleil et lune, symboles respectifs des
   moyens, de la connaissance et de la pureté immaculée,
Veuillez y siéger, je vous prie, dans la grande joie illimitée !

Les prosternations

Au plus secret de la matrice de Samantabhadrî,
Samantabhadra jouit d'une félicité sans souillures.
Leur Sagesse se déploie en l'assemblée des Vainqueurs Pai-
   sibles et Courroucés
Unis à leurs épouses et accompagnés de leurs fils. A tous, je
   rends hommage !

Les offrandes

Océan des Vainqueurs, Sugatas Paisibles et Courroucés !
Incommensurables sont les offrandes extérieures, intérieures et
   secrètes,
Richesses matérielles et produites par l'imagination :
Je vous prie de les accepter comme une offrande pour le bien
   des êtres sensibles !

La confession des actes négatifs

Soumises au pouvoir des trois poisons depuis des temps immémoriaux,
Nos trois portes [7] véhiculent actes négatifs, voiles et propensions
   karmiques.
Toute cette accumulation est la cause des mauvaises destinées
   et du samsâra.
Conscient de sa complète nocivité, je m'en repens et vous en
   fais la confession en esprit et en paroles.

La réjouissance

L'espace absolu qui tout-embrasse est le champ de grande féli-
   cité du monde phénoménal.
Les activités pour le bien des êtres, les mérités et l'esprit d'éveil,
Tous les mérites et la Sagesse produits dans le passé,
Je m'en réjouis dans une grande allégresse !

La requête de l'enseignement

Les maîtres des Champs purs des dix directions, aussi nombreux que les atomes,
Exaltent l'Esprit de Sagesse et les tantras pour le bien des êtres.

7. Les trois portes sont le corps, la parole et l'esprit, tous trois producteurs de
karma.

Je vous exhorte de mettre en mouvement la noble Roue du
   Dharma
Dont la mélodie emplit l'espace jusqu'en ses confins !

La requête aux bouddhas de ne pas passer en nirvâna

Aussi longtemps que le monde samsârique ne sera pas vidé,
Vous faites le bien de l'infinité des êtres :
Vous tous, maîtres pleinement éveillés sans limites,
Je vous en supplie, ne passez pas dans le nirvâna, mais demeu-
   rez ici !

La dédicace

Toutes les vertus que j'ai accumulées au cours des trois temps,
Je les dédie à tous les êtres jusqu'aux confins de l'espace.
En devenant des réceptacles pour le grand véhicule insurpas-
   sable,
Puissent-ils atteindre promptement le niveau de réalisation des
   Paisibles et des Courroucés infinis !

Partie principale

OM ÂH HÛM BODHICITTA MAHÂSUKHA JÑÂNADHATU
   ÂH

OM RULU RULU HÛM BHYO HÛM

Dans le Champ pur de l'espace absolu non né et parfaitement
   pur,
Au sein de la citadelle des disques de pure luminosité sans
   obstacle,
Sur un trône de joyaux, avec lotus, soleil et lune,
Mon propre esprit est sans artifices. De la créativité spontanée
   de la vacuité

Émerge mon propre rigpa vide et lumineux sous la forme de
Vajrasattva,
Blanc brillant, avec un visage, deux bras, dans une attitude
souriante.
Dans la main droite, je tiens sur mon cœur le vajra du rigpa-
vacuité,
Et dans la main gauche, je tiens la cloche des apparences-
vacuité contre mon corps.
Sur ma tête siègent les Sugatas, les parfaits bouddhas des cinq
familles.
Je suis paré des soieries et des joyaux du Corps de jouissance,
Dans une posture ludique, la jambe droite étendue, la gauche
repliée.
Dans mon cœur se trouve un vajra avec un HÛM entouré des
cent syllabes :

OM VAJRASATVA SAMAYAM ANUPALAYA
VAJRASATVA TVENOPRATISHTHA DHIDDHO ME BHAVA
SUTOSHYO ME BHAVA SUPOSHYO ME BHAVA
ANURAKTO ME BHAVA
SARVA SIDDHI ME PRAYACCHA
SARVA KARMA SUCA ME
CITTAM SHRÎ YAM KURU HÛM
HA HA HA HA HO
BHAGAVAN SARVA TATHÂGATA
VAJRA MA ME MUNCA VAJRI BHAVA
MAHÂSAMAYASATVA Â

*En faisant des émissions et des réabsorptions de rayons
lumineux qui accomplissent le double but[8], on purifiera
concepts et obscurcissements. Récitez cette quintessence des
cent Déités autant que vous le pourrez afin de purifier les deux
voiles[9]. Après cette purification des voiles obscurcissants,
vous prierez en visualisant au centre de votre corps les cent
Déités Paisibles et Courroucées. Vous ferez de la sorte la
prière d'aspiration de l'état intermédiaire...*

8. Le double but : pour son propre bien et celui d'autrui.
9. Les deux voiles : le voile émotionnel et le voile intellectuel.

Invocation des Déités paisibles

Je suis donc Vajrasattva,
Et dans la citadelle des joyaux de mon cœur
Apparaît le disque quinticolore des cinq lumières :
Dans ce mandala étincelant paré des cinq Sagesses,
Sur des trônes respectivement [soutenus par des] lions, des élé-
    phants, des chevaux, des paons
Et des oiseaux Shang-shang, sur les lotus surmontés d'un
    soleil et d'une lune,
Apparaissent les trente-six Bouddhas Paisibles,
Vides et lumineux, sans obstacles, dans des Corps des cinq
    couleurs.

OM ÂH HÛM

Dans l'espace interne du disque lumineux au centre du cœur,
Le Protecteur primordial « Lumière Immuable »,
Le Corps absolu Samantabhadra, bleu profond,
Et l'Espace absolu, Samantabhadrî, blanche,
Sont unis non duellement, jambes croisées, dans l'équanimité.
Vides et lumineux, ils reposent sur un siège de lotus avec soleil
    et lune ;
Grands ancêtres des bouddhas des trois temps,
Je vous rends hommage, vous fais des offrandes, prends refuge
    en vous et vous prie !
A ma mort, juste au moment de quitter ce corps,
Quand point la pure luminosité de la réalité absolue,
Puisse Samantabhadra venir à ma rencontre
Et Samantabhadrî me suivre !
Je vous prie de me mener à l'état indifférencié de Samanta-
    bhadra !

*Si l'on fait cette prière de vœux pour l'au-delà, on intégrera
un tel niveau après la mort.*

OM ÂH HÛM

Vairocana et Dhâtishvarî sont blancs brillants, en union,
Tenant roue et clochette, jambes croisées, vides et lumineux.

Seigneurs de la famille Bouddha du centre,
Je vous rends hommage, vous fais des offrandes, prends refuge
  en vous et vous prie !
A ma mort, juste au moment de quitter ce corps,
Tandis que se lèvent les apparences du bardo de la réalité,
Et que, sous l'emprise d'une ignorance intense, j'erre dans le
  samsâra,
Sur la voie lumineuse de la Sagesse de l'Espace absolu,
Puisse le vainqueur Vairocana me précéder
Et son épouse Dhâtishvarî me suivre !
Aidez-moi, je vous prie, à me libérer de l'étroite et terrible
  passe du bardo !
Portez-moi au niveau des bouddhas parfaitement accomplis !

OM ÂH HÛM

Sur le rayon à l'est du cœur,
Dans la dimension lumineuse de la Sagesse du Miroir,
Vajrasattva, bleu lumineux, est uni à Locanâ.
Vide et lumineux, il tient vajra et clochette et a les jambes croisées.
A sa droite, Kshitigarbha, blanc, tient une jeune pousse et une
  clochette,
A sa gauche, Maitreya, blanc, tient l'arbre aux nâgâs et une
  clochette,
Devant lui, Lâsyâ, blanche, porte un miroir et une clochette,
Et derrière lui, Pushpâ, blanche et jambes demi-croisées, tient
  une fleur :
Seigneur de la famille Vajra et ton entourage : à vous six
Je rends hommage, fais des offrandes ; en vous je prends refuge
  et vous prie !
A ma mort, au moment de quitter ce corps,
Tandis que se lèvent les perceptions du bardo de la réalité,
Et que, sous l'emprise d'une violente colère, j'erre dans le
  samsâra,
Sur la voie lumineuse de la Sagesse du Miroir,
Puisse le vainqueur Vajrasattva m'ouvrir la voie
Et son excellente épouse Buddhalocanâ me suivre !
Faites que je sois libéré de l'étroite et terrible passe du bardo !
Élevez-moi jusqu'au niveau des bouddhas parfaitement
  accomplis !

OM ÂH HÛM

Sur le rayon au sud du cœur,
Sur la voie lumineuse de la Sagesse de l'Égalité,
Ratnasambhava, jaune, est uni à Mamakî ;
Vide et lumineux, il tient un joyau et une clochette et se tient
    jambes croisées.
A sa droite, Samantabhadra, jaune, tient un épi et une clochette,
A sa gauche, Akashagarbha, jaune, tient une épée et une clochette,
Devant lui, Malyâ, jaune, les jambes à demi croisées, tient un
    rosaire.
Et derrière lui, Dhupâ, jaune, les jambes à demi croisées, tient
    une coupe d'encens.
Seigneur de la famille Ratna et ton entourage : à vous six
Je rends hommage, fais des offrandes ; en vous je prends refuge
    et vous prie !
A ma mort, au moment de quitter ce corps,
Tandis que se lèvent les perceptions du bardo de la réalité,
Et que, sous l'emprise d'un violent orgueil, j'erre dans le sam-
    sâra,
Sur la voie lumineuse de la Sagesse de l'Égalité,
Puisse le vainqueur Ratnasambhava m'ouvrir la voie
Et son excellente épouse Mamakî me suivre !
Faites que je sois libéré de l'étroite et terrible passe du bardo !
Élevez-moi jusqu'au niveau des bouddhas parfaitement accom-
    plis !

OM ÂH HÛM

Sur le rayon situé à l'ouest du cœur,
Sur la voie lumineuse de la Sagesse du Discernement,
Amitâbha, rouge lumineux, est uni à Pandaravâsinî.
Il tient un lotus et une clochette, est assis jambes croisées, vide
    et lumineux.
A sa droite, Avalokiteshvara, rouge, tient un lotus et une clo-
    chette,
A sa gauche, Mañjushrî, rouge, tient une épée et une clochette,
Devant lui, Ghirtî, rouge, les jambes à demi croisées, tient une
    roue.

Derrière lui, Alokâ, rouge, les jambes à demi croisées, tient
　une lampe.
Seigneur de la famille Padma et ton entourage : à vous six
Je rends hommage, fais des offrandes ; en vous je prends
　refuge et vous prie !
A ma mort, au moment de quitter ce corps,
Tandis que se lèvent les perceptions du bardo de la réalité,
Et que, sous l'emprise d'un puissant attachement, j'erre dans le
　samsâra,
Sur la voie lumineuse de la Sagesse du Discernement,
Puisse le vainqueur Amitâbha m'ouvrir la voie
Et son excellente épouse Pandaravâsinî me suivre !
Faites que je sois libéré de l'étroite et terrible passe du bardo !
Élevez-moi jusqu'au niveau des bouddhas parfaitement accom-
　plis !

OM ÂH HÛM

Sur le rayon situé au nord du cœur,
Sur la voie lumineuse de la Sagesse tout-accomplissante,
Amoghasiddhi, vert lumineux, est uni à Samayatârâ.
Il tient un double vajra croisé et une clochette, est assis jambes
　croisées, vide et lumineux.
A sa droite, Nivanaravimshkambhin, vert, tient un livre et une
　clochette,
A sa gauche, Vajrapâni, vert, tient un vajra et une clochette,
Devant lui, Gandhe, verte, les jambes à demi croisées, tient
　une conque.
Derrière lui, Nirtî, verte, les jambes à demi croisées, tient de la
　nourriture.
Seigneur de la famille Karma et ton entourage : à vous six
Je rends hommage, fais des offrandes, en vous je prends refuge
　et vous prie !
A ma mort, au moment de quitter ce corps,
Tandis que se lèvent les perceptions du bardo de la réalité,
Et que, sous l'emprise d'une grande jalousie, j'erre dans le
　samsâra,
Sur la voie lumineuse de la Sagesse tout-accomplissante,
Puisse le vainqueur Amoghasiddhi m'ouvrir la voie
Et son excellente épouse Samayatârâ me suivre !

Faites que je sois libéré de l'étroite et terrible passe du bardo !
Élevez-moi jusqu'au niveau des bouddhas parfaitement accomplis !

OM ÂH HÛM

Sur le rayon de la porte orientale du cœur
Apparaît Vijaya blanc, menaçant et enlaçant Angkushâ, « le crochet » ;
Sur le rayon de la porte méridionale du cœur,
Il y a Yama, jaune, menaçant et enlaçant Pâshâ, « le lasso » ;
Sur le rayon de la porte occidentale du cœur,
Hayagrîva apparaît, rouge, menaçant et enlaçant Shringkhâlâ, « la chaîne » ;
Sur le rayon de la porte septentrionale du cœur,
Amrita apparaît, vert, menaçant et enlaçant Ghantâ, « la cloche ».
A vous, les huit gardiens et gardiennes des portes en union,
Je rends hommage, je fais des offrandes ; en vous je prends refuge et vous prie !
A ma mort, au moment de quitter ce corps,
Tandis que se lèvent les perceptions du bardo de la réalité,
Et que, sous l'emprise de fortes tendances inconscientes, j'erre dans le samsâra,
Sur la voie lumineuse des quatre Sagesses combinées,
Puissent les quatre grands Gardiens courroucés des portes m'ouvrir la voie
Et leurs grandes épouses, les quatre Gardiennes des portes, me suivre !
Faites que je sois libéré de l'étroite et terrible passe du bardo !
Élevez-moi jusqu'au niveau des bouddhas parfaitement accomplis !

OM ÂH HÛM

Au sein de la lumière des rayons de la grande félicité, au sommet de ma tête,
Dans le mandala étincelant du disque blanc lumineux,
Apparaît le Sage des dieux, le blanc Indra au piwang :
Je te prie de couper l'accès aux naissances divines dues à l'orgueil !

Sur la voie lumineuse pareille à de la soie, à la racine de ma
　　gorge,
Dans le mandala étincelant du disque vert lumineux,
Apparaît le Sage des anti-dieux, le vert Vemacitra en armure :
Je te prie de couper l'accès aux naissances chez les asuras dues
　　à la jalousie !
Au sein de la lumière de la cavité cristalline du canal vital,
Dans le mandala étincelant du disque jaune lumineux,
Apparaît le Sage des humains, le jaune Shâkyamuni tenant un
　　bâton de mendiant :
Je te prie de couper l'accès aux naissances humaines dues au
　　désir !
Au sein de la lumière de la roue spiralée, à la racine de l'ombilic,
Dans le mandala étincelant du disque bleu lumineux,
Apparaît le Sage des bêtes, le bleu Dhruvasimha tenant un
　　livre :
Je te prie de couper l'accès aux naissances animales dues à
　　l'ignorance !
Au sein de la lumière des rayons de la béatitude, au lieu secret,
Dans le mandala étincelant du disque orangé lumineux,
Apparaît le Sage des esprits affamés, le rouge Jvâlamukha à la
　　caissette :
Je te prie de fermer l'accès aux naissances chez les esprits
　　avides, dues à l'avarice !
Au sein de la lumière de la roue spiralée des canaux, à la plante
　　des pieds,
Dans le mandala étincelant du disque noir brillant,
Apparaît le Sage des enfers, le noir Dharmarâja à l'eau ignée :
Je te prie de couper l'accès aux naissances infernales dues à la
　　colère !

Aux six Sages en Corps d'apparition qui œuvrent au bien des
　　êtres,
J'adresse mon hommage, mes offrandes, mon refuge et mes
　　prières !
A ma mort, au moment de quitter ce corps,
Tandis que se lèvent les perceptions du bardo de la réalité,
Et que, sous l'emprise de fortes tendances inconscientes, j'erre
　　dans le samsâra,
Sur la voie lumineuse des quatre Sagesses combinées,

Puissent les trois grands Sages des destinées supérieures m'ouvrir la voie
Et les trois grands Sages des destinées inférieures me suivre !
Délivrez-moi, je vous prie, des chemins lumineux des six destinées impures !
Élevez-moi jusqu'au niveau des bouddhas parfaitement accomplis !

OM ÂH HÛM

Les quarante-deux Déités paisibles,
Étincelantes et séduisantes, resplendissent de lumière et de
rayons lumineux,
Douces et amicales, le corps souple, jeune et paisible ;
Elles sont parées des marques majeures et mineures de beauté.
Aux Déités paisibles de l'espace adamantin,
J'adresse mon hommage, mes offrandes, mon refuge et mes
prières !
A ma mort, au moment de quitter ce corps,
Tandis que se lèvent les perceptions du bardo de la réalité,
Et que, sous l'emprise des cinq poisons, j'erre dans le samsâra,
Sur la voie lumineuse aux cinq Sagesses,
Puissent tous les Paisibles masculins m'ouvrir la voie
Et les grandes Épouses souveraines de l'espace me suivre !
Puissent enfin les gardiens et gardiennes des portes se tenir aux
issues !
Délivrez-moi, je vous prie, de l'étroite et terrible sente du bardo !
Élevez-moi jusqu'au niveau des bouddhas parfaitement accom-
plis !

OM ÂH HÛM

Tant que je suis dans le bardo de la vie,
Les quarante-deux Déités paisibles
Demeurent dans la citadelle du cœur, dans mon propre corps,
Lumineuses, sous l'aspect de bouquets des cinq lumières.
A ma mort, quand vient le moment de quitter ce corps,
Les Déités paisibles s'extériorisent hors du cœur
Et apparaissent dans l'espace devant moi, remplissant le ciel ;
Avec leurs ornements et leurs attributs, les Seigneurs et leurs
entourages innombrables

Sont des Corps des cinq lumières, vides et lumineux, au sein
d'arcs-en-ciel.

Les voies lumineuses des cinq Sagesses brillent comme des
rayons qui s'étirent ;

Elles cheminent sous forme de disques des cinq couleurs, de
sons, de lumières et de rayons ;

Douées d'un éclat étincelant et éblouissant, elles s'accompagnent de leur propre son

Et se manifestent de manière à pénétrer dans mon cœur.

Simultanément aux lumières des cinq Sagesses

Se présentent les six voies lumineuses des six destinées
impures et illusoires.

Au moment précis où elles brilleront sur moi,

Vainqueurs, Déités paisibles compatissantes,

Que votre compassion ne faiblisse pas, ô compatissants !

Conduisez-moi sur la voie des quatre Sagesses combinées !

Écartez-moi, je vous prie, des voies des six destinées impures !

Invocation des Vidyâdharas

OM ÂH HÛM

Dans mon corps, dans la citadelle de la jouissance qui se
trouve à ma gorge,

Au milieu d'un épais tourbillon d'arcs-en-ciel et de lumière,

Sur le rayon central de la roue de jouissance,

Apparaît le grand Vidyâdhara Pleinement Mûri,

« Padma le Puissant Seigneur de la Danse » à l'éclat des cinq
couleurs.

Dans la félicité-vacuité, il enlace la lumineuse Dâkinî de
Sagesse rouge.

Il brandit un hachoir et une coupe crânienne emplie de sang et
se meut en contemplant le ciel.

Vidyâdharas du Corps, protégez les êtres !

OM ÂH HÛM

Sur le rayon oriental de la roue de jouissance de ma gorge

Apparaît le grand Vidyâdhara Établi dans les Terres ;

Blanc brillant, souriant, il enlace la Dâkinî blanche,

Brandit hachoir et coupe crânienne emplie de sang et se meut
   en contemplant le ciel.
Vidyâdharas de l'Esprit, protégez les êtres !

OM ÂH HÛM

Sur le rayon méridional de la roue de jouissance de ma gorge
Apparaît le grand Vidyâdhara qui a Pouvoir sur la Vie ;
Jaune lumineux, souriant, il enlace la Dâkinî jaune,
Brandit hachoir et coupe crânienne emplie de sang et se meut
   en contemplant le ciel.
Vidyâdharas des Qualités, protégez les êtres !

OM ÂH HÛM

Sur le rayon occidental de la roue de jouissance de ma gorge
Apparaît le grand Vidyâdhara du Grand Symbole ;
Rouge lumineux, souriant, il enlace la Dâkinî rouge,
Brandit hachoir et coupe crânienne emplie de sang et se meut
   en contemplant le ciel.
Vidyâdharas du Verbe, protégez les êtres !

OM ÂH HÛM

Sur le rayon septentrional de la roue de jouissance de ma gorge
Apparaît le grand Vidyâdhara Spontanément Accompli ;
Vert lumineux, souriant, il enlace la Dâkinî verte,
Brandit hachoir et coupe crânienne emplie de sang et se meut
   en contemplant le ciel.
Vidyâdharas des Activités, protégez les êtres !

OM ÂH HÛM

Vidyadhâras, héros et Dâkinîs assemblés,
A ma mort, au moment de quitter ce corps,
Tandis que se lèvent les perceptions du bardo de la réalité,
Et que, sous l'emprise de fortes tendances inconscientes, j'erre
   dans le samsâra,
Sur la voie lumineuse de la Sagesse coémergente,
Puissent les Héros et les Vidyâdharas me précéder

Et les Mères suprêmes, les Dâkinîs, me suivre !
Je vous prie de me délivrer de l'étroite et terrible sente du bardo !
Élevez-moi jusqu'au Champ pur de la Jouissance céleste !

OM ÂH HÛM

Tant que je suis dans le bardo de la vie,
L'assemblée des Vidyâdharas, des Héros et des Dâkinîs
Réside dans la citadelle de la jouissance de ma gorge, en mon
  propre corps,
Lumineuse, incarnée sous la forme d'un bouquet des cinq
  lumières.
A ma mort, quand vient le moment de quitter ce corps,
L'assemblée des déités Vidyâdharas jaillit hors de la gorge
Et apparaît dans l'espace devant moi, emplissant le ciel.
Surviennent alors des sons musicaux et les déités exécutent des
  danses variées,
Secouant et ébranlant toutes les sphères du monde.
La voie lumineuse de la Sagesse coémergente brille sous l'as-
  pect de rayons et de fils lumineux.
Au moment où surgit l'attirance pour la voie des animaux stu-
  pides,
Déités Vidyâdharas, ne faiblissez pas en compassion !
Je vous en prie, écartez-moi de la voie des animaux stupides !
Invitez les êtres sur la voie de la Sagesse coémergente !
Que, par votre compassion, ils reconnaissent leur vraie nature
  dans le bardo !
Accordez-moi la transmission de pouvoir des Vidyâdharas fils
  des Vainqueurs !

Invocation des Déités courroucées

OM ÂH HÛM

Je suis Vajrasattva. Dans ma tête,
Dans la citadelle flamboyante, au centre du Palais de conque
  du cerveau,
Au sein de la lumière des disques où brillent arcs-en-ciel et
  brasiers,

Demeurent les Déités Buveuses de Sang [10] sous forme de bouquets.

OM ÂH HÛM

Sur le rayon central du Palais de conque du cerveau,
Au sein de la lumière d'un disque où brillent arcs-en-ciel et brasiers,
Voici Samantabhadra, le Heruka Suprêmement Grand,
Avec trois visages, respectivement marron foncé, blanc et rouge, et six bras.
Dans les trois mains de droite, il brandit vajra, trident et tambourin,
Et dans les trois de gauche, une cloche, un crâne rouge et un lacet.
Dans un plaisir non duel, il enlace Krodhîshvarî.
Seigneur à ton épouse uni, sois le guide de tous les êtres !

OM ÂH HÛM

Sur le rayon central du Palais de conque, sur un siège,
Au sein de la lumière d'un disque où brillent arcs-en-ciel et brasiers,
Voici Vairocana, Buddha-heruka,
Avec trois visages, respectivement lie-de-vin, blanc et rouge, et six bras.
Dans les trois mains de droite, il brandit roue, hache et épée,
Et dans les trois de gauche, une cloche, un soc de charrue et une coupe crânienne.
Dans un plaisir non duel, il enlace Buddha-Krodhîshvarî.
Buveurs de Sang de la famille Sugata, soyez les guides de tous les êtres !

OM ÂH HÛM

Sur le rayon oriental du Palais de conque du cerveau,
Au sein de la lumière d'un disque où brillent arcs-en-ciel et brasiers,
Voici Vajrasattva, Vajra-heruka,

10. Buveuses du sang de l'ego.

Avec trois visages, respectivement bleu sombre, blanc et rouge,
et six bras.
Dans les trois mains de droite, il brandit vajra, calotte crânienne
et hache,
Et dans les trois de gauche, une cloche, une coupe crânienne et
un soc de charrue.
Dans un plaisir non duel, il enlace Vajra-Krodhîshvarî.
Buveurs de Sang de la famille Vajra, soyez les guides de tous
les êtres !

OM ÂH HÛM

Sur le rayon méridional du Palais de conque du cerveau,
Au sein de la lumière d'un disque où brillent arcs-en-ciel et
brasiers,
Voici Ratnasambhava, Ratna-heruka,
Avec trois visages, respectivement jaune foncé, blanc et rouge,
et six bras.
Dans les trois mains de droite, il brandit un joyau, un kha-
tamka et une massue,
Et dans les trois de gauche, une cloche, une coupe crânienne et
un trident.
Dans un plaisir non duel, il enlace Ratna-Krodhîshvarî.
Buveurs de Sang de la famille Ratna, soyez les guides de tous
les êtres !

OM ÂH HÛM

Sur le rayon occidental du Palais de conque du cerveau,
Au sein de la lumière d'un disque où brillent arcs-en-ciel et
brasiers,
Voici Amitâbha, Padma-heruka,
Avec trois visages, respectivement rouge foncé, blanc et bleu,
et six bras.
Dans les trois mains de droite, il brandit lotus, khatamka et bâton,
Et dans les trois de gauche, une cloche, une coupe crânienne et
un tambourin.
Dans un plaisir non duel, il enlace Padma-Krodhîshvarî.
Buveurs de Sang de la famille Padma, soyez les guides de tous
les êtres !

OM ÂH HÛM

Sur le rayon septentrional du Palais de conque du cerveau,
Au sein de la lumière d'un disque où brillent arcs-en-ciel et
    brasiers,
Voici Amoghasiddhi, Karma-heruka,
Avec trois visages, respectivement vert sombre, blanc et rouge,
    et six bras.
Dans les trois mains de droite, il brandit épée, khatamka et bâton,
Et dans les trois de gauche, une cloche, une coupe crânienne et
    un soc de charrue.
Dans un plaisir non duel, il enlace Karma-Krodhîshvarî.
Buveurs de Sang de la famille Karma, soyez les guides de tous
    les êtres !

OM ÂH HÛM

Aux douze Seigneurs Buveurs de Sang en union,
J'adresse mon hommage, mes offrandes, mon refuge et mes
    prières !
A ma mort, au moment de quitter ce corps,
Tandis que se lèvent les perceptions du bardo de la réalité,
Et que, sous l'emprise de terribles hallucinations, j'erre dans
    le samsâra,
Sur la voie lumineuse aux cinq Sagesses au complet,
Puissent les Vainqueurs courroucés Buveurs de Sang m'ouvrir
    la voie
Et les Souveraines de l'Espace courroucées me suivre !
Délivrez-moi, je vous prie, de l'étroite et terrible sente du bardo !
Élevez-moi jusqu'au niveau des bouddhas parfaitement accom-
    plis !

OM ÂH HÛM

Dans la lumière du rayon oriental du Palais de conque
Apparaît Gaurî, blanche, tenant un cadavre en guise de mas-
    sue et une coupe crânienne ;
Dans la lumière du rayon méridional du Palais de conque
Surgit Caurî, jaune, qui tient un arc et tire une flèche ;

Dans la lumière du rayon occidental du Palais de conque
Apparaît la rouge Pramoha, brandissant la bannière victorieuse
du makara [11] ;
Dans la lumière du rayon septentrional du Palais de conque
Surgit la noire Vetalî, qui tient un vajra et une coupe crânienne ;
Dans la lumière du rayon sud-est du Palais de conque
Apparaît Pukkasî, orangée, dévorant les entrailles qu'elle tient ;
Dans la lumière du rayon sud-ouest du Palais de conque
Apparaît Ghasmarî, vert foncé, qui de son vajra remue le sang
dans une coupe crânienne ;
Dans la lumière du rayon nord-ouest du Palais de conque
Surgit Candhalî, jaune pâle, tenant un cœur et un cadavre
qu'elle dévore ;
Dans la lumière du rayon nord-est du Palais de conque
Surgit Shmashanî, bleu foncé, séparant la tête du corps d'un
cadavre.

OM ÂH HÛM

Aux huit Gaurîmâtrikas résidentes,
J'adresse mon hommage, mes offrandes, mon refuge et mes
prières !
A ma mort, au moment de quitter ce corps,
Tandis que se lèvent les perceptions du bardo de la réalité,
Et que, sous l'emprise de terribles hallucinations, j'erre dans
le samsâra,
Sur la voie lumineuse des sons, des lumières et des rayons,
Puissent les quatre Gaurî m'ouvrir la voie
Et les quatre Pukkasî me suivre !
Délivrez-moi, je vous prie, de l'étroite et terrible sente du bardo !
Élevez-moi jusqu'au niveau des bouddhas parfaitement accom-
plis !

OM ÂH HÛM

Sur le rayon externe oriental du Palais de conque
Apparaît la marronâtre Simhamukhâ à tête de lion, crinière
dressée, cadavre en bouche ;

11. Monstre marin.

Sur le rayon externe méridional du Palais de conque
Apparaît la rouge Vyaghrimukhâ à tête de tigre, les bras croisés ;
Sur le rayon externe occidental du Palais de conque
Apparaît la noire Srigalamukhâ à tête de renard, dévorant des
    cntrailles ;
Sur le rayon externe septentrional du Palais de conque
Apparaît Shvanamukhâ bleu foncé à tête de loup, déchirant un
    cadavre ;
Sur le rayon extérieur sud-est du Palais de conque
Apparaît Gridhramukhâ jaune paille à tête de vautour, un
    cadavre sur l'épaule ;
Sur le rayon externe sud-ouest du Palais de conque
Surgit Kangkamukhâ rouge foncé à tête de milan, portant un
    grand cadavre ;
Sur le rayon externe nord-ouest du Palais de conque
Apparaît la noire Kakamukhâ à tête de corbeau, brandissant
    coupe crânienne et lame courbe ;
Sur le rayon externe nord-est du Palais de conque
Apparaît Ulumukhâ bleu clair à tête de hibou, tenant un vajra.

Aux huit Pishacîs, Simha et autres, maîtresses des contrées
    sacrées,
J'adresse mon hommage, mes offrandes, mon refuge et mes
    prières !
A ma mort, au moment de quitter ce corps,
Tandis que se lèvent les perceptions du bardo de la réalité,
Et que, sous l'emprise de terribles hallucinations, j'erre dans
    le samsâra,
Sur la voie lumineuse des huit contrées pures, mes propres per-
    ceptions,
Puissent les quatre Pishacîs, Simha et les autres, m'ouvrir la voie
Et les quatre autres Pishacîs, Gridhramukhâ, etc., me suivre !
Délivrez-moi, je vous prie, de l'étroite et terrible sente du bardo !
Élevez-moi jusqu'au niveau des bouddhas parfaitement accom-
    plis !

OM ÂH HÛM

Sur le rayon de la porte orientale du Palais de conque du
    cerveau

Apparaît la blanche Angkushâ à tête de tigre, tenant crochet et
  coupe crânienne ;
Sur le rayon de la porte méridionale du Palais de conque du
  cerveau
Apparaît la jaune Pâshâ à tête de truie, tenant lasso et coupe
  crânienne ;
Sur le rayon de la porte occidentale du Palais de conque du
  cerveau
Apparaît la rouge Shringkhalâ à tête de lionne, tenant chaîne
  et coupe crânienne ;
Sur le rayon de la porte septentrionale du Palais de conque du
  cerveau
Apparaît la verte Ghantâ à tête serpentine, tenant cloche et
  coupe crânienne.
Aux quatre Gardiennes des portes, la Sagesse manifestée,
J'adresse mon hommage, mes offrandes, mon refuge et mes
  prières !
A ma mort, au moment de quitter ce corps,
Tandis que se lèvent les perceptions du bardo de la réalité,
Et que, sous l'emprise de terribles hallucinations, j'erre dans
  le samsâra,
En fermant les portes de l'illusion que sont les quatre sortes de
  naissance [12]
Et en ouvrant les portes pures des quatre activités éveillées,
Puissent Angkushâ et Pâshâ m'ouvrir la voie
Et puissent Shringkhalâ et Ghantâ me suivre !
Délivrez-moi, je vous prie, de l'étroite et terrible sente du
  bardo !
Élevez-moi jusqu'au niveau des bouddhas parfaitement accom-
  plis !

OM ÂH HÛM

Sur le canal subtil à la périphérie orientale du Palais de conque
Surgissent les six Yoginîs souveraines qui accomplissent les
  activités paisibles :

---

12. Les quatre sortes de naissance sont la naissance par la matrice, la naissance par un œuf, la naissance miraculeuse et la naissance dans la moiteur
humide.

Rakshasî blanche à visage de yak, tenant un vajra,
Brâhmî jaune paille à visage de serpent, tenant un lotus,
Mahâdevî vert pâle à visage de panthère, tenant un trident,
Lobhâ bleu pâle à visage simiesque, tenant une roue,
Kumarî rose à tête d'ours féroce, tenant une courte lance,
Indrânî blanche à tête d'ours brun, tenant un lacet d'entrailles.
Vous, les six Yoginîs qui agissez paisiblement,
Accomplissez les activités qui apaisent peurs et terreurs dans
le bardo !

OM ÂH HÛM

Sur le canal subtil à la périphérie méridionale du Palais de conque
Surgissent les six Yoginîs souveraines qui accomplissent les
activités d'accroissement :
Vajra jaune à visage de truie, tenant un rasoir,
Shântî orangée à visage de makara, tenant un vase,
Amritâ orangée à visage de scorpion, tenant un lotus,
Candrâ jaune pâle à visage de faucon, tenant un vajra,
Dandâ vert jaune à tête de renard, tenant un bâton,
Râkshasî jaune foncé à tête de tigre, tenant une coupe crâ-
nienne emplie de sang.
Vous, les six Yoginîs du Sud qui pratiquez l'activité d'accrois-
sement,
Accomplissez les activités qui font croître la Sagesse dans le
bardo !

OM ÂH HÛM

Sur le canal subtil à la périphérie occidentale du Palais de conque
Surgissent les six Yoginîs souveraines qui accomplissent les
activités de pouvoir :
Bhakshinî rouge et verte à tête de vautour, tenant une massue,
Ratî rouge à tête chevaline, tenant un grand tronc humain,
Mahâbalâ rouge pâle à tête de garuda, tenant un bâton,
Râkshasî rouge pâle à tête de chien, tenant un vajra,
Kâmâ rouge à tête de huppe, tenant un arc et une flèche,
Vasurakshâ rouge et verte à tête de cerf, tenant un vase.
Vous, les six Yoginîs de l'Ouest qui agissez pour maîtriser le
pouvoir,

Accomplissez les activités qui font tout contrôler dans le bardo !

OM ÂH HÛM

Sur le canal subtil à la périphérie septentrionale du Palais de conque

Surgissent les six Yoginîs souveraines qui accomplissent les activités de subjugation :

Vâyudevî vert bleuté à tête de loup, tenant un étendard,

Nârî verte et rouge à tête de chien, brandissant un pieu,

Vârâhî vert sombre à tête de truie, tenant un lasso de dents enfilées,

Nandâ verte et rouge à tête de corbeau, tenant la peau d'un enfant,

Mahâhastinî vert sombre à tête d'éléphant, tenant un grand cadavre,

Varunadevî vert bleuté à tête de serpent, tenant un nœud coulant fait de serpents.

Vous, les six Yoginîs du Nord qui agissez violemment,

Accomplissez les activités qui détruisent les hallucinations du bardo !

OM ÂH HÛM

A la porte orientale du Palais de conque se trouve la Blanche à Tête de Coucou, tenant un crochet ;

A la porte méridionale du Palais de conque se trouve la Jaune à Tête de Chèvre, tenant un nœud coulant ;

A la porte occidentale du Palais de conque se trouve la Rouge à Tête de Lionne, tenant une chaîne en fer ;

A la porte septentrionale du Palais de conque se trouve la Verte à Tête de Serpent, tenant une cloche :

Vous, les quatre Gardiennes des portes, souveraines qui accomplissez les activités manifestées [13],

Agissez afin de bloquer les portes des renaissances du bardo !

---

13. Les quatre activités manifestées sont l'apaisement, l'enrichissement, la magnétisation et la subjugation.

OM ÂH HÛM

Aux vingt-huit puissantes Yoginîs,
J'adresse mon hommage, mes offrandes, mon refuge et mes
    prières !
A ma mort, au moment de quitter ce corps,
Tandis que se lèvent les perceptions du bardo de la réalité,
Et que, sous l'emprise de terribles hallucinations, j'erre dans le
    samsâra,
Sur la voie lumineuse où surgissent sons, lumières et rayons,
Puissent les sept Souveraines de l'Est m'ouvrir le chemin,
Puissent les sept Souveraines du Sud me suivre !
Puissent les sept Souveraines de l'Ouest fermer le cortège !
Puissent les sept Souveraines du Nord frapper et trancher !
Délivrez-moi, je vous prie, de l'étroite et terrible sente du bardo !
Élevez-moi jusqu'au niveau des bouddhas parfaitement accom-
    plis !

OM ÂH HÛM

Tant que je suis dans le bardo de la vie,
Les Déités Buveuses de Sang, au nombre de soixante,
Résident dans la citadelle du Palais de conque de mon cerveau,
Lumineuses, sous forme de bouquets quinticolores.
A ma mort, quand vient le moment de quitter ce corps,
Les Déités Buveuses de Sang jaillissent hors de mon cerveau
Et apparaissent en comblant l'univers entier, le trichiliocosme :
Seigneurs et entourages à l'aspect effrayant, portant parures et
    attributs,
Corps courroucés au milieu de sons, de lumières et de rayons,
Séduisants, héroïques et d'apparence terrifiante,
Ils poussent des hurlements de rire, dédaigneux et stupéfiants ;
Leur compassion est une colère violente et terrible qui ébranle
    tout.
Oints de cendres, de sang et de graisse,
Ils portent une dépouille fraîche, une peau humaine tannée et
    une peau de tigre,
Ils sont parés de guirlandes de crânes et de serpents et flam-
    boient dans un immense brasier,

Ils lancent des HA HA HÛM PHAT meurtriers qui roulent
    comme mille tonnerres,
Ils déploient divers masques effrayants et de nombreux attributs,
Ils secouent et ébranlent l'immensité du trichiliocosme.
Au moment où toutes ces visions effrayantes et terribles de
    sons, lumières et rayons luisent sur moi,
Buveurs de Sang, Déités courroucées compatissantes,
Que votre compassion ne faiblisse pas, ô compatissants !
Alors que, sous l'emprise de fortes habitudes inconscientes,
    j'erre dans le samsâra,
Sur la voie lumineuse qui écarte les perceptions terrifiantes,
Puissent les Courroucés Buveurs de Sang me précéder
Et les Souveraines de l'Espace courroucées me suivre !
Puissent les Gaurî, les Simha et les Gardiennes des portes se
    tenir à l'arrière-garde !
Puissent les huit grandes Incitatrices nous tirer de ces lieux !
Puisse l'assemblée des souverains masqués dissiper les obs-
    tacles !
Puissent les quatre grandes Gardiennes des portes bloquer les
    portes des renaissances !
Délivrez-moi, je vous prie, de l'étroite et terrible sente du bardo !
Élevez-moi jusqu'au niveau des bouddhas parfaitement accom-
    plis !

Conclusion

OM ÂH HÛM

Séparé de mes amis joyeux, j'erre esseulé.
Au moment même où s'élèvent les reflets vides de mes propres
    perceptions,
Puissent les bouddhas, en déployant la force de leur compassion,
Faire que l'effroi, la peur et les terreurs du bardo ne surgissent
    pas !
Au moment où point le chemin lumineux de la Claire Sagesse,
Sans terreur ni effroi, puissé-je y reconnaître ma propre essence !
Au moment où s'élèvent les formes Paisibles et Courroucées,

Puissé-je, en obtenant la confiance intrépide, y reconnaître le
    bardo !
Tandis que, sous le pouvoir du mauvais karma, je ressens la
    souffrance,
Puissent les Déités Yidams dissiper cette souffrance !
Tandis que retentit le son spontané de la réalité absolue en
    mille tonnerres,
Puisse-t-il devenir le son du Dharma du Grand Véhicule !
A présent que je suis sans refuge et poursuivi par le karma,
Protégez-moi, je vous prie, de votre grande compassion !
Quand je ressens les souffrances physiques liées aux tendances
    inconscientes,
Puisse le recueillement de luminosité-félicité se manifester !
Sans que les éléments se lèvent en ennemis,
Puissé-je voir les Champs purs des cinq familles de boud-
    dhas !
Que par le pouvoir de bénédiction des maîtres de la lignée
    orale,
La compassion des Déités paisibles et courroucées infinies
Et la parfaite pureté de mes intentions suprêmes,
Une telle prière de vœux s'accomplisse immédiatement !

*Si l'on s'entraîne avec diligence et au cours des trois temps
à faire cette pratique quotidienne des Paisibles et des Courroucés avec sa prière de vœux, il se trouvera que même les
actes négatifs tels que les cinq inexpiables et les voiles qui en
résultent seront purifiés dans cette vie même. Les tréfonds de
l'enfer Naraka eux-mêmes seront expurgés et l'on renaîtra
sans aucun doute dans les Champs purs des vainqueurs
Vidyâdharas.*

Le vainqueur Samantabhadra l'a dit lui-même :
*« Pour quiconque rend hommage aux déités du mandala des
Paisibles et Courroucés du Mayâjala[14], toutes les corruptions
et brisures du lien sacré seront purifiées, ainsi que les actes
les plus négatifs, les cinq inexpiables.*
Les tréfonds des enfers Naraka seront expurgés et il est dit

---

14. Le Mayâjala Tantra, ou « Filet d'Illusion », est le tantra principal du
Mahâyoga.

*d'un tel être qu'il renaîtra dans les Champs purs des vain-
queurs Vidyâdharas. »*

Non seulement les bienfaits et qualités d'une telle pratique
quotidienne accomplie de la sorte sont tels, mais bien plus
encore, par la simple écoute, une fois seulement, des noms des
Déités du mandala, on ne naîtra plus dans de mauvaises destinées et l'on parviendra ultimement à la Bouddhéité.

Le Glorieux Samantabhadra l'a dit :

« Qu'un yogi ou une yoginî écoute ne serait-ce qu'une fois le
nom de ces Déités du mandala et il ne choira plus dans le
grand enfer Naraka. »

Et aussi :

« Quiconque rendra hommage avec respect
Au mandala de l'Illusion Magique naturelle
Purifiera toutes ses corruptions et brisures du lien sacré
Et, l'ayant réparé, il obtiendra les accomplissements. »

Puisque les bienfaits et les qualités de cette pratique sont
au-delà de ce que l'on peut exprimer, appliquez-vous avec
diligence à cette pratique quotidienne en visualisant clairement votre corps comme l'assemblée des Déités paisibles et
courroucées !

Alors, dans cette vie même, vous obtiendrez les accomplissements suprêmes et ordinaires et, après votre trépas, lorsque se
lèveront les visions des Paisibles et des Courroucés dans le
bardo de la réalité absolue, vous vous fondrez non duellement
en eux, devenant ainsi un bouddha. Pratiquez donc !

Même poursuivi par cent tueurs, n'oubliez point le sens de
ces mots !

Retenez-le, conservez-le, lisez ce texte, accomplissez-le complètement, gardez-le présent à l'esprit de cette manière.

C'est la pratique quotidienne et extrêmement claire qui
réunit les Paisibles et les Courroucés, l'essence des trois pratiques suivantes : la pratique de libération par l'écoute, la
purification du karma par les Paisibles et les Courroucés et
l'autolibération des perceptions. C'est donc l'autolibération
par le rigpa secret du bardo [qui change] la destinée, la
pratique principale de réparation et de confession qui libère
spontanément des corruptions et des brisures, la voie directe

des êtres fortunés, appelée « Pratique quotidienne qui libère spontanément les tendances karmiques ».

Elle n'aura de cesse que lorsque le samsâra sera vidé !

SAMAYA GYA GYA GYA, serment et triple sceau !

Vertu !

Lexique

Les termes sanscrits et tibétains figurent entre parenthèses. Lorsque les deux figurent, le sanscrit apparaît en premier, suivi du tibétain dans une transcription phonétique, puis orthographié entre crochets selon le système international.

A : lettre symbole de la pureté primordiale dans le Dzogchen.

Accomplissements *(siddhi, ngödroup [dnos-grub])* : les résultats de la pratique sont les accomplissements ordinaires *(thun-mong)*, ou pouvoirs, et l'accomplissement suprême, l'Éveil.

Accumulations (deux) : l'accumulation de mérites qui favorise le cheminement et l'accumulation de sagesse qui dissipe l'ignorance.

Actes négatifs *(voir Karma)* : les actes créateurs de souffrance et d'obscurcissements.

Action *(voir Vue, Méditation)* : le comportement ou la conduite juste selon la Vue du Dzogchen, où l'on intègre tous les événements dans l'état de rigpa.

Agrégats (les cinq skandas, *p'oungpo nga [phung-po lnga]*) : les cinq composants du « moi » illusoire, forme, sensation, perception, formations karmiques, conscience.

Antidote : pratique pour contrer un défaut ou une passion négative.

Anuttarayogatantra : la classe des tantras supérieurs dans les écoles nouvelles ou Sarmapa.

Anuyoga : le second des tantras supérieurs dans l'école ancienne Nyingmapa, où l'on pratique la visualisation instantanée et les yogas internes.

Apparence *(nangwa [snang-ba])* : le mode de manifestation des phénomènes dans la vérité relative. L'apparence d'un phénomène n'est pas sa réalité absolue.

Arhat : « Celui qui a vaincu l'ennemi des passions », stade de réalisation dans les véhicules fondamentaux du Hinayâna.

Atiyoga : le Dzogchen en tant que neuvième véhicule.

Attachement : l'un des trois poisons fondamentaux avec l'ignorance et la colère. Il est lié à l'appropriation et à la saisie des objets.

Au-delà de la souffrance *(voir nirvâna).*

Auditeurs *(voir shravakayâna).*

Autolibération *(rangdröl [rang-grol]) :* quand émotions, perceptions et pensées sont libérées spontanément dans l'état de rigpa, on parle d'autolibération ou de « liberté naturelle ».

Bardo : état intermédiaire de l'existence, compris entre deux discontinuités.

Bardo du moment de la mort *(Tchikaï bardo ['chi-kha'i bar-do]) :* le moment situé entre le début de la maladie mortelle et la fin de la dissolution des éléments et des consciences. C'est le premier des bardos de la mort.

Bardo du devenir *(sipa bardo [srid-pa bar-do]) :* le bardo situé entre la fin du bardo de la réalité absolue et la renaissance dans un nouveau corps.

Bardo de la réalité absolue *(tchönyi bardo [chos-nyid bar-do]) :* encore appelé « bardo de la dharmata », il prend place entre la claire lumière en fin des dissolutions et l'apparition des visions karmiques grossières du bardo du devenir. C'est dans ce bardo qu'émergent les visions des Déités paisibles et courroucées.

Base primordiale ou originelle *(yéshi[ye-gzhi]) :* l'état fondamental, primordial, intemporel et indifférencié de l'esprit « avant » toute manifestation phénoménale, où tout est potentiel.

Base d'émergence *(tchar shi ['char-gzhi]) :* se dit de la base primordiale quand elle devient un champ d'expression : elle manifeste alors l'ensemble des potentialités phénoménales.

Base d'égarement *(trülshi ['khrul-gzhi]) :* si l'esprit ne reconnaît pas les manifestations qui jaillissent de la base, il les prend pour étrangères, et le dualisme naît de cette ignorance. La base fonctionne alors comme base d'égarement ou d'illusion.

Base universelle (de tout) *(künshi [kun-gzhi])* : de la base
d'émergence jaillissent les apparences phénoménales du
samsâra comme du nirvâna. Elle est donc base universelle.

Base, Voie et Fruit *(Shilam Drépou [gzhi lam 'bras-bu])* :
tout véhicule peut être divisé en Base, où l'on établit la Vue,
en Voie, où l'on pratique, et en Fruit, où l'on atteint les
accomplissements.

Bodhicitta *(tchangchoup sem [byang-chub sems])* : l'esprit
d'éveil. On distingue la bodhicitta relative, ou compassion,
et la bodhicitta absolue où l'on gagne la réalisation de la
vacuité. Dans la bodhicitta relative, on cultive la bodhicitta
d'aspiration où l'on engendre la compassion pour autrui par
la pensée et les quatre incommensurables, et la bodhicitta de
mise en action où l'on met en pratique les six pâramitâs.

Bouddha *(sanggyé [sangs-rgyas])* : un bouddha est un être
pleinement éveillé. Il a purifié *(sangs)* toutes les passions et
développé *(rgyas)* toutes les potentialités. L'état de bouddha
est donc un état intégral et parfait, dénué de tout conditionnement et omniscient.

Bouddha primordial *(dömai sanggyé [gdod-ma'i sangs-
rgyas])* : Samantabhadra, le Corps absolu de tous les bouddhas, rigpa dans sa pureté primordiale, qui a réintégré toutes
les apparences dans la base.

Bouddha-par-soi (voir *Pratyekabuddhayâna*).
Bouddhéité (voir *Bouddha*).

Calme mental *(Shamatha, shiné [zhi-gnas])* : la pratique de
méditation destinée à calmer les pensées par l'attention à un
objet de fixation (respiration, lettre, image, etc.).

Canaux subtils *(nâdî, tsa [rtsa])* : voies de circulation des
souffles subtils dans le corps, utilisées dans le yoga. Très
nombreux, trois d'entre eux sont des plus importants : le
canal central *(rtsa dbu-ma)* et les canaux de gauche et de
droite *(rkyang-ma, ro-ma)*.

Canaux, souffles et gouttes *(nâdî vâyu bindu, tsaloung thiglé
[rtsa rlung thig-le])* : dans les canaux subtils *(nâdî)* circulent
les souffles *(vâyu, prâna)* qui sont la monture de l'esprit. Les
gouttes essentielles *(bindu)*, matériaux de la pratique des
yogas, sont répandues dans le corps et concentrées dans le
cœur.

Câryatantra *(Upayogatantra)* : le second des tantras externes, qui allie l'action rituelle à la visualisation de la déité.

Chaînes adamantines *(dordjé lougou gyü [rdo-rje lu-gu rgyud])* : manifestations de rigpa dans les visions de thögal, sous l'aspect de colliers de perles.

Chakra *(khorlo ['khor-lo])* : centres situés sur les canaux principaux, d'où partent des ramifications de canaux et qui sont le siège principal des gouttes essentielles *(bindu)*.

Champ pur *(shingkham [zhing-khams])* : se dit d'une dimension ou sphère pure créée par la Pensée d'un bouddha. Les êtres sensibles qui s'y rendent ont la possibilité de s'éveiller sans obstacles. Sukhavati *(déwatchen [bde-ba-can])*, le Champ pur occidental d'Amitâbha, est le plus célèbre d'entre eux.

Cinq familles de Bouddhas *(pañcakula, rik nga [rigs-lnga])* : catégories qui regroupent les différentes qualités de l'éveil en fonction du terrain individuel de départ. Il existe cinq familles archétypales de l'éveil, toutes présentes en chacun des êtres, mais dont l'une peut être prépondérante. Les cinq familles sont Bouddha ou Tathâgata, Vajra (Diamant), Ratna (Joyau), Padma (Lotus) et Karma (Action).

Cinq passions *(nyönmong nga [nyon-mong lnga])* : les cinq passions sont les cinq sortes d'émotions négatives principales : stupidité, colère, orgueil, désir-attachement et jalousie. Transmutées, elles deviennent les cinq Sagesses.

Cinq Sagesses *(yéshé lnga [ye-shes lnga])* : les cinq facultés cognitives primordiales, vides et lumineuses, qui résident naturellement dans l'esprit de tous les êtres. Les cinq Sagesses qui sont donc cinq aspects de la connaissance primordiale propres à rigpa, la nature de bouddha. Ce sont : la Sagesse de l'Espace absolu *(dharmadhâtu)*, la Sagesse semblable au miroir, la Sagesse de l'égalité, la Sagesse du discernement et la Sagesse toute-accomplissante.

Citadelle des joyaux *(rintchen drongkhyer [rin-chen grong-khyer])* : nom donné au cœur subtil dans la pratique de thögal. Cette citadelle est encore appelée « tente des joyaux », « tente de cornaline », « palais octogonal ».

Cittamâtra *(semtsam [sems-tsam])* : école de l'esprit seul, fondée par Asangha, qui établit la vacuité comme une absence de sujet-objet, mais affirme l'existence de l'esprit.

Compassion *(karûna, nyingdjé [snying-rje], thoukdjé [thugs-rje])* : d'un point de vue général, le souhait sincère de soulager la souffrance d'autrui et l'action qui en découle. D'un point de vue Dzogchen, l'énergie compatissante *(thugs-rje)* qui jaillit spontanément de la réalisation de rigpa pour œuvrer au bien d'autrui.

Concentration *(dhyâna, samten [bsam-gtan])* : pratique de méditation où l'esprit est fixé ou centré en un seul point *(rtse-gcig)*.

Confession *(shakpa [bshag-pa])* : dans le bouddhisme, l'acte de s'examiner, de mettre au jour les erreurs et les actes négatifs que l'on a commis, le regret qui s'ensuit et la détermination de se corriger. Dans le Dzogchen, reconnaître la confusion et la distraction comme une manifestation du jeu de l'esprit et revenir à la Vue de rigpa.

Connaissance suprême (voir *Prajñâ*).

Conscience base-de-tout *(künshi namshé [kun-gzhi rnam-shes])* : la huitième conscience de la théorie Cittamâtra, conscience fondamentale neutre, réceptacle des imprégnations karmiques. Les autres consciences en jaillissent et s'y résorbent comme les vagues dans l'océan.

Conscience ordinaire *(namshé [rnam-shes])* : le principe conscient qui regroupe en fait les six consciences des sens. C'est l'esprit ordinaire pensant *(sems)* en tant que conscience des objets extérieurs et des pensées. Jailli de la conscience base-de-tout, s'y réabsorbant lors du sommeil et de la mort, le principe conscient est le support de la transmigration de vie en vie tant que perdurent l'ignorance et le karma.

Corps absolu *(dharmakâya, tchökou [chos-sku])* : la dimension absolue des bouddhas, ou Corps de vacuité, sans forme ni concepts, d'où jaillissent les Corps formels.

Corps de jouissance *(sambhogakâya, longtchö dzokpai kou [longs-spyod rdzogs-pa'i sku])* : la dimension de l'énergie et des qualités lumineuses des bouddhas, Corps formel hors du temps, aux manifestations variées à l'infini, qui n'est perçu que par les bodhisattvas de la huitième terre et plus.

Corps d'apparition *(nirmânakâya, tülkou [sprul-sku])* : la dimension de manifestation des bouddhas au niveau des êtres sensibles ordinaires. C'est le second Corps formel, niveau de l'incarnation terrestre des bouddhas pour enseigner et œuvrer à la libération des êtres.

Corps d'essentialité *(svabhavikakâya, ngowo nyi kou [ngo-bo-nyid sku])* : la dimension des bouddhas qui regroupe les Trois Corps dans leur indivisibilité : les Trois Corps en un.

Corps du vase de jouvence *(shönnou boum kou [gzhon-nu bum-pa'i sku])* : terme dzogchen qui désigne l'état de la base primordiale où toute la luminosité et les qualités sont encloses, comme une lampe au fond d'un vase. C'est aussi l'état de fruition, lorsque toutes les manifestations extérieures réintègrent la base primordiale dont elles ne sont en réalité jamais sorties.

Corps d'arc-en-ciel *(djalü ['ja'-lus])* : Corps de lumière obtenu à la mort par les yogis réalisés, quand le corps grossier, constitué d'éléments, réintègre sa nature lumineuse.

Corps formels *(rûpakâya, zoukpai kou [gzugs-pa'i sku])* : les deux Corps pourvus d'une forme ; le Corps de jouissance et le Corps d'apparition.

Corps, parole, esprit *(lü ngak yi [lus-ngak yid])* : les trois portes d'un être ordinaire, les trois dimensions dans lesquelles il se manifeste : physique (corps), énergétique (parole, souffle) et mental/spirituel (esprit).

Corps, Verbe, Esprit *(kou soung thouk [sku-gsung thugs])* : les trois portes d'expression d'un bouddha, résultant de la transformation des trois portes ordinaires. On les appelle aussi les trois vajras.

Créativité *(tsel [rtsal])* : l'énergie dynamique de rigpa, comparable à la projection extériorisée de lumières de cinq couleurs à partir d'un cristal.

Cycle des existences (voir *Samsâra*).

Cycle insurpassable le plus secret *(yangsang lana mépai kor [yang-gsang bla-na med-pa'i skor])* : le cycle d'enseignements ultimes du Dzogchen Men ngak dé.

Déité *(devata, lha, yidam [yi-dam])* : personnification d'une fonction de l'éveil sous la forme d'une divinité parée de couleurs, d'attributs et d'ornements. Une déité est une manifestation du tathâgatagarbha présent dans tous les êtres ; elle n'est en aucune manière extérieure au pratiquant.

Déités courroucées ou terribles *(troweu lha [khro-bo'i lha])* : les cinquante-huit déités nées du dynamisme des cinq Sagesses, qui résident dans le Palais de conque du cerveau.

Déités paisibles *(shiwai lha [Zhi-ba'i lha])* : les quarante-deux déités qui sont le déploiement paisible des cinq Sagesses dans le cœur.

Destinées (six) *(drodrouk ['gro-drug])* : les six modes d'existence samsârique nés du conditionnement karmique : dieux, anti-dieux ou asuras, êtres humains, animaux, esprits avides ou pretas, naissances infernales.

Détenteur de rigpa (voir *Vidyâdhara*).

Deux vérités *(den nyi [bden-gnyis])* : la vérité absolue des phénomènes, leur vacuité *(don-dam bden-pa)* et la vérité relative ou recouvrante, l'apparence *(kun-rdzob bden-pa)*.

Dhâranî *(zoungma [gzung-ma])* : 1) nom donné aux formules sanscrites de mantras longs, souvent extraites de sûtras ; 2) nom de l'épouse mystique dans les yogas sexuels.

Dharma *(tchö [chos])* : terme qui comprend dix sens, dont deux sont essentiels : 1) les phénomènes ; 2) l'enseignement du bouddha qui concerne la nature essentielle des phénomènes, la vérité *(Buddhadharma)*, et la voie qui y mène.

Dharmadhâtu (voir *Espace absolu*).

Dharmata (voir *Réalité absolue*).

Dharmakâya (voir *Corps absolu*).

Diamant (voir *Vajra*).

Dieux *(deva, lha [lha])* : l'un des modes d'existence supérieure dans le samsâra. Il existe des dieux du domaine du désir, d'autres du domaine de la forme pure et enfin du domaine du sans-forme. Ces êtres au sommet du samsâra n'en sont pas moins conditionnés et soumis au karma. A ne pas confondre avec les déités tantriques.

Discursivité *(küntok [kun-rtog], tokpa [rtog-pa], namtok [rnam-rtog])* : l'ensemble des pensées mouvantes de l'esprit conceptuel, créatrices de confusion.

Disque lumineux (voir *Thiglé*).

Dix terres *(dasabhumî, satchou [sa-bcu])* : les dix étapes de progression depuis l'être ordinaire jusqu'au parfait éveil.

Domaine de la forme pure *(rûpadhâtu, zouk kyi kham [gzugs-kyi khams])* : l'un des trois domaines de l'existence samsârique, habité par des dieux aux formes subtiles et lumineuses.

Domaine du désir *(kâmadhâtu, döpai kham ['dod-pa'i khams])* : le domaine de l'existence samsârique le plus grossier, habité par les êtres des enfers, les esprits avides, les animaux, les êtres humains, les divinités locales et secondaires.

Domaine du sans-forme *(arûpadhâtu, zoukmé kyi kham [gzugs-med kyi khams])* : le domaine de l'existence samsârique le plus subtil, habité par les dieux sans forme, purs esprits cependant attachés à leur absorption méditative.

Double accumulation (voir *Accumulations*).

Double but *(dön nyi [don-gnyis])* : le double but consiste à atteindre l'éveil soi-même pour œuvrer efficacement au bien et à la libération d'autrui.

Dynamisme (voir *Créativité*).

Dzogrim *(dzogrim [rdzogs-rim])* : phase de perfection dans les tantras supérieurs. Désigne les pratiques de yoga des canaux, souffles et gouttes essentielles.

Dzogchen *(Mahâsandhi)* : 1) l'état de perfection primordiale de tous les êtres et de tous les phénomènes ; 2) la voie qui mène à la réalisation de la perfection spontanée de toutes choses.

Élaborations *(tröpa [spros-pa])* : la discursivité, les artifices de l'esprit, les fabrications mentales qui empêchent d'accéder à la pureté primordiale de l'état naturel.

Émergence *(shar [shar])* : 1) le lever, l'apparition des manifestations lumineuses des phénomènes dans la base primordiale ; 2) les surgissements des pensées et des émotions dans l'esprit.

Émergence-libération *(shardröl [shar-grol])* : terme dzogchen, quand, dans la méditation, les pensées et émotions se libèrent instantanément dès leur émergence.

Énergie : dans le Dzogchen, on distingue essentiellement trois modes de l'énergie : l'éclat fondamental *(dang [gdangs])* de la Base, le jeu ou déploiement *(rölpa [rol-pa])* des manifestations à la manière de reflets dans un miroir, et le dynamisme ou créativité *(tsel [rtsal])*, semblable à l'extériorisation des rayons lumineux hors d'un cristal.

Énergie compatissante *(thoukdjé [thugs-rje])* : la troisième Sagesse de rigpa, la grande énergie de la compassion qui jaillit spontanément de l'éveil. Elle est incessante et sans obstacles *(ma-'gags-pa)*, et correspond à la notion de Corps d'apparition dans le bouddhisme classique.

Espace : 1) la dimension fondamentale *(dhâtu, ying [dbyings])*, l'espace de la réalité absolue *(dharmadhâtu, tchöying [chos-dbyings])* où s'abolissent les notions d'extérieur *(tchiying*

[phyi-dbyings]) et d'intérieur *(nang ying [nang-dbyings]) ;*
2) le vortex, l'abîme, l'espace de la réalité absolue dont
on fait l'expérience dans la pratique *(long [klong]) ;* 3) l'élément espace ou éther *(namkha [nam-mkha']) ;* 4) le ciel extérieur *(namkha, kha [nam-mkha', mkha'])* ou espace externe
(tchiying [phyi-dbyings]).

Espace absolu *(dharmadhâtu, tchöying [chos-dbyings]) :* la
dimension de la réalité absolue des phénomènes, où vacuité
et apparences sont indivisibles.

Esprit : il existe plusieurs vocables pour définir différents
aspects de l'esprit : 1) citta *(sem [sems])* est le terme générique qui désigne l'esprit pensant ordinaire ; 2) manas *(yi
[yid])* désigne l'intellect ; 3) Lo *[blo]* désigne l'esprit dans
son fonctionnement conditionné ; 4) vijñâna *(namshé [rnam-
shes])* désigne le principe conscient.

Esprit d'éveil (voir *Bodhicitta*).

Esprit pensant *(citta, sem [sems]) :* l'esprit ordinaire et toutes
ses fonctions.

Essence *(svabhava, bhava, ngowo [ngo-bo]) :* 1) l'essence
d'un phénomène, ou plutôt sa vacuité, son insubstantialité ;
2) dans le Dzogchen, l'une des trois Sagesses de rigpa, sa
pureté primordiale *(ka-dag).*

Essence, nature et énergie compatissante *(ngowo rangshin
thoukdjé [ngo-bo rang-bzhin thugs-rje]) :* les trois aspects de
rigpa. Son essence ngowo *[ngo-bo]*, vide *(tongpa [stong-
pa])*, est primordialement pure *(kadak [ka-dag])* ; sa nature
(rangshin [rang-bzhin]), lumineuse *(selwa [gsal-ba])*, est
spontanément présente *(lhundroup [lhun-grub])* et son énergie compatissante *(thoukdjé [thugs-rje])* embrasse tout *(kün-
khyap [kun-khyab])* et est incessante *(gakmé ['gags-med]).*

Essence de bouddha (voir *Tathâgatagarbha*).

Éternalisme *(takpa [rtag-pa]) :* une des deux vues philosophiques extrêmes, qui considère que les phénomènes ont une
cause et une essence éternelles.

Être de Sagesse *(jñânasattva, yéshé sempa [ye-shes sems-
dpa']) :* la déité de Sagesse que l'on invite à se fondre dans
la déité-support dans le kyérim du Mahâyoga.

Être de samâdhi *(samâdhisattva, Ting ngé dzin sempa [ting-
nge-'dzin sems-dpa']) :* le symbole au cœur de la déité, au
sein duquel se loge le mantra.

Être de samaya *(samayasattva, damtsik sempa [dam-tshig sems-dpa'])* : le pratiquant qui se visualise sous la forme de la déité-support, dans le kyérim du Mahâyoga.

Être et non-être : selon le Mâdhyamika, les phénomènes sont ni être ni non-être, ni à la fois être et non-être, ni ni-être ni non-être.

Être sensible *(semtchen [sems-can])* : se dit de tout être vivant doué d'esprit. Les plantes sont exclues de cette catégorie, mais peuvent être le séjour d'êtres sensibles.

Éveil (bodhi) *(voir Bouddha).*

Existence *(bhava, sipa [srid-pa])* : encore appelé « devenir », signifie l'expression de toutes les potentialités karmiques imaginables comme situations de vie.

Félicité *(sukha, déwa [bde-ba])* : l'une des trois expériences principales de la méditation. Ce peut être une sensation intense de plaisir qui, si elle n'est pas intégrée à l'état de rigpa, entraîne l'attachement.

Félicité-vacuité *(détong [bde-stong])* : l'expérience de félicité ressentie comme indifférenciée de la vacuité conduit à la réalisation du Mahâmudrâ.

Fixation de l'esprit *(semdzin [sems-'dzin])* : il existe 21 sem-dzins dans le Dzogchen Men ngak dé, qui sont des méthodes pour induire promptement des expériences méditatives au sein de la présence de rigpa.

Formule *(voir Mantra, Dhâranî).*

Franchissement du pic *(voir Thögal).*

Fruit *(drébou ['bras-bu])* : selon le Dzogchen, le Fruit de la maîtrise de la voie est l'actualisation de l'état de bouddha en Trois Corps.

Grand Véhicule *(voir Mahâyâna).*

Grande Perfection *(voir Dzogchen).*

Guru-yoga *(Lamai neldjor [bla-ma'i rnal-'byor])* : « Le yoga du maître », pratique préliminaire, qui devient centrale dans le Dzogchen, où le yogi s'unit à l'esprit de Sagesse de son maître.

Heruka : forme courroucée des déités dans le Mahâyoga et l'Anuyoga, encore appelée « Buveur de sang » *(trak t'oung [Khrag-mthung])*, c'est-à-dire du sang de l'ego. La forme classique a trois têtes, six bras, quatre jambes, des ailes de vajra, des ornements macabres et est en union avec une épouse elle-même courroucée, une krodhîshvarî.

Huit consciences *(tsok gyé [tshogs-brgyad])* : dans la thèse Cittamâtra, les six consciences des sens *(vijñâna, namshé drouk [rnam-shes drug])*, auxquelles on rajoute la conscience mentale entachée de passions *(kleshamanovijñâna, nyön mong yikyi namshé [nyon-mongs yid-kyi rnam-shes])* et la conscience base-de-tout *(Alayavijñâna, künshi namshé [kun-gzhi rnam-shes])*.

Ignorance *(avidyâ, marikpa [ma-rig-pa])* : « l'absence de rigpa », le poison premier et central de l'esprit, qui a provoqué l'obscurcissement de la conscience et le dualisme.

Illusion *(trülpa ['khrul-pa])* : le mode d'apparition de l'illusion est lié à la perception ordinaire sous l'emprise de l'ignorance. Bien que les phénomènes apparaissent tout en étant vides, dépourvus d'être-en-soi, l'illusion consiste à attribuer à leur apparence une réalité substantielle et absolue.

Initiation (voir *Transmission de pouvoir*).

Intention (pensée) *(gongpa [dgongs-pa])* : terme qui désigne le Dessein, la Pensée ou l'Intention profonde des bouddhas. On traduit aussi ce terme par « Esprit de Sagesse ».

Interdépendance *(tendrel [rten-'brel])* : selon le bouddhisme, tout phénomène impermanent est lié à d'autres phénomènes par un jeu de causes et d'effets. Il existe fondamentalement douze liens d'interdépendance, ou nidânas, qui constituent la chaîne des causes et des effets.

Kama *(kama [bka'-ma])* : la transmission orale longue, par lignée ininterrompue de maître à disciple.

Karma *(le [las])* : terme qui signifie « action ». Désigne la loi des causes et des effets quand elle se rapporte à des êtres sensibles. Tout acte est une cause qui sera suivie immanquablement d'un effet de même nature, à plus ou moins longue échéance. C'est l'auteur de l'acte qui en subit les conséquences. Un karma est complet quand l'acte est prémédité, exécuté et ressenti comme satisfaisant par son auteur. Il existe des karmas positifs, neutres et négatifs, selon que l'acte est bénéfique, neutre ou produit de la souffrance. Le karma est le moteur de l'existence samsârique.

Kriyatantra : le premier des tantras externes, qui privilégie les actes rituels.

Kyérim *(kyérim [bskyed-rim])* : la phase de développement dans les tantras supérieurs, où la visualisation de la déité et du mandala est faite par étapes (Mahâyoga) ou instantanément (Anuyoga).

Lampes *(drönma [sgron-ma])* : terme technique en Dzogchen thögal qui désigne un ensemble de mécanismes et de points techniques de la pratique de luminosité. On compte quatre ou six lampes selon les textes.

Libération *(tharpa [thar-pa])* : la délivrance du samsâra, l'atteinte de l'éveil.

Liberté naturelle *(rangdröl [rang-grol])* : encore appelée « autolibération », processus spontané de libération des pensées et émotions lorsque le méditant demeure en rigpa.

Libération par le port *(takdröl [brtag-grol])* : se dit de courts textes ou de diagrammes où sont inscrits des mantras, que l'on doit porter sur soi pour faciliter la libération.

Lien sacré *(voir Samaya)*.

Lieu secret *(sang né [gsang-gnas])* : le sexe.

Lignée de transmission *(gyü [brgyud])* : la lignée des maîtres, ininterrompue du Bouddha primordial aux maîtres actuels.

Mâdhyamika *(Ouma [dbu-ma])* : l'école du Milieu, fondée par Nâgârjuna, qui proclame la vacuité du soi et celle des phénomènes. La vacuité est l'absence d'être-en-soi des êtres sensibles et l'insubstantialité des phénomènes. Cependant, la vacuité ne contredit pas l'existence relative des phénomènes. Elle est leur vérité absolue.

Mahâmudrâ *(tchagya tchenpo [phyag-rgya chen-po])* : le Grand Symbole, le but de la voie tantrique de l'Anuttarayoga, comprenant kyérim et dzogrim. Le Mahâmudrâ de l'école Kagyüpa est très influencé par le Dzogchen et, outre les six yogas tantriques de Naropa, se rapproche de la Vue du trekchö.

Mahâyâna *(T'ekpa tchenpo [theg-pa chen-po])* : le Grand Véhicule, qui met l'accent sur la compassion, l'idéal du bodhisattva et la réalisation de la vacuité.

Mahâyogatantra ou **Mahâyoga** : le premier des tantras supérieurs ou internes selon l'école Nyingmapa. On y met l'accent sur le kyérim, mais le dzogrim y tient sa place.

Maître adamantin *(vajrâcarya)* : selon le tantrisme, c'est le maître qui transmet les initiations et donne les instructions, avec qui l'on garde le lien sacré *(samaya)*.

Mandala *(kyilkhor [dkyil-'khor])* : signifie « centre et pourtour ». Ainsi, le pratiquant qui se visualise comme une déité est au centre du mandala, et l'ensemble de ses perceptions extérieures en forme le pourtour.

Mantra *(ngak [sngags])* : formule sanscrite ou dans une autre langue mystique, destinée à être répétée par le yogi pour produire un effet par l'énergie du son. Mantra signifie « ce qui protège l'esprit ». Chaque déité de pratique possède son ou ses mantras, qui sont sa personnification sonore, son Verbe. Il existe des mantras de purification, de longue vie, d'approche, d'accomplissement, d'activités, etc.

Mantrayâna (voir *Vajrayâna*).

Mauvaises destinées *(ngen song [ngan-song])* : les trois destinées ou naissances inférieures du samsâra, où la souffrance est plus intense : monde animal, esprits avides *(preta)* et enfers.

Méditation *(gompa [sgom-pa])* : terme général qui désigne habituellement un ensemble de « techniques méditatives ». Ainsi, Shamatha, Vipasyana sont des méditations. Selon le Dzogchen, la méditation est un état où l'on intègre tout dans la présence de rigpa. Ce n'est pas une pratique, mais un état.

Mérites *(sönam [bsod-nams])* : se dit des actes positifs ou vertueux, accumulés sans désir égoïste, et dont la somme produit l'énergie positive nécessaire à progresser sans obstacles sur la voie. La seconde accumulation est celle de Sagesse, qui purifie l'esprit (voir *Accumulations*).

Méthodes (= moyens habiles, *upaya, t'ap [thabs]*) : toutes les techniques du tantra sont des moyens habiles.

Méthodes et connaissance *(t'ap dang shérab [thabs dang shes-rab])* : les moyens habiles ou méthodes doivent être toujours couplées à la connaissance suprême *(prajñâ, shes-rab)*, afin de ne pas se détourner du but de l'Éveil.

Nature spontanée *(rangshin [rang-bzhin])* : le second aspect de rigpa, sa présence spontanée et lumineuse.

Nature de l'esprit *(semnyi [sems-nyid])* : quand on examine complètement l'esprit ordinaire, on réalise sa vraie nature, c'est-à-dire sa vacuité. Cette réalisation débouche ensuite sur la reconnaissance de rigpa, si bien que le terme *semnyi* est parfois considéré comme son synonyme.

Nihilisme *(tchépai tawa [chad-pa'i lta-ba])* : l'une des vues extrêmes, pour laquelle tout naît de causes accidentelles et qui soutient que l'esprit, qui n'a pas une substance différente de celle de la matière, retourne au néant lors de la mort.

Nirmânakâya (voir *Corps d'apparition*).

Nirvâna *(nyang ngen dépa [myang-ngan 'das-pa])* : en tibétain, signifie « l'Au-delà de la souffrance ». Lors de l'atteinte de l'Éveil, l'illusion se dissipe, et, avec elle, les causes de la souffrance cessent d'exister. Nirvâna est l'opposé de samsâra en ce sens, mais ce sont en fait deux perceptions différentes d'une même réalité.

Nyingmapa *[rnying-ma-pa]* : l'école des Anciens, celle qui s'appuie sur les enseignements et les textes de la première diffusion du bouddhisme au Tibet, au VIIIe siècle.

Objet *(yül [yul], gzung-ba [zoungwa])* : littéralement, « ce qui est saisi » par le sujet.

Obscurcissements *(dripa [sgrib-pa])* : les actes négatifs *(sdig-pa)* créent des obscurcissements ou voiles de la conscience. Il en existe deux sortes : les obscurcissements émotionnels et les obscurcissements intellectuels.

Oddiyâna *(Orgyan, Urgyan)* : contrée aujourd'hui disparue située au nord-ouest de l'Inde, où Padmasambhava et Garab Dordjé naquirent.

Omniscience *(künkhyen [kun-mkhyen])* : l'état de bouddha est caractérisé par la double omniscience : la connaissance qualitative des phénomènes dans leurs spécificités *[ji-lta-ba'i mkhyen-pa]* et la connaissance des phénomènes dans leur globalité *[ji-snyed-pa'i mkhyen-pa]*.

Paix (voir *Nirvâna*).

Parinirvâna : le passage en nirvâna ou l'atteinte de l'éveil complet à la mort.

Passions *(klesha, nyönmongpa [nyon-mong-pa])* : les émotions perturbatrices issues de l'ignorance et à l'origine du karma et des conditionnements.

Pensées discursives *(namtok [rnam-rtog])* (voir *Discursivité*).

Perfection spontanée *(lhündzok [lhun-rdzogs])* : dans l'état de rigpa, tous les phénomènes sont vus comme un déploiement de la présence spontanée, naturellement parfaits depuis toujours.

Phase de création (voir *Kyérim*).

Phase de perfection (voir *Dzogrim*).

Phénomène *(dharma, tchö [chos])* : un phénomène est « ce qui apparaît » (grec : *phainomenos*). Ce terme désigne toute manifestation apparente du samsâra comme du nirvâna.

Plein éveil (voir *Bouddha*).

Point clef (point crucial, *né [gnad]*) : terme très employé dans le Dzogchen Men ngag dé, qui désigne les points techniques de la pratique que le maître transmet directement au disciple. Ce sont des « trucs » qui facilitent l'expérience.

Prajñâ *(shérab [shes-rab])* : la connaissance suprême ou transcendante, la sixième des actions transcendantes ou pâramitâs, sans laquelle aucune des autres ne peut exister. Il s'agit d'une connaissance intuitive et tranchante, non conceptuelle, qui discerne clairement la réalité ultime des phénomènes.

Pratyekabuddhayâna *(rang gyal t' ekpa [rang-rgyal theg-pa])* : le véhicule des bouddhas-par-soi ou « réalisés solitaires », où l'on atteint le niveau d'Arhat, dit « unicorne ».

Pratiques préliminaires *(ngöndro [sngon-' gro])* : dans le Vajrayâna, on distingue les préliminaires extérieurs (la contemplation des quatre pensées qui détournent du samsâra) et les préliminaires spéciaux (refuge, bodhicitta avec prosternations, purification de Vajrasattva, offrande du mandala, guru-yoga). Dans le Dzogchen, il existe des préliminaires spécifiques du corps, de la parole et de l'esprit appelés « Roushen », « disjonction du samsâra et du nirvâna ». Les préliminaires préparent et purifient le pratiquant avant les pratiques principales *(dngos-gzhi)*.

Présence spontanée *(lhun droup [lhun-grub])* : au sein de rigpa, qui est primordialement pur, toutes les qualités sont présentes d'elles-mêmes depuis toujours, sans aucun défaut. Quand elles se déploient, elles sont tels les rayons qui jaillissent spontanément du soleil.

Présentation *(ngotrö [ngo-sprod])* : dans le Dzogchen, quand un maître montre concrètement à son disciple ce qu'est rigpa, on appelle cela « présentation directe » ou « introduction à la nature de l'esprit ». Il existe des présentations propres à trekchö et d'autres pour thögal.

Propensions karmiques *(vasâna, baktchak [bag-chags])* : terme désignant les traces ou imprégnations laissées par les actes karmiques dans la conscience base-de-tout. Ces traces sont à l'origine du mûrissement du karma et des conditionnements ultérieurs de l'existence samsârique. Quand un karma arrive à maturité, on en subit l'effet et la trace disparaît, sauf si l'on recrée un karma similaire par réaction.

Pureté primordiale *(kadak [ka-dag])* : terme dzogchen pour qualifier positivement l'essence vide de la base et de rigpa.

Quatre extrêmes *(t'a shi [mtha'-bzhi])* : ce sont les quatre croyances philosophiques extrêmes réfutées par le mâdhyamika. 1) la production d'un phénomène par lui-même ; 2) la production d'un phénomène par un autre ; 3) la production à partir de soi-même et d'un autre à la fois ; 4) la production sans cause.

Quatre incommensurables *(tsémé shi [tshad-med bzhi])* : l'amour incommensurable, la compassion incommensurable, la joie incommensurable et l'équanimité incommensurable.

Quatre laisser-être *(tchokshak shi [cog-bzhag bzhi])* : dans le trekchö, les quatre attitudes de la pratique : laisser-être de la montagne *(ri-bo cog-bzhag)*, laisser-être de l'océan *(rgya-mtsho cog-bzhag)*, laisser-être des visions *(snang-ba cog-bzhag)* et laisser-être de rigpa *(rig-pa cog-bzhag)*.

Quatre pensées qui détournent du samsâra : leur contemplation constitue les préliminaires ordinaires : 1) le caractère précieux de la vie humaine ; 2) l'impermanence et la mort ; 3) les lois inéluctables du karma ; 4) le caractère défectueux du samsâra. Cette réflexion conduit au renoncement au samsâra.

Quatre vérités *(bden-bzhi)* : les quatre vérités sont le premier enseignement du bouddha. Ce sont : 1) la vérité de la souffrance ; 2) la vérité sur l'origine de la souffrance ; 3) la vérité de la cessation de la souffrance ; 4) le chemin octuple pour y parvenir.

Quatre visions *(nangwa shi [snang-ba bzhi])* : dans la pratique de thögal, les expériences visionnaires se développent en quatre stades : 1) vision de la réalité manifeste *(chos-nyid* *mngon-sum)* ; 2) vision de l'accroissement des expériences *(nyams-snang gong-'phel)* ; 3) vision du paroxysme de rigpa *(rig-pa'i rtse-pheb)* ; 4) vision de l'extinction (des phénomènes) dans la réalité absolue *(chos-nyid zad-pa)*.

Quiétude (voir *Calme mental*).

Réalité absolue *(dharmata, tchönyi [chos-nyid])* : ce que sont vraiment les phénomènes dans leur vérité absolue, leur nature véritable.

Recueillement (voir *Samâdhi*).

Reliques *(kou doung [sku-gdung])* : se dit d'objets divers ayant appartenu à un être réalisé ou de substances recueillies après la crémation du corps ou sa disparition partielle en corps d'arc-en-ciel. Il en est ainsi des perles colorées *(ringbsrel)* recueillies dans les os après la crémation.

Retraite *(tsam [mtshams])* : se dit d'une période de temps plus ou moins longue où un pratiquant se retire du monde dans des limites strictes (géographiques, physiques, isolement, vœux, etc.) pour accomplir une pratique.

Rêve *(milam [rmi-lam])* : manifestation d'apparences phénoménales au cours du bardo du rêve. Les rêves ordinaires sont l'expression des imprégnations karmiques plus ou moins récentes ou profondes qui se manifestent à partir de la conscience base-de-tout. Les rêves de clarté sont liés à la purification et aux accomplissements de la pratique. Ce sont souvent des signes de la progression.

Rigpa *(rig-pa)* : l'état de présence claire, discernante et éveillée qui transcende l'esprit ordinaire. C'est l'esprit d'éveil incomposé, sans naissance ni cessation, primordialement pur et spontanément présent. Dans l'état de rigpa, il n'y a ni fabrications conceptuelles, ni distraction, ni attachements, mais une présence pénétrante, vive et sereine.

Rituel *(tchoga [cho-ga])* : moyen habile des tantras destiné à créer l'environnement sacré propice à la perception pure.

Roue (voir *Chakra*).

Sâdhana *(droupt'ap [sgrub-thabs])* : « moyen d'accomplissement » de la déité-yidam ; un sâdhana comprend des visualisations, des récitations de mantras et souvent des yogas internes.

Sagesse *(yéshé [ye-shes]) :* « Connaissance primordiale »,
faculté cognitive primordiale, vide et lumineuse qui réside
naturellement dans l'esprit de tous les êtres depuis toujours,
mais qui a été voilée par l'ignorance de notre état originel.

Samâdhi *(Ting ngé dzin [ting-nge-'dzin]) :* d'une manière
générale, il s'agit de l'état de recueillement atteint lorsque
l'esprit s'est focalisé en un seul point sur l'objet de méditation et s'y est absorbé.

Samantabhadra *(küntouzangpo [kun-tu bzang-po]) :* le Bouddha primordial, le Corps absolu immuable de tous les bouddhas, leur aspect vacuité et l'essence primordiale pure du
tathâgatagarbha. Il est symbolisé nu et bleu profond.

Samantabhadrî *(küntouzangmo [kun-tu bzang-mo]) :* la contre-
partie féminine de Samantabhadra, sa luminosité, figurée
blanche et unie à son époux.

Samaya *(damtsik [dam-tshig]) :* le lien sacré contracté entre
le maître et le disciple dès qu'une transmission tantrique ou
Dzogchen a eu lieu. Il s'agit d'un engagement à ne pas laisser dépérir la transmission et à ne pas l'endommager.

Sambhogakâya (voir *Corps de jouissance*).

Samsâra *(khorwa ['khor-ba]) :* littéralement « le cercle vicieux ».
Terme qui embrasse tous les modes d'existence vécus sous
l'emprise de l'ignorance et du karma, et susceptibles de produire de la souffrance. Tant que l'éveil n'est pas actualisé,
il y a transmigration du principe conscience chargé d'empreintes karmiques de vies en vies. La vie dans le samsâra est
décrite comme une errance sans fin.

Samsâra et nirvâna *(khordé ['khor-'das]) :* samsâra et nirvâna
sont des modes de perception opposés d'une même réalité,
selon que l'on est dominé par l'ignorance ou que l'on
est éveillé. Mais, dans l'absolu, ils sont inséparables. Rejeter
le samsâra et aspirer au nirvâna reste un point de vue limité
et dualiste. Ainsi, les cinq passions samsâriques sont en réalité les cinq Sagesses, etc. La voie consiste à dissiper l'illusion samsârique et à intégrer les apparences phénoménales à
l'état d'éveil. Dès lors, il n'y a plus de différence samsâra-
nirvâna.

Sangha *(géndün [dge-'dun]) :* « l'assemblée vertueuse ». Au
sens ancien, la communauté monastique, au sens large, l'ensemble des pratiquants du Bouddhadharma. On parle aussi

du sangha d'un maître, formé par le cercle de ses disciples. Dans le tantrisme, on appelle les disciples frères et sœurs de vajra.

Sans artifices *(matchö [ma-bcos])* : terme Dzogchen pour qualifier la pratique fondamentale. La méditation sans artifices consiste à reposer en rigpa sans plus utiliser d'antidotes ni élaborer des visualisations compliquées.

Sarmapa *(sarmapa [gsar-ma-pa])* : nom des nouvelles écoles tantriques tibétaines apparues à partir du XIe siècle, correspondant à la seconde diffusion du bouddhisme. Ce sont les écoles Kagyüpa *(bka'-brgyud-pa)*, Sakyapa *(sa-skya-pa)* et Kadampa *(bka'-gdam-pa)*, cette dernière donnant tardivement naissance à l'école Gélougpa *(dge-lugs-pa)*.

Série de l'esprit *(cittavarga, semdé [sems-sde])* : la première série ou catégorie des enseignements Dzogchen, mettant l'accent sur la compréhension philosophique du Dzogchen et une méditation faisant le lien avec les méthodes classiques du bouddhisme.

Série de l'espace *(abhyantavarga, longdé [klong-sde])* : la seconde série des enseignements Dzogchen, mettant l'accent sur l'expérience méditative et la dimension vide de rigpa.

Série des préceptes *(upadeshavarga, men ngak dé [man-ngag-sde])* : la troisième série des enseignements Dzogchen, où l'on met l'accent sur l'expérience directe de rigpa à l'aide des points clefs transmis par le maître sous forme de préceptes *(man-ngag)* courts.

Shang-shoung *[zhang-zhung]* : royaume ancien situé dans l'ouest du Tibet où se développa le bön, et qui fut annexé par le Tibet au VIIe ou VIIIe siècle.

Shravakayâna *(nyent'ö kyi t'ekpa [nyan-thos kyi theg-pa])* : « véhicule des Auditeurs », le premier véhicule, qui s'appuie sur l'écoute et la mise en pratique des quatre vérités.

Six bardos : les bardos *(voir ce mot)* sont au nombre de six quand on compte trois bardos de la vie, le bardo naturel de la vie, le bardo du rêve et le bardo de la méditation, et trois bardos de la mort, le douloureux bardo du moment de la mort, le bardo de la réalité absolue et le bardo du devenir.

Six chakras : les six principales roues, situées le long du canal central, sont la roue de grande félicité au sommet de la tête, la roue de jouissance à la gorge, la roue de la réalité absolue au cœur, la roue d'émanation à l'ombilic et les deux roues inférieures au niveau des organes sexuels.

Six consciences *(namshé tsok drouk [rnam-shes tshogs-drug])* : les six consciences des sens, c'est-à-dire les consciences de la vue, de l'audition, du goût, de l'odorat, du toucher et la conscience mentale.

Six destinées (voir *Destinées*).

Six objets des sens *(yül drouk [yul-drug])* : ce sont les objets perceptibles par chacun des sens : les formes, les sons, les goûts, les odeurs et les objets tactiles. Les objets de la conscience mentale sont les dharmas.

Six sens : la vue, l'ouïe, le goût, l'odorat, le toucher et le mental.

Six Munis *(t'oup pa drouk [thub-pa drug])* : les six manifestations de bouddhas affectées à chacune des six destinées pour y libérer les êtres sensibles.

Sons, lumières et rayons *(dra ö zer [sgra-'od-zer])* : le mode de manifestation fondamental de l'énergie de la Base. Du son primordial jaillit la lumière, puis les rayons lumineux.

Souffles *(vâyu, prâna, loung [rlung])* : les souffles internes dans les canaux sont le véhicule de l'esprit discursif. Quand les souffles karmiques se dissolvent dans le canal central, l'esprit s'apaise et se clarifie, tandis que seul le souffle de la Sagesse fonctionne.

Souffles karmiques *(lé kyi loung [las-kyi rlung])* : durant la vie, les souffles sont intimement liés aux passions. Après la mort, dans le bardo du devenir, il est dit que le défunt est poussé vers une nouvelle naissance par le souffle ou le vent du karma.

Souffrance *(douk ngel [sdug-bsngal])* : au sens bouddhiste, la souffrance est un mal-être créé par le décalage de notre existence par rapport à la réalité. Souffrance et mal viennent de ce que l'on rate la cible. La souffrance est donc frustration.

Sphère unique *(thiglé nyaktchik [thig-le nyag-cig])* : autre nom du Dzogchen, en ce sens qu'il inclut toutes choses dans la perfection spontanée.

Spontanément accompli (voir *Présence spontanée*).

Sujet *(dzinpa ['dzin-pa])* : littéralement, « celui qui saisit ».

Sujet-objet *(zoungdzin [gzung-'dzin])* : le cœur de la dualité. La croyance au « moi » entraîne celle de l'autre, de l'objet extérieur et la scission entre les deux.

Sûtra *(do [mdo])* : les écrits des enseignements du Bouddha Shâkyamuni, dans le Hinayâna et le Mahâyâna.

Syllabe-germe *(yigué sapön [yi-ge sa-bon])* : la syllabe fondamentale d'où jaillit la manifestation d'une déité, le son créateur.

Tantra *(gyü [rgyud])* : nom des écrits fondamentaux du Vajrayâna, mais aussi du Dzogchen, bien qu'il ne s'agisse pas d'un enseignement tantrique.

Tantras externes *(tchi gyü [phyi-rgyud])* : le Kriyatantra, le Cârya ou Upatantra et le Yogatantra.

Tantras internes *(nang gyü [nang-rgyud])* : selon l'école Nyingmapa, le Mahâyoga, l'Anuyoga et l'Atiyoga. Selon les écoles Sarmapa, la classe de l'Anuttarayogatantra.

Tantra-racine *(tsawai gyü [rtsa-ba'i rgyud])* : texte principal, souvent concis, d'un tantra.

Tantra-branche *(yenlak gi gyü [yan-lag gi rgyud])* : texte appendice qui accompagne un tantra-racine.

Tantra explicatif *(shé gyü [bshad-rgyud])* : texte complémentaire qui commente *('grel)* et développe les points exposés dans un tantra-racine.

Tathâgatagarbha *(deshyin nyingpo [de-bzhin snying-po])* : « L'essence de Bouddha », c'est-à-dire la nature de Bouddha qui demeure en chacun des êtres, non conditionnée et indestructible.

Terma *(terma [gter-ma])* : « trésor spirituel ». Les termas sont principalement issus de Padmasambhava et de ses disciples proches. Ils ont été cachés en prévision de troubles, pour être retrouvés à une époque propice par des tertöns *(gter-ston)*, « découvreurs de trésors ». Il existe différentes sortes de termas : de la terre *(sa-gter)*, de l'esprit *(dgongs-gter)*, etc.

Thiglé *[thig-le]* : 1) dans le tantrisme, goutte essentielle de l'énergie ; 2) dans le Dzogchen, disque lumineux.

Thögal *[thod-rgal]* : la pratique lumineuse du « franchissement du pic », qui prend place lorsque le trekchö est stabilisé. Cette pratique permet de sauter les terres. En d'autres termes, elle est un accélérateur.

Transmission de pouvoir *(abhisheka, wangkour [dbang-bskur])* : méthode de transmission utilisée dans le vajrayâna et le Dzogchen pour transmettre le pouvoir vivant de la lignée et semer la graine de la réalisation chez le disciple.

Seul un maître qualifié peut procéder à une telle transmission.

Trois Corps *(trikâya, kou soum [sku-gsum])* : les trois dimensions de l'état de bouddha, à la fois trois et une : Corps absolu, Corps de jouissance et Corps d'apparition.

Trois domaines *(= trois mondes)* : les trois domaines du samsâra : désir, forme pure et sans-forme.

Trois expériences *(nyam soum [nyams-gsum])* : dans la méditation peuvent survenir trois sortes principales d'expériences : félicité *(bde-ba)*, clarté *(gsal-ba)* et non-discursivité *(mi-rtog-pa)*. Intégrées dans la présence, elles sont les aides de rigpa, mais si elles sont source de distraction et d'attachement, elles sont des pièges.

Trois Joyaux *(Triratna, köntchok soum [dkon-mchog gsum])* : les trois objets de refuge principaux ; le Bouddha, le guide ; le Dharma, le chemin, et le Sangha, la communauté.

Trois portes *(go soum [sgo-gsum])* : le corps, la parole et l'esprit.

Trois racines *(tsa soum [rtsa-gsum])* : les trois objets de refuge tantrique : le guru *(bla-ma)*, la déité *(deva, yi-dam)* et les dâkinîs *(mkha'-'gro)*.

Trois samâdhis *(ting ngé dzin soum [ting-nge-'dzin gsum])* : dans le Mahâyoga, les trois premières étapes de la visualisation du kyérim : samâdhi de la telléité *(de-bzhin nyid tig-nge-'dzin)*, samâdhi de la luminosité *(kun-tu snang-ba'i ting-nge-'dzin)* et samâdhi de la cause *(rgyu'i ting-nge-'dzin)*.

Trois séries *(dé soum [sde-gsum])* : les trois séries ou catégories d'enseignements du Dzogchen : Semdé *(sems-sde)*, série de l'esprit ; Longdé *(klong-sde)*, série de l'espace, et Men ngag dé *(man-ngag-sde)*, série des préceptes.

Univers *(nötchü [snod-bcud])* : littéralement, « le vase et son essence », c'est-à-dire l'univers en tant que structure réceptacle des êtres qui y vivent.

Vacuité *(tongpanyi [stong-pa-nyid])* : selon le Mâdhyamika, l'absence d'être-en-soi des individus et l'insubstantialité des phénomènes. Tous les phénomènes sont relatifs à d'autres, par l'interdépendance. Aucun n'a d'existence autonome.

Vajra *(dordjé [rdo-rje])* : « le Seigneur des Pierres », le diamant, symbole d'indestructibilité et de pureté.

Vajradhara *(dordjé tchang [rdo-rje 'chang])* : « le Détenteur du Diamant », le sixième bouddha, qui symbolise les cinq bouddhas dans leur unité.

Vajrasattva *(dordjé sempa [rdo-rje sems-dpa'])* : « le Héros de l'Esprit adamantin », l'archétype de la pureté adamantine au niveau du Sambhogakâya.

Vajrayâna *(dordjé t'ekpa [rdo-rje theg-pa])* : nom générique des véhicules tantriques, encore appelés « Mantrayâna secret » et Tantrayâna.

Véhicule *(yâna, t'ekpa [theg-pa])* : un véhicule est un moyen de parvenir à un but, ou fruit. Les véhicules des dieux et des hommes ne sont pas libérateurs, seuls le sont ceux qui sont « extra-mondains », et dont le fruit est le plein éveil. Tout véhicule peut être caractérisé par une base, une voie et un fruit.

Vérité relative *(kündzop denpa [kun-rdzob bden-pa])* : la vérité d'enveloppement ou d'apparence, le niveau conventionnel.

Vérité ultime *(döndam denpa [don-dam bden-pa])* : la vacuité des phénomènes.

Vidyâdhara *(rigdzin [rig-'dzin])* : se dit d'un être qui a réalisé rigpa. Dans le Vajrayâna, il existe quatre niveaux de vidyâdharas.

Vision profonde *(Vipasyana, lhaktong [lhag-mthong])* : dans la pratique de méditation du bouddhisme classique, seconde étape de la pratique après le calme mental, où le pratiquant découvre la clarté discernante de la connaissance suprême *(prajñâ)* et l'applique à l'examen de son esprit.

Voie *(lam)* : la mise en pratique et le cheminement jusqu'au Fruit, l'Éveil. Seuls les êtres sensibles sous l'emprise de l'ignorance et de la souffrance parcourent la voie. Les êtres éveillés n'ont aucun chemin à parcourir, puisqu'ils actualisent directement la base en fruit.

Voiles (deux) *(drip nyi [sgrib-gnyis])* : l'obscurcissement émotionnel et l'obscurcissement intellectuel.

Vue *(tawa [lta-ba])* : 1) en général, le point de vue, l'opinion philosophique d'une école ; 2) dans le Dzogchen, la vision intégrale de la vraie nature de l'esprit et des phénomènes.

Vues fausses *(lokta [log-lta])* : se dit des opinions qui ne mènent pas à la vérité, c'est-à-dire à la libération authentique.

Yoga *(neldjor [rnal-'byor])* : littéralement « s'unir à l'état naturel ». On distinguera les yogas physiques *(yantra-yoga, trülkhor ['phrul-'khor])* des yogas méditatifs, mais toute pratique peut être considérée comme un yoga. Ainsi, les pratiques de Dzogrim sont appelées « les six yogas de Naropa » dans les écoles Kagyüpa, la méditation du Dzogchen est le « yoga du Fleuve ininterrompu », etc.

Yogatantra : le troisième tantra externe, « tantra de l'Union », où l'on privilégie la visualisation de soi-même sous la forme d'une déité.

Bibliographie

Ouvrages en langues occidentales

Chandrakirti, *L'Entrée au milieu,* trad. G. Driessens, M. Zaregradsky, Yonten Gyatso, Dharma, 1985.

Dalaï-lama (XIVᵉ, Tendzin Gyatso), *L'Enseignement du dalaï-lama,* Paris, Albin Michel, 1976.

–, *Cent Éléphants sur un brin d'herbe,* Paris, Le Seuil, 1990.

Dargyay, E. M., *The Rise of Esoteric Buddhism in Tibet*, New Delhi, Motilal Barnasidas, 1979.

–, « A rNying-ma text : the kun-byed rgyal-po'i mdo », in *Sounding in Tibetan Civilisation*, Bardbara Nimri Aziz et Matthew Kapstein (éd.), New Delhi, Manohar, 1985.

Ewans-Wentz, W. Y., *Le Yoga tibétain et les Doctrines secrètes*, Paris, Adrien Maisonneuve, Paris, 1980.

Fremantle, F., et Chogyam Trungpa, *Le Livre des morts tibétain*, Paris, Le Courrier du livre, 1984.

Gendun Drub, *Bridging the Sutras and Tantras*, trad. Glen Mullin, Snow Lion, États-Unis, 1982.

Géshé Rabten, *Echoes of Voidness*, trad. Stephen Batchelor, Londres, Wisdom Publications, 1983.

Giacomella Orofino, *Sacred Tibetan Teachings*, textes provenant des plus anciennes traditions du Tibet, préface de Namkhai Norbu, traduction et commentaires de Giacomella Orofino, Prism Press, 1990.

Gomang Khensur Rinpoché, *L'Idéalisme et l'École du milieu*, trad. G. Driessens et M. Zaregradsky, Dharma, 1989.

Guenther, H. V., *Kindly bent to ease us*, Dharma Publishing, États-Unis, 3 vol., 1975-1976 (la Trilogie du *Ngal-so skorgsum* de Longchenpa).

–, *Buddhist Philosophy in Theory and Practice*, Boulder, Shambhala, 1976.

–, *Matrix of Mystery*, Boulder, Shambhala, 1984.

Hermès (collectif), *Tch'an et Zen. Racines et Floraison*, Paris, Les Deux Océans, 1985.

Hopkins J., *Meditation on Emptiness*, Londres, Wisdom Publications, 1983.

–, *The Kalachakra Tantra* (collaboration avec le dalaï-lama Tendzin Gyatso), Londres, Wisdom Publications, 1985.

Karmay S. G., *The Treasury of Good Sayings*, Londres, Oxford University Press, 1972.

–, « The rDzogs-chen in its Earlier Text : A Manuscript from Tun-Huang », in *Sounding in Tibetan Civilization*, New Delhi, 1985.

–, *The Great Perfection*, Leiden, E. J. Brill, 1988.

–, « Introduction générale à l'histoire et aux doctrines du Bön », *Nouvelle Revue tibétaine*, nos 11, 12 et13 (3 articles).

Khentchen Kunzang Palden, Minyak Kunzang Seunam, *Comprendre la vacuité*, deux commentaires du chap. IX de *La Marche vers l'éveil* de Shântideva, Padmakara, 1993.

Khenpo Tsultrim Gyamtso, *Méditation sur la vacuité*, Kagyu Tekchen Shedra, Montignac, 1980.

Khyentsé Ozer (revue), International Journal of The Rigpa Fellowship, vol. 1, août 1990.

Kvaerne Per, « Bonpo Studies : The A-khrid System of Meditation », *Kailash*, vol. 1 nos 3 et 4.

Lama Shabkar, Jatang Tsokdruk Rangdrol, etc., *The Flight of the Garuda* (textes sur trektchö, trad. Erik Pema Kunzang), Rangjung Yeshe Publications, 1984.

Lati Rinpoché, Hopkins, J., *La Mort, l'État intermédiaire et la Renaissance dans le bouddhisme tibétain*, Dharma, 1980.

Lipman, K., *How the Samsâra is Fabricated from the Ground of Being* (trad. du chap. I du *Yi-bzhin rin-po-che'i mdzod*, et du chap. 1 du *Padma dkar-po*, son autocommentaire), in *Crystal Mirror*, vol. V, Berkeley, 1977.

– et Peterson, M., *You Are the Eyes of the World* (trad. du *Byang-chub kyi sems kun-byed rgyal-po' i don-khrid rin-chen gru-bo*, de Klong-chenpa), Lotsawa, Californie, 1987.

Mervyn Sprung, *Lucid Exposition of the Middle Way, The Essential Chapters from the Prasannapadâ of Candrakîrti*, Londres, Routledge and Keagan Paul, 1979.

Namkhai Norbu Rinpoché, *The Mirror : Advice on Presence and Awareness*, Arcidosso, Shang Shung Edizioni, 1983 (version française, Communauté Dzogchen, 1984).

–, *The Crystal and the Way of Light*, éd. par John Shane, Londres, N. Y., Routledge & Keagan Paul, 1986. A paraître en français chez Albin Michel fin 1994.

–, *Santi Mahâ Sangha*, Arcidosso, Shang Shung Edizioni,1988.

–, *The Cycle of Day and Night*, trad. et éd. par John Reynolds, New York, Station Hill Press, 1987.

–, *Rigbai Kujyug, The Six Vajra Verses, An Oral Commentary*, éd. par Cheh-Ngee Goh, Singapour, 1990.

– et K. Lipman, *Primordial Experience, Manjushrîmitra's Treatise on the Meaning of Bodhicitta in rDzogs-chen*, Boston, Shambhala, 1986.

–, *Dzogchen and Zen*, Shang Shung Edizioni, 1984 (version française J. M. Costantini, Communauté Dzogchen, 1985).

–, *Zer-Nga : The Five Principals Points, A Dzogchen Upadesha Practice*, Arcidosso, Shang Shung Edizioni, 1985.

–, *Dzogchen, Lo Stato di Autoperfezione*, a cura di A. Clemente, Rome, Ubaldini éd., 1986.

–, *Un'introduzione allo Dzog-chen, RisPote a sedici domante*, Arcidosso, Shang Shung Edizioni, 1988.

–, *Le Yoga du rêve*, Paris, L'Originel, 1994.

Neumaier-Dargyay, E. K., *The Sovereign All-Creating Mind The Motherly Buddha*, trad. du *Kun-byed rgyal-po'i mdo*, State University of New York, 1992.

Ouang Tchoug Dordjé (IXe Karmapa), *Le Mahamoudra qui dissipe les ténèbres de l'ignorance*, Éd. Yîga Tcheu Dzinn, 1980.

Patrul Rinpoché, *Le Chemin de la Grande Perfection, le kunbzang bla-ma'i zhal-lung*, trad. Christian Bruyat et Patrick Carré, Éd. Padmakara, 1987.

Reynolds, John, *Self-Liberation Throught Seeing with Naked Awareness* (trad. du *zab-chos zhi-khro dgongs-pa rang-grol las : rig-pa ngo-sprod gcer-mthong rang-grol*), New York, Station Hill Press, 1986.

Shantideva, *La Marche vers l'éveil, Bodhicaryavatara*, trad. Louis Finot, modifiée Comité traduction Padmakara, Padmakara, 1993.

Shardza Tashi Gyaltsen, *Heart Drop of Dharmakaya*, trad. et commentaires de Lopon Tendzin Namdak, New York, Snow Lion Publications Ithaca, 1993.

Sogyal Rinpoché, *Dzogchen et Padmasambhava*, Paris, Rigpa Publications, 1991.

–, *Le Livre tibétain de la vie et de la mort*, Paris, La Table ronde, 1993.

Tarthang Tulku, « A History of the Buddhist Dharma », Berkeley, *Crystal Mirror*, vol. V, 1977.

Toussaint C. G., *Le Grand Guru Padmasambhava. Histoire de ses existences (padma Thang-yig)*, Paris, Éditions orientales, 1979.

Tsélé Natsok Rangdrol, *The Mirror of Mindfulness, the Cycle of the Four Bardos*, trad. Erik Pema Kunzang, Boston, Shambhala, 1989.

–, *The Circle of the Sun,* trad. Erik Hein Smidt, Hong Kong, Rangjung Yeshe Publications, 1990.

Snellgrove, D., *The Nine Ways of Bon*, Boulder, Prajnâ Press, 1980.

Tulku Thondrup Rinpoché, *Hidden Teachings of Tibet* (An Explanation of the Terma Tradition of the Nyingma School of Buddhism), Londres, Wisdom Publications, 1986.

–, *Buddha Mind* (An Anthology of Longchen Rabjam's Writings on Dzogpa Chenpo), New York, Snow Lion, 1989.

Tulku Urgyen Rinpoché, *Vajra Heart*, trad. Erik Pema Kunzang, Katmandou, Rangjung Yeshe Publications, 1988.

Walpola Rahula, *L'Enseignement du bouddha,* d'après les textes les plus anciens, Paris, Le Seuil, coll. « Points Sagesses », 1978.

Ouvrages non publiés

Achard, J. L., *Le Franchissement du pic*, Paris, Mémoire EPHEO, 1992.

Khenpo Thubten Ven., *La Prière de la Base, de la Voie et du Fruit*, extraite du *Longtchen Nyingthik*, trad. et mise en forme Patrick Carré et Philippe Cornu, Rigpa, 1986.

Jigmé Lingpa, *Le Rugissement du Lion (Seng-ge nga-ro*, dans le *Klong-chen snying-thig),* trad. française Philippe Cornu, Rigpa, 1983.

Ouvrages en langue tibétaine

Ne sont mentionnés ici que les principaux ouvrages cités ou utilisés :

Tantras

chos thams-cad rdzogs-pa chen-po byang-chub kyi sems kun-byed rgyal-po lta-ba nam-mkha' ltar mtha'-dbus med-pa'i rgyud, rnying-ma rgyud-'bum (NGB), vol. KA, Jamyang Khyentsé, 1974.
rig-pa rang-shar chen-po'i rgyud, NGB, vol. THA, p. 1-334, Jamyang Khyentsé, 1974.
sgron-ma 'bar-ba'i rgyud, NGB, vol. TA, p. 578-598, Jamyang Khyentsé, 1974.
rdo-rje sems-pa'i snying-gi me-long gi rgyud, NGB, vol. THA, p. 530-581, Jamyang Khyentsé, 1974.
'bras-bu yongs-rdzogs rgyud-kyi ti-ka gsal-byed dri-med snying-po, extrait du *Mkha'-'gro snying-thig*, Snying-thig Ya-bzhi, vol. 2, New Delhi, 1970.
rdzogs-pa chen-po kun-tu bzang-po'i dgongs-pa zang-thal-du bstan-pa'i rgyud las : smon-lam stobs-po-che, Terma de Rig-'dzin rgod-ldem, in *bdud-'joms Chos-spyod*, trad. française Patrick Carré.

Ouvrages de Longchenpa

rang-grol skor-gsum, Ngagyur Nyingmay Sungrab, vol. 4, p. 1-142, Gangtok, 1969.
theg-mchog rdzogs-chen bka'-gter-gyi bcud-'dus mdzod-chen rnam-bdun bzhugs, les *mdzod-bdun*, Sherab Gyaltsen et Khyentsé Labrang, Gangtok 1983. En six volumes, dont

theg-mchog rin-po-che' i mdzod, vol. GA et NGA ; *tshig-don rin-po-che' i mdzod*, vol. CA, p.155-519 ; *grub-mtha' mdzod*, vol. CHA, p. 113-407.

Ouvrages de Jigmé Lingpa

rdzogs-pa chen-po klong-chen snying-tig dod-ma' i mgon-po' i lam-rim-pa' i khrid-yig ye-shes bla-ma, extrait du *klong-chen snying-thig*, publ. Jamyang Khyentse, vol. 2.

Autres

snyan-brgyud rdo-rje zam-pa' i nyams-khrid sgom-gyi yi-ge gsal-ba' i sgron-ma, snga-'gyur bka'-ma, vol. JA-WAM, p. 115-128.

Table

SECONDE PARTIE

La libération spontanée des tendances
karmiques par la pratique quotidienne
des Déités paisibles et courroucées du bardo

RÉALISATION : ATELIER PAO ÉDITIONS DU SEUIL
IMPRESSION : IMPRIMERIE HÉRISSEY À ÉVREUX (EURE)
DÉPÔT LÉGAL : JANVIER 1995. N° 22848 (67721)